D1151509

L'INCONNU
DU PHARE

DANS LA MÊME COLLECTION

Soupçons

MORTELLE ILLUSION, *Christina Hamlett*
L'INCONNU DU PHARE, *Sandra Canfield*
JEUX DANGEREUX, *Leigh Bristol*
UNE VICTIME DE CHOIX, *Catherine Coulter*
A DOUBLE TRANCHANT, *Susan Kyle*

LES SECRETS DU LAC, *Deborah Nicholas* (à paraître)
LE MASQUE DE L'INNOCENCE, *Christina Hamlett* (à paraître)

Destin

LES ORAGES DU DESTIN, *Sara Fitzgerald*
LES MIROIRS DE L'EXIL, *Katherine Sinclair*
LES AMANTS DU MISSISSIPPI, *Barbara Allen*
LES GRIFFES DU PASSÉ, *Diana Sydney*
LA VALLÉE DES PROMESSES, *Marilyn Cunningham*

YASMINE, BARONNE DE ST. CLAIR, *Diana Sydney* (à paraître)
LES GENS DE KIMBERLEY, *Barbara Whitnell* (à paraître)

Comédie sentimentale

CITY GIRL, *Patricia Scanlan*
LE MARATHON DES CŒURS, *Diane Chamberlain*

SANDRA CANFIELD

L'INCONNU DU PHARE

Rosebud

Titre original :

DARK JOURNEY

By arrangement with Maria Carvainis Agency, Inc.
and Agence Hoffman.
First published in the United States by Bantam Books, New York.

Traduit de l'anglais par :

Liliane Gourgeon

© 1994 by Sandra Canfield
© 1996, U.G.E. Poche Rosebud pour la traduction française

ISBN : 2-265-05367-8

*Dédié à ceux qui se sont tenus
dans l'ombre de la mer
et ont entendu sa sagesse.*

1

ANNA Ramey ne versa pas une seule larme à la mort de son mari. Près de son corps sans vie, paisiblement couché dans une chambre de la maison louée à Cook's Bay, dans le Maine – l'une des nombreuses chambres qu'ils n'auraient pas partagées – elle ne pleura pas. Pas plus qu'en le voyant étendu dans son cercueil d'acajou, ni quand Elijah Morganstern, le directeur des pompes funèbres, tout de noir vêtu et évoquant fort le prophète dont il portait le prénom, pressa un mouchoir dans sa main. « Croyez-moi, glissa-t-il à son assistant en effilant sa barbe grisonnante, ce n'est qu'une question de temps avant que les larmes viennent. » Expert en matière de chagrin, il savait mieux qu'Anna que sa contenance ne durerait pas, tout simplement parce que c'était contre l'ordre naturel du veuvage.

Or elle dura, tout au long des deux jours nécessaires aux préparatifs de l'enterrement, de la messe du père Santelices, interminable malgré le peu d'assistance, et du non moins long parcours jusqu'au cimetière. Seule Anna en connaissait la raison : pleurer était un luxe qu'elle ne pouvait se permettre. C'était une activité humaine, or elle n'avait pas été autorisée à se montrer humaine depuis une vingtaine d'années. Les autres étaient peut-être faits de chair et de sang, de senti-

9

ments et de sensibilité ; elle, la vie l'avait façonnée dans l'acier.

En outre, pensait-elle dans la limousine qui luttait contre le vent d'une soudaine tempête, comment pleurer quand on se sent si vide ? Quand on ne ressent rien d'autre qu'un cruel néant ? Mais, tout en se posant ces questions, elle savait qu'elle se mentait à elle-même. Si l'été lui avait appris quelque chose, c'est qu'elle était toujours capable de sentiments. D'un côté, elle chérissait cette découverte inattendue, de l'autre elle regrettait son insensibilité confortable. C'était difficile de vivre avec la culpabilité, de s'accommoder de la honte. Cette dernière pensée provoqua sa réaction habituelle : un coup d'œil à sa main gauche, où l'on ne voyait plus que la trace de son alliance. Au moins, elle n'était pas hypocrite.

— Ça va ? demanda une voix douce tandis que la voiture tournait dans l'allée gravillonnée du cimetière.

Anna, pâle dans son tailleur noir, leva ses yeux bleu sombre. Sur ses cheveux blonds et bouclés était perché un chapeau noir ; à travers son voile, qui l'emprisonnait tout en la protégeant, elle considéra la femme assise à côté d'elle. Un instant, elle eut la sensation gênante de plonger dans le regard de son mari plutôt que dans celui de sa belle-sœur. Bien que Jack ait eu trois ans de plus que Carrie, ils se ressemblaient tant, avec leurs cheveux châtains et leurs yeux gris, qu'on les prenait pour des jumeaux avant que la maladie n'ait affecté Jack en le vieillissant au-delà de ses quarante-six ans.

— Oui, répondit Anna, en laissant errer son regard sur les autres passagers du véhicule.

Elle aurait aimé que sa fille se tourne dans sa direction, mais celle-ci n'en fit rien, fixant obstinément les vitres rayées de pluie. Durant la messe, elle s'était assise à l'écart, paraissant à la fois plus jeune et plus âgée que ses vingt-deux ans. Anna se demanda si Carrie percevait la tension entre elles, habituellement si proches. Avait-elle remarqué la façon dont elles n'échangeaient que des remarques essentielles ? Ou comme Meg trouvait toujours une raison pour sortir de la pièce où entrait sa mère ? Carrie jugeait-elle bizarre cette manière de s'isoler pour faire face à leur chagrin ? Si oui, elle avait pris le parti de l'ignorer. Elle se contenta de déclarer :

— Jack aurait détesté ce temps pluvieux.

— C'est vrai.

Carrie sourit, oubliant pour un instant la situation :

— Il n'a jamais aimé rester enfermé dans la maison. Il était toujours dehors, à grimper aux arbres, à arpenter la plage, à nager dans la baie. T'ai-je déjà raconté qu'il avait percé un trou dans la glace – c'était durant le mois de décembre le plus froid enregistré dans le Maine – pour que nous allions nager ? Maman l'aurait tué ! Elle nous a fessés tout le long du retour.

Oui, songea Anna, c'était bien là l'homme plein de vie qu'elle avait épousé, le père de son enfant, qu'elle avait aimé de toute son âme. Elle n'aurait su dire à quel moment leur mariage s'était dégradé. Elle connaissait sa maladie depuis le début, mais n'avait pas deviné ce que cela signifiait d'être mariée à un diabétique insouciant. À chaque défaillance de son corps provoquée par sa propre négligence, le mur qu'il construisait entre lui et elle montait plus haut. Le pire était survenu trois mois auparavant, et elle se souvint de la réponse sans fard du médecin à sa question :

— Comment va-t-il ?

— Votre mari a eu une attaque d'apoplexie. Il est paralysé du côté droit, ses fonctions rénales sont détériorées et son élocution altérée.

— De façon définitive ?

— Impossible à dire. Nous pouvons stabiliser son

état, faire ce qu'il faut pour empêcher une seconde attaque, puis commencer la rééducation.

Il choisit avec soin les mots suivants :

— Son corps est ravagé par le diabète et une grande partie de sa guérison dépendra de sa seule volonté.

Un vaste programme de rééducation avait bientôt été élaboré afin de lui faire retrouver son indépendance ; mais on s'était vite aperçu que Jack n'y mettait guère du sien.

— Jack, tu n'essaies même pas, le réprimandait Anna. Le kinésithérapeute dit que tu ne fais rien de ce qu'il te demande.

Jack Ramey avait alors gribouillé laborieusement sur le carnet qu'il gardait à portée de main.

— Vas-tu cesser de tout écrire sur ce satané carnet ! Le médecin affirme que tu peux parler. D'accord, je sais que tu ne peux pas t'exprimer normalement, mais tu n'y arriveras jamais si tu ne fais pas d'effort.

Mais son bavardage ne l'incitait en rien à agir. En fait, il s'était retiré lui-même du programme, et tout le monde luttait en vain contre cette attitude.

Chaque jour, il s'enfonçait de plus en plus profondément dans de sombres abysses qui terrifiaient Anna, et ses manières devenaient plus offensantes que jamais. Depuis le début de sa maladie elle avait subi ses colères avec stoïcisme, mais cette fois, la limite était atteinte. C'était comme si son esprit, ce quelque chose d'indéfinissable qui était « elle », se perdait, se dissolvait d'heure en heure.

De peur de se réveiller un jour pour s'apercevoir qu'elle n'existait plus du tout, elle avait été soulagée quand son mari avait proposé de passer l'été dans sa ville natale. Partir était exactement ce qui leur fallait. Peut-être que la mer, symbole de continuité, les aiderait à se retrouver. Peut-être que ses eaux magiques rempliraient le vide qui menaçait de l'engloutir et peut-être que les souvenirs du temps où il était jeune et bien portant, ainsi que la présence de sa sœur bien-aimée, apaiseraient Jack.

Comment aurait-elle pu deviner que la vie allait abattre sa plus mauvaise carte et que, le jeu terminé, Jack serait mort ? Comment aurait-elle pu savoir que cet été, au lieu d'être leur seule chance de salut, l'amènerait à trahir son vœu le plus cher et la rendrait étrangère à elle-même ?

La voiture s'arrêta et Anna jeta un regard à Meg dans l'espoir du moindre signe de pardon, de compassion. Il n'y en eut aucun. La jeune femme ouvrit la portière avant l'arrêt complet et sortit sous la pluie battante. Anna en eut le cœur serré.

— Meg, prends un parapluie, cria Carrie en vain avant de se tourner vers Anna.

— Elle est déprimée, dit-elle en guise d'excuse à la conduite incohérente de Meg.

Un énorme parapluie noir se matérialisa, tenu par Elijah Morganstern en personne. Six inconnus, des amis de Carrie, portaient le cercueil, tête baissée contre la pluie et le vent. L'un d'eux était Harper Fleming, un avocat qui sortait avec Carrie depuis son divorce. Lui et les autres avaient-ils trouvé étrange que Jack Ramey n'ait pas d'amis ?

Anna avança, guidée par Elijah qui venait de murmurer au chauffeur, Arty Watteau, que maintenant on allait voir quelques larmes. Elle se dirigea vers le cimetière, ses talons hauts s'enfonçant dans le sol détrempé. Elle clignait des yeux à travers la pluie, s'efforçant de ne pas penser à ce qui allait se passer. Malgré le parapluie, sa jupe fut mouillée avant qu'elle n'ait atteint le confort relatif d'un auvent. Elle se laissa guider vers une chaise disposée, à dessein ou pas, à l'écart des autres. C'était un bon symbole de ce qu'elle avait ressenti durant le long déclin de son mariage.

Elle évita de regarder le cercueil aux rebords délicatement sculptés, ou le trou dans la terre, mais observa la tombe des grands-parents de Jack et la stèle plus récente de ses parents. Elle les avait peu fréquentés. Ils avaient toujours affirmé que leurs enfants, descendants des pères fondateurs de la ville, seraient enterrés près de ceux-ci. Deux emplacements supplémentaires étaient prévus pour les conjoints de Carrie et de Jack. La pensée d'être un jour ensevelie près de ces gens qu'elle avait à peine connus, et d'un époux qui l'avait de plus en plus exclue de son existence, lui donna l'impression d'être prise au piège.

Le mot que son mari lui avait écrit lui revint en mémoire. *Je suis piégé dans ce corps*, avait-il tracé avec lenteur et peine, *délivre-moi*. C'étaient les démons des sombres abysses qui parlaient alors, et qui la terrifiaient, bien qu'elle se soit aperçue, à la réflexion, que le plus terrible était de n'avoir pas été assez effrayée par ces mots. Elle aurait dû être choquée, mais ne l'était pas. Le temps d'un battement de cœur, sa supplication les avait réunis. C'était là l'homme qu'elle avait aimé par-dessus tout et pour lequel elle aurait accompli n'importe quoi.

Même maintenant, son cœur se serrait au souvenir de sa prière. Mais non, elle refusait de penser à la douleur dans son regard. Au lieu de cela, elle s'obligea à écouter le sermon « Tu es poussière et tu redeviendras poussière » du père Santelices en soutane noire, à regarder les œillets blancs répandus sur le cercueil, le trou obscur dans la terre, l'assistance en deuil. Meg était assise près de sa tante, toutes deux les yeux rouges. Mais Anna ne trouvait toujours pas de larmes à répandre bien que ce soit ce que l'on attendait d'elle. De temps à autre elle surprenait des chuchotements. Parlait-on d'elle ? Avait-on remarqué qu'elle ne portait plus son alliance ?

Comme pour la punir, des images pleines de honte passaient sans arrêt dans sa tête : la force des bras de son amant autour d'elle, ses lèvres qui dévoraient les siennes, des gestes d'amour si achevés qu'elle en restait saisie. Non, c'est la profondeur de son désir qui l'avait confondue, car en ces instants passionnés elle s'était bien moquée d'avoir raison ou tort, d'être amorale ou non. Seul importait ce sentiment de plénitude qui l'avait désertée depuis si longtemps et qui avait empli son corps, son cœur, son âme, tandis que les vagues léchaient la plage, que la lune brillait dans le ciel constellé de diamants, tandis qu'elle psalmodiait son nom, émerveillée. Elle avait alors fait un vœu : même si cette aventure ne devait pas se renouveler, même si elle devait en payer le prix, jamais elle ne la regretterait. Ne s'était-elle pas sentie vivante, de nouveau ? Baissant la tête, elle pria pour être pardonnée, moins pour son infidélité que pour son absence de remords.

Le tonnerre gronda, noyant sa prière et celle du père Santelices sans effacer les souvenirs douloureux. Elle avait très vite payé, et très cher.

— Où étais-tu ?

La question lourde d'accusation l'avait frappée quelques minutes seulement après qu'elle eut quitté son amant. La présence de sa fille l'avait étonnée, car elle aurait dû être en train de réviser ses examens. Décontenancée, Anna avait passé ses doigts dans ses cheveux emmêlés, se demandant si des traces de sable sur ses vêtements la trahissaient. Mais avant qu'elle n'ait répondu, Meg ajouta :

— Tu étais avec lui, c'est ça ?

— Meg, écoute...

— Mon Dieu, maman, comment peux-tu ?

— Meg...

— Avec papa qui est couché là...

— Meg, vas-tu m'écouter ?

— Non ! Je ne veux pas savoir pourquoi tu as pris un amant ! Je n'écouterai pas tes explications de chatte en chaleur !

La gifle qu'elle donna à sa fille mit un terme brutal à la confrontation. Elle resta incrédule – avait-elle réellement frappé Meg ? – tandis que les larmes jaillissaient des yeux de la jeune fille. Puis elle eut mal en la voyant, telle une enfant, reculer d'un pas alors qu'elle-même avançait pour la consoler.

— Meg, ma chérie, je suis désolée.

Mais Meg ne pensait qu'à fuir.

— Attends ! Nous devons parler.

Elle ne ralentit pas mais Anna la rattrapa, la prit par l'épaule pour la tourner vers elle. Meg répliqua avec le défi moralisateur de ceux qui n'ont que peu d'expérience de la vie :

— Je n'ai rien à te dire. Ni maintenant ni jamais.

Se libérant brusquement, elle ajouta, les yeux secs et froids :

— Je préférerais voir papa mort que le laisser apprendre que tu l'as trahi.

Incapable de parler, Anna regarda sa fille quitter la pièce. Cette nuit-là, le sommeil restant plus inaccessible que les étoiles, elle se promit de trouver un moyen de lui faire comprendre ce qui s'était passé. Mais au matin, avant de pouvoir entreprendre quoi que ce soit, elle dut affronter la mort de son mari.

Le tonnerre gronda de nouveau et le prêtre prit cela pour le signal de la fin. Il échangea quelques mots avec Anna, laissant les autres assistants murmurer entre eux. Soudain, les conversations s'éteignirent au profit d'un silence gêné. Anna leva les yeux.

Un homme se tenait à l'entrée de l'auvent, abrité de la pluie mais à distance respectueuse de l'assemblée.

Sous son poncho de nylon jaune luisant de pluie, on apercevait un uniforme bleu marine et gris. Il tournait entre ses mains un chapeau de cow-boy, à sa taille pendait un fusil. C'était le shérif James Tate, qui avait tout l'air d'être en mission officielle et de le regretter vivement.

— Madame Ramey ?

Anna, désemparée, eut le pressentiment que ce qui allait suivre serait désagréable. Tate salua Harper, Carrie et le prêtre d'un signe de tête que seul le premier lui rendit. Près d'Anna, il répéta :

— Madame Ramey ? Je suis désolé de vous déranger en un pareil moment, mais... je dois interrompre la cérémonie. Ce n'est pas la peine d'enterrer le corps pour l'exhumer ensuite.

Il y eut des exclamations étouffées. Elle répondit enfin :

— Je ne comprends pas.

Tate sortit un papier de sa poche :

— Voici une requête de la Cour pour procéder à l'exhumation – dans le cas présent, pour interdire l'ensevelissement – du corps de Jack Nathaniel Ramey.

Anna prit le document qu'il lui tendait. Elle y jeta un vague coup d'œil, de plus en plus mal à l'aise. Harper avança et elle s'empressa de le lui donner. Il demanda simplement :

— Que se passe-t-il, Jim ?

Tate fit faire un demi-tour à son chapeau.

— Ma foi, il semblerait que le Dr Goodman estime avoir agi trop vite en ne demandant pas une autopsie.

Elle sentit son ventre se nouer.

— Je ne comprends pas, répéta-t-elle.

— Il n'y a pas de quoi vous inquiéter, madame Ramey. Pourquoi n'iriez-vous pas vous reposer un peu avec Carrie ?

Il connaissait Carrie depuis le collège, où elle était supporter de son équipe sportive.

— Dans la soirée je viendrai vous voir et nous aurons, disons, un petit entretien.

La proposition semblait amicale mais Anna n'était pas plus dupe que Carrie, appuyée au bras de Harper, très pâle elle aussi. Meg, elle, avait un air froid et composé, comme si, tout en participant aux événements, elle en était en même temps détachée.

Tout le monde se tut jusqu'au moment où Anna eut rejoint la voiture. Alors les rumeurs commencèrent. Avant même qu'elle soit arrivée chez elle, toute la ville bruissait de l'incident survenu au cimetière. On prononça à plusieurs reprises, mais à voix basse, les mots « meurtre » et « interrogatoire ». Quand le shérif Tate se présenta chez Anna, la raison de sa visite ne fit plus de doute. Il prit place au salon, son chapeau à la main.

— Madame Ramey, votre mari était-il dépressif ?

Anna, qui avait eu le temps de s'angoisser au sujet de cet entretien, n'avait pas l'intention de le laisser s'éterniser.

— Bien sûr, monsieur Tate. Mon mari était malade, depuis longtemps.

— Le diabète, c'est cela ?

— Oui, compliqué par une récente attaque d'apoplexie.

— Ken Larsen travaillait pour lui, n'est-ce pas ?

Surprise que le shérif soit au courant, elle se dit aussitôt que dans une petite ville comme Cook's Bay, tout le monde se connaissait. Cependant, il était surprenant que Larsen n'ait pas assisté aux funérailles ; elle n'y avait pas pensé jusque-là.

— Oui. Je l'avais engagé comme infirmier kinésithérapeute.

— Comment se passait la convalescence de votre mari ?

— Mal, répliqua-t-elle avec sincérité, sachant que le shérif avait sans doute déjà posé la question à Larsen. Pourquoi tout ceci ? Pourquoi le Dr Goodman a-t-il demandé une autopsie ?

James Tate se frotta la nuque, dans l'espoir de gagner du temps, puis demanda brusquement, quoique d'une voix douce :

— Madame Ramey, votre mari vous a-t-il demandé de l'aider à mettre fin à ses jours ?

Elle retint son souffle, s'efforçant de paraître convenablement choquée.

— Bien sûr que non.

Le shérif se leva en souriant.

— Bien, ce sera tout, alors. Merci de m'avoir consacré ces quelques instants.

Elle se dressa à son tour, priant pour que ses genoux ne fléchissent pas et que sa conduite paraisse normale.

— Mais pourquoi cette question ?

Tate enfonça son chapeau sur sa tête et se dirigea vers la porte, avec son sourire de brave homme digne de confiance.

— Simple routine, madame.

Mais elle savait qu'il n'en était rien. Le refus du Dr Goodman de répondre à ses appels téléphoniques, l'envoi du corps de Jack à l'hôpital d'Augusta pour de plus amples examens, tout cela n'avait rien à voir avec la routine. Les bavardages, eux, continuaient leur course rampante en prenant, chaque jour, davantage d'ampleur.

Puis, une semaine plus tard, Anna fut arrêtée. En s'excusant poliment, le shérif Tate lui fit part de l'accusation de meurtre contre son mari, lut ses droits et l'emmena à la prison.

Elle se demanda pourquoi cela avait pris tant de temps.

2

Dès le lendemain matin, la nouvelle se répandit dans la ville comme une traînée de poudre, à croire que Cook's Bay était devenue la capitale mondiale des ragots. C'est à l'épicerie Gouge qu'ils étaient accueillis avec le plus grand enthousiasme. Inez Gouge, bien qu'âgée d'une quarantaine d'années seulement, avec ses cheveux noirs tirés en un chignon sévère et ses gros mocassins, paraissait plus vieille de dix ans et agissait comme si elle en avait soixante-dix. Célibataire, elle n'avait jamais eu de petit ami, si l'on exceptait un flirt au temps de l'école. En bref, Inez Gouge n'avait pas de vie personnelle, en tout cas guère amusante, si bien qu'elle en était réduite à vivre celle des autres avec jubilation. On la savait aussi rébarbative que bavarde, et le plus indulgent des citoyens ne pouvait que hocher la tête à la vue de son inséparable caniche aux oreilles ornées de nœuds bleus.

— Dose massive d'insuline... on a trouvé un mot... pas versé une seule larme..., racontait un client à Inez.

Elle ne saisissait qu'un mot sur trois car elle se souvenait en même temps de deux incidents survenus dans sa boutique. Le dernier datait du jour même de la mort de Jack Ramey, et concernait son épouse et cet homme bizarre qui habitait le phare. Inez était obligée d'évoquer les gens en termes nébuleux car elle était incapable de se rappeler leur nom, gros handicap qui ne rendait le colportage de ragots que plus stimulant.

— Alors, qu'en dites-vous ?

— Très intéressant, répondit Inez.

À peine le client parti, elle se rendit à sa caisse, consulta l'annuaire et de son doigt aussi mince que son esprit était étroit, suivit la colonne des abonnés. Elle appela le shérif Tate.

— Vous connaissez l'homme qui habite le phare ? Oui, celui-là. L'autre jour, dans mon magasin, lui et la femme Ramey...

Elle termina par « Je vous prie de croire que c'est de toute première importance » et James Tate dut admettre que, malgré sa source, l'information valait la peine d'être vérifiée.

À ce moment, les commérages allaient bon train. Ils firent une halte aux *Ciseaux Rapides* où Doris, pérorant comme une pie, prolongea un peu trop la permanente de sa cliente, ainsi qu'au garage où Carl Laraby vendait de l'essence et des pneus d'occasion. Il avait cherché le mot « euthanasie » dans un dictionnaire éculé, grommelant que ça dépassait tout ce qu'il avait pu entendre. Aux pompes funèbres, Elijah rappela avec insistance qu'on aurait dû l'écouter quand il affirmait qu'il est anormal qu'une femme ne pleure pas à l'enterrement de son mari. De là, les nouvelles rebondirent sur le quai, à *L'Hameçon de Bendy* où Bendy lui-même, les mains plongées dans un seau de vers de terre, confiait à son interlocuteur qu'il aimait bien ce gentil couple qui avait loué la maison près du phare. Il se souvenait de Jack Ramey, quand il pêchait, enfant, avec son fils.

L'homme du phare fut le dernier à être mis au courant. Sloan Marshall, dans son survêtement humide de transpiration, ses cheveux de jais tout emmêlés par le vent de Penobscot Bay, venait de faire son jogging quotidien le long de la plage quand il aperçut le facteur. En réalité, c'était le fils de celui-ci, âgé de dix-sept ans, qui faisait le trajet à bicyclette deux fois par semaine pour apporter le courrier à Sloan. Depuis que Bobby avait découvert qu'il avait fait la guerre, en voyant les lettres adressées au Commandant Marshall, le jeune homme s'était porté volontaire pour prendre la place de son père.

Sloan avait tenté de le décourager car s'il y avait un sujet qu'il ne voulait pas aborder, c'était bien celui de sa période militaire. En parler ravivait les souvenirs douloureux qu'il s'efforçait d'oublier et ce qu'il reprochait le plus à Bobby, qui attendait ses dix-huit ans avec impatience pour s'engager dans les Marines, c'était de lui rappeler que certaines choses ne peuvent s'effacer, ou alors temporairement. À l'époque où il avait failli perdre la raison, son ami de longue date, Harper, l'avait sauvé – mais pourquoi ? Pour qu'elle détruise tout de nouveau ? À la tournure que prenaient les événements, on aurait pu le croire.

« Laisse tomber, mon vieux, elle est mariée. » Il entendait encore résonner l'avertissement de Harper tandis qu'il gravissait les marches taillées dans le roc qui menaient au phare. À chaque pas, la construction de briques peintes en blanc avec son dôme orange lui apparaissait plus nettement, flanquée de la modeste maison du gardien. Sa simplicité monastique, son isolement surtout, convenaient bien à Sloan et à ses sombres pensées.

Bobby agita la main et il lui rendit son salut, se demandant ce que penserait Harper s'il apprenait ce qu'il avait fait de ses conseils. Bien qu'il le connaisse mieux que personne, Harper ne pouvait deviner la force de ses sentiments pour Anna. Pourtant, Sloan n'avait pas fait exprès de tomber amoureux d'elle, il avait même tenté de s'en empêcher, mais elle avait volé son cœur sans lui demander son avis. Et la prudence n'avait rien à voir là-dedans.

— Salut, commandant !

Sloan fit la grimace.

— Salut, Bobby.

Il prit les deux enveloppes et les tracts publicitaires en se raidissant d'avance contre le flot de questions sur la vie de soldat qui n'allait pas manquer de suivre. Mais Bobby Pellegrino le surprit.

— Vous êtes au courant ?

Il remarqua ses yeux brillants d'excitation.

— De quoi ?

— L'arrestation.

— Quelle arrestation ?

Sloan fut alors saisi d'un calme surnaturel, le même qu'il ressentait lorsqu'en mission un sixième sens l'avertissait d'un danger imminent.

— Celle de votre voisine... Mme Ramey.

Il eut l'impression qu'on le frappait au ventre.

— Que veux-tu dire ?

— Elle a été arrêtée pour le meurtre de son mari. On dit que c'est une eutha...euthani... enfin, vous savez, quand on tue par pitié. On dit qu'il le lui a demandé, et qu'elle l'a fait.

Tout échauffé, il ajouta :

— Ils ont déterré le corps de son mari et l'ont envoyé à l'hôpital d'Augusta, et devinez quoi ? Il est mort d'une dose massive d'insuline. Et on parle d'un mot qu'elle a brûlé. Vous savez, là où il lui a demandé de le faire. Mlle Carrie a demandé à M. Fleming d'être son avocat.

Sloan n'avait rien entendu après « quand on tue par pitié ». Une conversation qu'il avait eue avec Anna au cours de l'été revint le hanter : « Je crois qu'on a le droit de décider de mettre fin à ses jours. Je ne blâmerais pas quelqu'un qui aurait aidé un être cher à le faire. Cela vous choque-t-il ? » Oui, Sloan l'avait été, mais pas à cause de son affirmation : parce qu'il venait de penser que si Jack mourait, Anna serait libre. Il avait trouvé cela méprisable, mais depuis deux ans il avait appris à supporter son propre mépris ; pour son malheur, il était devenu expert en la matière.

Bobby bavardait toujours, enthousiaste. Enfin, à bout d'arguments, il conclut :

— Vous imaginez ça ? Ici même, à Cook's Bay !

Mais il imaginait seulement ce que pouvait ressentir Anna. Au départ de Bobby, pressé de répandre ailleurs ses commérages, il entra chez lui, jeta le courrier sur la table et saisit le téléphone. En attendant la communication, il emporta l'appareil dans la cuisine et ouvrit le réfrigérateur pour se verser un verre d'eau. Rien de tel que la peur pour vous dessécher la gorge. Mais n'était-il pas un adepte des poussées d'adrénaline ? Il l'avait admis depuis longtemps, sinon il ne se serait pas porté volontaire, avec entrain, pour toutes ces missions dangereuses où il avait appris à endurer, avec un certain plaisir, la gorge sèche qui va de pair avec le cœur battant.

— Bonjour. Ici le cabinet de Harper Fleming. Que puis-je pour vous...

Sloan interrompit le ton plaisant et professionnel de Marilyn, l'unique assistante de Harper.

— Je veux parler à Harper.

— De la part de qui ?

— Sloan Marshall.

— Oh, désolée, je n'ai pas reconnu votre voix. Comment allez-vous ?

— Bien, dit-il avec un effort pour rester courtois.

— Ne quittez pas.

Il but une autre gorgée, rangea le pichet et repoussa la porte du pied. Du sable tomba de ses tennis sur le linoléum. C'était le cadet de ses soucis.

— Sloan ?

— Pourquoi ne m'as-tu pas prévenu ?

— C'est une maison de fous, ici. De plus, elle n'a été arrêtée qu'hier soir. Je l'ai assistée durant la prise d'empreinte et l'enregistrement, puis je me suis occupé de sa caution.

L'explication logique de Harper fit tomber sa colère.

— Excuse-moi.

— Ça va. Je t'aurais appelé dès que possible.

— Où est-elle ?

— Carrie voulait l'emmener chez elle, mais elle a refusé et préféré rentrer.

— Je veux la voir, dit Sloan tout en sachant fort bien qu'il était sûrement la dernière personne qu'elle souhaitait rencontrer.

— Non, rétorqua Harper d'un ton sans réplique.

Pourtant il insista, parce qu'il fallait qu'il sache si elle allait bien :

— Je veux la voir.

— Non. Écoute-moi, Sloan. Ce dont on l'accuse est grave, mais défendable. Les jurés ont tendance à sympathiser avec l'époux qui aide l'être cher à abréger ses souffrances, mais ils n'éprouvent aucune indulgence envers une tierce personne, aussi innocentes que soient ses relations avec l'accusé. Ils soupçonnent aussitôt un autre motif à l'acte.

Sloan songea à leur « innocence ». Il n'avait pas souhaité la profaner, ni pousser Anna à rompre son vœu de fidélité. Lui, plus que quiconque, connaissait la douleur que cause la trahison des principes établis et ne l'aurait pas souhaitée à son pire ennemi. Mais quand elle était apparue sur la plage cette nuit-là pour se jeter dans ses bras, si douce, si tendre, avec un tel besoin de lui, aucune force au monde ne l'aurait empêché d'accepter ce qu'elle lui offrait. Même à présent, la pensée de ses lèvres impatientes, de ses mains parcourant avidement son corps, le rendait fou. Il savait qu'Anna n'avait plus de relations avec son mari depuis longtemps. Quand il l'avait prise, elle l'avait accueilli avec tant d'ardeur, sans fausse pudeur, répondant à ses caresses par d'autres caresses, que jamais il n'avait éprouvé passion plus pure, plaisir plus total.

— Sloan ?

Il repoussa ses souvenirs, qui laissèrent place à la douleur, brûlante comme un tisonnier chauffé à blanc. Il refusait, en revanche, de se rappeler comme elle était redevenue distante aussitôt après, et ce qu'elle lui avait dit : cela ne devait pas se reproduire, ils ne devaient pas se revoir.

— Vos relations étaient réellement innocentes, n'est-ce pas ? reprit Harper.

— Absolument.

— Tu l'adorais de loin, c'est ça ?

Il ne répondit pas et Harper laissa échapper un juron.

— Ce n'était pas prémédité. C'est arrivé... comme ça, dit Sloan.

— Eh bien, je suis certain que le procureur, sans parler du jury, n'en tiendra pas compte, puisque c'était sans préméditation.

Sous le sarcasme, Sloan perçut l'inquiétude de l'avocat.

— Dis-moi au moins que vous avez été discrets, reprit Harper, et que vous ne vous êtes pas rendus dans le motel voisin sous le nom de Smith.

— Non, personne ne nous a vus, je te le jure.

Mais Harper ne semblait pas convaincu ; Sloan l'imagina passant la main sur son crâne dénudé. À quarante-six ans, Harper avait connu des étapes bien différentes dans sa vie et, de chacune, il était fier d'une chose : il ne s'était jamais soucié de l'opinion d'autrui.

— Tu peux jurer, ce n'est pas ta vie qui est en jeu. Tu ne pouvais donc pas te contenter d'une fille en ville ? La serveuse du *Chat'N'Chew* ne demandait que ça !

— Il ne s'agit pas d'une simple coucherie, Harper, et tu le sais. Je l'aime.

— C'est une obsession !

— L'obsession fait partie de l'amour. N'est-ce pas une merveilleuse folie ?

— Je ne discuterai pas de la philosophie de l'amour en ce moment. Quelle que soit la définition que tu donnes à tes sentiments pour Anna, ne l'approche pas. Si vos relations éclatent au grand jour, pour elle, ce sera le baiser de la mort.

Sloan soupira sans dissimuler son angoisse et sa peine.

— Il n'y aura plus de relations entre nous. Elle a été très claire. Elle refuserait de me voir même si tu l'y autorisais. C'est la punition qu'elle veut m'infliger.

— Désolé, mais c'est mieux ainsi, crois-moi. Du moins pour l'instant.

Et plus tard ? songea Sloan, qui demanda :

— Qu'a-t-elle dit au sujet de l'euthanasie ?

— Rien. Elle ne dit presque rien.

Ce n'était pas le moment d'évoquer leur conversation sur ce sujet, ni d'avouer qu'il s'était rendu chez elle la nuit où son mari était mort. Non, Harper se serait inquiété... et il n'aurait pas eu tort.

— Écoute, reprit ce dernier, je sais que c'est dur, mais garde profil bas. Ne pense même pas à elle, de peur qu'on ne lise dans ton esprit. On ne doit pas faire le lien entre vous deux. Il n'y aurait rien de pire pour elle.

Sloan s'aperçut bientôt de sa naïveté. Comment espérer que le plus petit fait reste secret dans une ville aux mille yeux ? En moins d'une semaine, le temps pour la chambre d'accusation de décider de l'inculpation d'Anna, le shérif Tate lui rendit visite. Il se douta des ennuis qui l'attendaient ce mardi-là en voyant la voiture de police s'engager sur le chemin de gravier, puis la mine sévère de Tate.

— Monsieur Marshall, il est de mon devoir de vous informer que la chambre d'accusation a décidé d'inculper de meurtre au premier degré sur la personne de Jack Ramey son épouse Anna Ramey et vous-même.

Le commissariat était un bâtiment de granit gris, désigné avec fierté par les historiens locaux comme étant celui où s'était formée la milice de Cook's Bay décidée à se battre pendant la guerre de Sécession. En passant les portes, dépourvu de menottes, grâce à Dieu, Sloan songea que cet endroit avait tout d'un donjon. Des néons s'efforçaient d'alléger la pénombre car les fenêtres étaient petites et mal placées, mais ils procuraient une lumière éblouissante qui faisait cligner des yeux, et une humidité glacée suintait des murs.

Saisi de panique, il revit le cauchemar qu'il avait vécu deux ans auparavant. Du calme, se dit-il, nous ne sommes pas à Beyrouth. Personne ne va t'enfermer ici. Un coup de téléphone et on te relâche. Comme s'il lisait dans ses pensées, Tate annonça :

— Vous avez droit à un appel téléphonique.

Son unique adjoint posa un appareil sur le comptoir. Sloan appela le cabinet de Harper mais n'obtint que le répondeur et laissa un message. Il essaya de ne pas prendre l'air désespéré. Tate lui accorda un second appel. Il fit le numéro personnel de Harper, mais tomba de nouveau sur un répondeur. Il dut admettre qu'il risquait fort de rester ici. À cette idée, sa bouche devint sèche.

— Désolé, monsieur Marshall, mais je suis obligé de vous garder jusqu'à ce que vous ayez pris contact avec votre avocat.

Sloan hocha la tête, incapable de parler ; il avait

peur de se ridiculiser en le suppliant de ne pas l'enfermer. Le shérif s'assura qu'il connaissait les charges pesant contre lui et ses droits, puis il le conduisit à une cellule. On s'était moins soucié d'éclairage dans cette partie du bâtiment, noyé dans une lumière jaunâtre. Des ombres rampaient partout. Lorsque les barres d'acier claquèrent derrière lui, il se sentit atteint de claustrophobie. Les murs de pierre se rapprochaient de lui, lui donnant l'impression d'être enterré vivant. Sa poitrine se serra, sa respiration s'accéléra, irrégulière. Agrippant les barreaux, il se jura que quoi qu'il arrive, aussi longtemps que cela durerait, il resterait debout et non prostré dans un coin comme un animal effrayé.

Il tenta de penser à Anna. Où était-elle ? L'avait-on ramenée ici et inculpée de nouveau ? Quelle était la procédure en ces circonstances ? À la fin, cependant, il ne put empêcher la peur d'occulter toutes ses autres sensations.

Votre gouvernement vous a oublié, commandant.

La voix parlait avec un accent libanais si épais que Sloan devait faire un effort pour comprendre.

Ils vous ont sacrifié sur l'autel de leur lâcheté. Sauvez-vous vous-même, commandant, sauvez-vous...

Chassant la voix et le passé, loin de lui, il agit ainsi qu'il l'avait appris. Il s'inventa des histoires. Il était en Afrique, sur le mont Kilimandjaro, puis faisait du rafting dans les gorges du Zambèze, parcourait déserts, jungles et savanes. Il commençait tout juste à sentir la chaleur du soleil et à distinguer une horde d'animaux sauvages près d'un lac quand, brusquement, il crut percevoir une odeur d'urine et d'excréments – les siens – puis se convainquit avec effort qu'il l'avait imaginée. Il s'obligea à repartir en Afrique.

Il n'avait aucune idée du temps écoulé quand la cellule s'ouvrit sur Harper dont les pas résonnèrent sur le ciment. Sloan s'aperçut qu'il avait les mains paralysées tellement il s'était agrippé aux barreaux et ne sentait plus ses doigts aux jointures blanchies. Harper vit, d'un coup d'œil, son teint livide et demanda au shérif :

— Pouvons-nous nous entretenir dans une autre pièce ?

— Bien sûr.

À sa propre surprise, Sloan parvint à détendre ses mains et à marcher. En voyant sa pâleur et la sueur sur ses sourcils, Tate s'inquiéta :

— Ça va ?

— Oui, répondit Harper. Auriez-vous du café, par hasard ?

— À cette heure, je ne vous promets rien d'autre qu'un liquide chaud.

— Ça suffira.

Sloan jeta un regard à la pendule : il était là depuis deux heures. Il se laissa tomber sur la première chaise venue, raide et inconfortable, dans une pièce éclairée de néons aveuglants sans doute utilisée pour les interrogatoires. Au moins il n'y avait pas de barreaux et il fut reconnaissant à Harper de lui laisser le temps de récupérer avant de le questionner. Il se tut jusqu'à ce que l'adjoint de Tate ait posé sur la table une tasse emplie d'un liquide indéfinissable dont il but une gorgée.

— Je suis navré, dit alors Harper. Je suis venu dès que j'ai eu ton message. Je travaillais à Bar Harbor.

— Qu'est-il arrivé à Anna ?

La chaleur de la tasse détendait ses doigts rigides et sa respiration retrouvait un rythme normal.

— Elle est sous l'inculpation d'un nouveau chef d'accusation mais comme elle est déjà enregistrée, on ne l'a pas ramenée ici. Les petites villes ont souvent leurs propres règles judiciaires, ajouta-t-il avec un sourire en coin.

Sloan reposa la tasse et fit face au problème comme d'habitude, tête haute. L'une des raisons qui lui permettait d'affronter cette épreuve avec tant d'aplomb est qu'il ne parvenait pas à y croire. Plus tard, peut-être.

— On est dans la merde, pas vrai ?

Harper demeura de glace.

— Vrai, au point que vous risquez tous deux d'y sombrer. J'aurais dû me douter de tout ça, mais non. J'ai cru que la révélation de votre liaison compliquait le cas d'Anna et donnerait une raison au procureur de la pendre haut et court. Je n'ai pas pensé une seconde que tu serais également impliqué.

— Et pourquoi l'ont-ils fait ?

— Parce que le procureur estime avoir assez de preuves, et que la chambre d'accusation paraît d'accord pour vous pendre au même arbre.

Sloan ne cilla pas.

— Quelles preuves ?

— Ça, je l'ignore. Il me faut d'abord jeter un coup d'œil à leurs dossiers.

Il baissa les yeux puis les leva sur Harper.

— Il y a une chose que tu dois savoir. Je suis allé chez Anna la nuit où son mari est mort.

Harper eut l'air de dire : « D'autres bonnes nouvelles ? » Sloan reprit :

— Nous nous étions querellés. Il fallait que je lui parle.

— Et vous avez parlé ?

— Oui, mais pas longtemps. Elle m'a demandé de m'en aller. Elle était bouleversée.

— Pourquoi ?

— À cause de ce qui s'était passé juste avant.

— C'est-à-dire ?

Comprenant de quoi il s'agissait, Harper enchaîna :

— Ne me dis pas que vous avez choisi précisément cette nuit-là pour devenir amants ?

— Bon Dieu, Harper, on n'a pas choisi, c'est arrivé comme ça ! Mais personne ne m'a vu quitter sa maison.

Harper soupira.

— Ce n'est pas le moment d'en parler. Dans une demi-heure nous devons nous présenter devant le juge Waynon pour ta mise en liberté sous caution. Je suppose que tu n'as pas envie de passer la nuit ici ?

— Non, certes pas.

— Alors allons-y. À propos, la lecture de l'acte d'accusation a lieu lundi à neuf heures. Il semble que tout le monde soit fort pressé de commencer.

Plus tard, en route pour le tribunal, Sloan se rendit compte que pas une seule fois, son avocat et ami n'avait parlé de culpabilité ni d'innocence.

Lorsque Sloan vit Anna assise dans la salle du tribunal, son cœur se mit à battre plus fort. Il ne s'attendait pas à la trouver là – nouvelle preuve de sa naïveté. En cet instant, malgré les problèmes qui menaçaient de l'engloutir, tout ce qui comptait, c'était cette occasion de la regarder encore une fois. Jamais il n'avait ressenti cela ; il ignorait seulement si cet amour le mènerait au paradis ou en enfer. Au paradis, décida-t-il en observant Anna qui discutait calmement avec Marilyn. Son visage en forme de cœur était encadré par la masse d'or sombre de ses cheveux. Elle n'avait pas l'air d'avoir quarante-cinq ans, ni d'une femme adultère. Encore moins d'une meurtrière.

Comme si elle avait perçu sa présence, elle leva sur lui ses yeux bleu saphir. Elle semblait si pâle, si lasse ! Mais pas abattue. Sa force intérieure la soutenait. Elle serra le poing et le posa sur sa poitrine, comme si elle y puisait toute son énergie. Comme toujours il admira cette force dont elle ne se départissait que dans ses bras. Soudain tout se brouilla.

Ni le tribunal, ni la lecture de l'acte d'accusation n'empêchèrent sa descente aux enfers. Que Dieu lui vienne en aide ! Il aurait été capable de jurer n'importe quoi pour amener Anna à partager sa vie.

Elle baissa les yeux. Harper indiqua à Sloan une chaise placée de l'autre côté de Marilyn. L'honorable Howard Waynon, un géant en robe noire, fit irruption dans la salle et s'installa derrière le bureau.

— Commençons ! s'exclama-t-il sans préambule.

— Votre Honneur, l'accusation estime que, étant donné le caractère impitoyable de ce crime, la caution devrait atteindre un montant substantiel.

Sloan observa le procureur Hennesey, grand, mince, très séduisant. De son allure il tira trois conclusions : il devait posséder une armoire pleine de vêtements coûteux, une salle de gymnastique très bien équipée, et un ego trop volumineux pour une seule personne. Cette dernière caractéristique signifiant qu'il dépensait sans doute chaque centime d'un salaire probablement modeste pour les deux premières. Pour lui, tout était dans l'apparence.

— Qu'est-ce que l'accusation entend par substantiel, monsieur Hennessey ?

— Deux millions de dollars, votre Honneur. Par prévenu.

Sloan ajouta une quatrième qualité à celles du procureur : un culot à la mesure de son ego. Harper hocha à peine la tête, comme amusé. En même temps il retroussa les lèvres en un sourire incrédule et se leva avec lenteur.

— Votre Honneur, j'aimerais saisir cette occasion pour informer monsieur le procureur que nous sommes dans un tribunal, pas à Disneyland.

— Trouveriez-vous la proposition irréaliste, maître Fleming ?

— Franchement oui, votre Honneur.

— J'abonde en ce sens, dit le juge.

Hennessey se leva en un éclair.

— Votre Honneur, ce crime est particulièrement abominable, odieux. Ces deux-là ont assassiné...

— Rien n'est prouvé ! tonna Harper.

—... un individu non seulement handicapé, mais dépressif. Ils ont profité de son état. On ne peut permettre à ces deux meurtriers...

— Objection, votre Honneur.

— Réservez votre bataille de Titans pour le procès, messieurs. Nous ne sommes ici que pour établir le montant de la caution.

Hennessey n'avait pas l'intention de se laisser désarmer.

— S'il plaît à la cour, la caution devra être élevée pour éviter que les deux prévenus ne s'enfuient. Ni l'un ni l'autre ne sont de Cook's Bay. M. Marshall n'y réside que depuis six mois et Mme Ramey habite le Connecticut. Elle et son mari n'avaient aucun lien permanent avec notre communauté.

— Votre Honneur, intervint Harper, Mme Ramey est très proche de sa belle-sœur. Le nom de Ramey est symbole d'intégrité depuis les pères fondateurs de Cook's Bay. Ma cliente partage cette qualité et n'a aucune intention de fuir. En réalité, elle attend, ainsi que M. Marshall, l'occasion de se disculper.

Richard Hennessey eut un regard méprisant.

— Quant à M. Marshall, ajouta Harper, c'est un ami personnel depuis vingt ans. Je garantis son intégrité.

— La prochaine fois que j'aurai besoin d'un ami, je penserai tout de suite à ces deux modèles de vertu... commença Hennessey.

— Messieurs, fixons la caution.

— Deux cent mille dollars, offrit Harper.

— Un million et demi.

— Deux cent cinquante mille.

— Un million.

— Quatre cent mille dollars, trancha le juge.

Sloan eut l'impression désagréable que sa vie et celle d'Anna venaient d'être mises aux enchères, puis il remarqua la manœuvre de Harper et de Marilyn pour éloigner aussitôt Anna de lui. Mais rien n'empêcha leur dernier regard, bref et éloquent, qui signifiait pour chacun : « Je suis perdu, effrayé, désolé de t'avoir entraîné dans cette histoire. »

Le lendemain, le journal de Cook's Bay offrait le plus gros titre de son histoire. Ni la guerre, ni la peste ou l'ouragan qui avait presque rayé la ville de la carte en 1906 n'avait mérité une telle manchette : « UNE FEMME ET SON COMPLICE ARRÊTÉS POUR LE MEURTRE DU MARI ». L'article précisait que ce qu'on avait pris pour euthanasie se révélait être un crime passionnel.

Inez Gouge lisait en buvant sa tasse de chocolat. Elle eut un sourire vertueux et déclara à son caniche : « Sous le nez de son pauvre époux malade ! » Le chien ne fit pas de commentaires.

Sur la jetée, Bendy soupira. Il aurait préféré que la police ne vienne pas l'interroger, car alors il n'aurait pas eu besoin de leur dire ce qu'il avait vu la nuit où était mort Jack Ramey. À la station-service voisine, un client déclara à Laraby que tout cela ne l'étonnait pas, ce Sloan Marshall avait quelque chose de bizarre. Ce n'était pas normal de s'isoler comme ça, à moins d'avoir des choses à cacher. Au *Chat'N'Chew*, la serveuse comprit pourquoi Sloan ne s'était pas intéressé à elle : il avait mieux à faire avec une femme mariée.

Harper Fleming, qui avait passé une partie de la nuit à discuter avec un garant de caution, n'apprécia guère de voir que le cas Ramey faisait déjà la une du journal. Il allait s'en occuper. Quant au procureur, coincé dans une maison, une ville, un État qu'il détestait, il tentait d'oublier le bruit irritant des vagues, ces vagues dans lesquelles il avait failli se noyer enfant tout comme sa carrière menaçait de sombrer aujourd'hui. S'il jouait la bonne carte, cependant, l'affaire Ramey serait son billet de départ pour quelque prestigieux cabinet New Yorkais, en rapport avec son talent et son impressionnant Q.I. Tout en sirotant son café, il se félicita de ne pas être affligé d'un tempérament réfractaire à la tricherie : car il allait probablement devoir en faire usage.

3

— C'EST ridicule, disait Carrie ce matin-là en parcourant le journal. Croire que toi, ou bien toi et Sloan, aient tué Jack, c'est inimaginable ! C'est simplement... ridicule !

Carrie, dans son pull-over orange vif, arborait une expression indignée. Avec son goût pour les couleurs éclatantes, on ne pouvait l'accuser de manquer de caractère. Son étroitesse d'esprit aurait pu être gênante, si sa gentillesse ne la rendait plutôt sympathique en l'empêchant de penser du mal des gens.

— Jack est mort de causes naturelles, voilà tout. Quoi d'autre ?

Anna hocha la tête vers le journal que Carrie avait repoussé comme s'il était tout juste bon à servir de litière aux oiseaux.

— Ils parlent de dose excessive d'insuline.

Carrie secoua la tête. Ses longs cheveux châtains étaient retenus sur les tempes par deux peignes menaçant sans cesse de glisser.

— C'est une erreur. Crois-moi, les laboratoires en commettent tout le temps. Un jour, le Dr Goodman a reçu des résultats annonçant que Maud Poole était enceinte. Or elle a au moins soixante-quinze ans ! Non, ces gars d'Atlanta ont fait une erreur et Harper va le prouver.

Anna se souvint des visites hebdomadaires du vieux médecin affable qui avait soigné Jack tout enfant et avait diagnostiqué son diabète. À l'âge où ses camarades apprenaient les règles du football et du flirt, Jack, lui, étudiait le niveau du sucre dans le sang et comment s'injecter de l'insuline. Témoin de son combat, le Dr Goodman ne l'avait jamais oublié et était venu de lui-même leur rendre visite lorsque Carrie, réceptionniste à son cabinet, lui avait fait part de son installation avec Anna pour l'été à Cook's Bay. Anna avait accueilli avec chaleur son amitié et son soutien.

Depuis l'affaire, sur le conseil de Harper, Carrie avait pris un congé afin de ne pas paraître au cabinet. Anna en était ennuyée, car elle savait que Carrie aimait son travail.

— Je suis désolée que tu ne puisses pas aller travailler.

Carrie haussa légèrement les épaules et l'un de ses peignes tomba. En le replaçant au hasard, elle répondit :

— À dire vrai, je suis un peu fâchée contre le Dr Goodman. Je me demande ce qui lui a pris d'ordonner cette autopsie. Je suis sûre qu'il te fera des excuses, Harper y veillera.

Anna pensa à son avocat. Elle n'avait pas bien compris ce qui avait poussé ce brillant homme de loi à quitter New York et sa clientèle inscrite au *Who's Who*, au sommet de sa carrière, pour s'installer dans le bourg pittoresque, mais modeste, de Cook's Bay. Un sentiment d'irréalité l'étreignit soudain. Qui aurait pu dire qu'elle serait un jour sa cliente ? Elle et Sloan...

Sloan !

Elle s'efforçait de ne pas penser à lui, surtout depuis la convocation de la veille. Elle s'était persuadée qu'elle supporterait de le revoir, mais lorsqu'il était entré dans la salle du tribunal, quelque chose en elle s'était éveillé, tout comme elle était revenue à la vie dans ses bras. Le souvenir de leur rendez-vous sur la plage, de sa venue chez elle plus tard dans la nuit, de leur discussion – tout lui revint clairement en mémoire. Jack n'était qu'à quelques pas, dans la chambre du rez-de-chaussée. L'avait-il entendue se glisser par la porte de derrière ? L'avait-il entendue parler avec son amant ? L'avait-il...

Un sifflement aigu la fit sursauter.

— C'est la bouilloire, dit Carrie en se levant. Veux-tu du Darjeeling ?

— Oui, répondit Anna d'une voix qu'elle espéra normale.

Elle se dirigea vers la fenêtre. Une feuille d'érable rouge sang voleta sans but devant elle. Au-delà, la forêt laissait voir, comme un cadeau, une échappée sur la mer. Bientôt elle se dénuderait pour l'hiver.

La neige dissimulera-t-elle mes péchés ?

Un frisson glacé la parcourut soudain en dépit de son gros pull-over. Elle serra ses bras contre elle, le teint aussi gris que la laine. Gris comme le brouillard qui rampait parfois dans la baie comme un fantôme, comme les rochers échoués sur la plage. Dans le lointain, la mer se moquait de sa solitude. Mais ce n'était pas son nom que murmuraient les vagues. C'était celui de Sloan.

Un flot de questions jamais très éloignées de son esprit lui revint. Que pensait Carrie de ses liens avec lui ? Le journal ne laissait rien dans l'ombre. Peut-être se sentait-elle coupable de les avoir présentés l'un à l'autre ?

— Voici le thé, dit Carrie.

Anna revint s'asseoir et déclara avant que son courage ne l'abandonne :

— Il faut que nous parlions de Sloan.

Carrie mit du sucre dans sa tasse.

— Voilà bien ce qui me met le plus en colère : qu'on puisse s'être mépris sur la nature de tes rapports avec lui. Par tous les saints, vous étiez seulement amis ! Un homme et une femme ne peuvent-ils être simplement des amis ?

Anna étudia l'expression de sa belle-sœur, qui évitait toujours son regard et versait du lait dans son thé. Elle n'aurait su dire si Carrie croyait ce qu'elle disait, ou si elle faisait semblant pour sauver les apparences.

— Allez, ajouta-t-elle, ne t'en fais pas. Harper va tout arranger.

Anna laissa tomber le sujet parce qu'elle voulait croire, contre toute logique, que sa belle-sœur ne se doutait de rien et que Harper allait réellement prendre soin de tout. C'est ce qu'il avait fait jusqu'à présent, avec la caution et le bailleur de fonds. Carrie avait aidé Anna à réunir les dix pour cent de garantie demandés.

— Merci de m'avoir aidée pour la caution.

— Ne sois pas sotte. Nous sommes de la même famille. Jack aurait voulu que nous fassions front ensemble.

Sa voix trahit soudain le chagrin qu'elle tentait vaillamment de cacher. Anna posa sa main sur la sienne et sourit pour la première fois depuis le début du cauchemar.

— Oui, c'est ce qu'il aurait voulu. J'en suis certaine.

— Je veux que vous fassiez front ensemble, lui affirma Harper ce même jour dans son bureau. Dans votre cas, c'est crucial. Le jury doit voir que votre famille vous soutient à cent pour cent. Il faut que Carrie et votre fille soient présentes dans la salle tous les jours. Le jury sera touché par le fait que la sœur de l'homme que vous êtes censée avoir tué croit en votre innocence.

Anna se redressa dans le fauteuil de cuir blanc. Habillée de blanc, elle semblait y disparaître, à l'exception de ses yeux bleu sombre, troublés par les paroles de Harper.

— Pour Carrie il n'y a pas de problème, dit-elle, mais ma fille... elle est retournée à la faculté de médecine, dans le Connecticut. Elle commence un nouveau semestre et... il lui serait très difficile de manquer ses cours.

Elle s'aperçut à quel point son argument sonnait faux quand Harper, silencieux un moment, fixa sur elle ses yeux clairs.

— Allons droit au but, dit-il avec une nonchalance trompeuse. Vous allez comparaître pour le meurtre de votre mari, le père de votre fille – et celle-ci n'assisterait pas au procès parce qu'elle risque de manquer des cours ?

Elle leva le menton avec défi.

— Je ne veux pas qu'elle soit là.

— Pourquoi ?

Elle se leva et se dirigea vers la fenêtre. Les cloches de l'église sonnèrent quatre heures, ce qui lui laissa le temps de choisir ses mots.

— Ma fille et moi ne nous parlons plus. Plus exactement, elle ne me parle pas.

— Je vois. Pourquoi ?

— Elle est furieuse.

— Pourquoi ?

— Elle est au courant pour Sloan et moi.

— Et elle ne le prend pas bien ?

Anna eut un rire triste.

— Disons qu'elle aimerait fort me voir en supporter les conséquences.

— Cette réaction vous surprend-elle ?

C'est une question qu'elle ne s'était pas posée, trop occupée à endurer le chagrin que lui causait l'abandon de Meg. Elle haussa les épaules.

— Oui et non.

— Expliquez-moi.

Comment trouver les quelques phrases bien choisies qui diraient ce qu'avait été leur vie auprès de Jack ?

— Quelquefois la maladie devient un membre de la famille. Souvent le plus puissant. Meg a toujours senti que son père était différent et que nous devions faire des concessions. Elle semblait comprendre que ce père qu'elle adorait me rendait la vie difficile. En grandissant, elle a ressenti plus fort l'épreuve que cela représentait. Nous ne nous sommes jamais unies contre Jack, mais plutôt pour une survie spirituelle commune. Nous étions si proches que son refus total de me comprendre me surprend, oui. Mais je suppose qu'on ne peut attendre d'un enfant, aussi adulte et mature soit-il, d'accepter la trahison de l'un de ses parents.

— Et vous ? Comprenez-vous ce qui vous a poussée à avoir une liaison avec Sloan ?

Encore une question qui ne lui était pas venue à l'esprit, mais à laquelle il était facile de répondre.

— Je pourrais dire ce qui m'y a poussée – la vie avec Jack n'était pas aisée – mais cela ne m'excuse en rien. Quoi que j'aie fait, quoi que vous pensiez de moi, j'ai des principes.

Elle leva de nouveau le menton, comme si elle le défiait de la contredire.

— Votre mari vous maltraitait-il ?

Elle répondit sans réfléchir :

— Pas intentionnellement. Il était seulement en colère contre sa maladie, sa faiblesse, lui-même. J'étais l'objet désigné pour le transfert de cette colère.

— On dirait que vous avez été voir un psychanalyste.

— Deux fois. Quand les choses allaient trop mal, nous avons essayé mais ça n'a jamais marché.

— Pourquoi ?

— Jack laissait tomber après une ou deux séances. Il prétendait que c'est moi qui créais les problèmes. Écoutez, je ne sais pas comment parler de mon mariage.

Il n'y avait qu'avec Sloan qu'elle avait su. Elle lui avait raconté des choses sur sa vie qu'elle n'avait jamais partagées avec quiconque, et sans qu'il ait besoin de l'en prier. Il avait envie de l'écouter, lui offrait son soutien mais jamais de critiques. N'est-ce pas à cela que sert un ami ? Et il avait été son ami bien avant d'être son amant.

— Vous m'avez expliqué pourquoi l'attitude de votre fille vous surprend, mais pas pourquoi elle ne vous surprend pas.

— Meg et son père s'adoraient. Quand il devenait difficile, elle s'en sortait mieux avec lui que moi, surtout après son attaque. Elle était la seule à obtenir son sourire.

– Était-il dépressif ?

— Il était malade. La maladie génère la dépression.

— Votre fille avait-elle la responsabilité de l'un ou l'autre de ses soins ?

Anna prit garde de ne pas hésiter.

— Nous en étions toutes les deux responsables, avec l'infirmier que j'avais engagé.

— Qui lui faisait ses injections d'insuline ?

Cette fois elle se déroba. Harper dit avec brusquerie :

— Je vais vous poser un tas de questions gênantes. Cela fait partie de mon travail.

Elle hocha la tête.

— Avant son attaque, Jack se faisait lui-même ses injections. Après, ce fut moi. Quand Meg était à la maison – elle allait aux cours d'été mais venait presque chaque week-end – elle s'en chargeait aussi. Ou bien l'infirmier lorsqu'il était de service.

45

— Donc, vous trois ?

— Oui.

— Jamais Sloan ?

— Jamais.

— Carrie ?

Elle secoua la tête avec véhémence.

— Carrie ne restait même pas dans la pièce. Les piqûres la terrifient.

Harper fronça les sourcils, surpris d'apprendre cette petite information sur la femme qu'il fréquentait depuis plus d'un an, puis changea de sujet :

— On situe la mort de votre mari entre minuit et quatre heures du matin. Qui se trouvait dans la maison à ce moment ?

Anna ne pouvait douter du sérieux de la question ; en réalité, Harper lui demandait qui pouvait avoir administré à Jack la dose mortelle d'insuline.

— Meg et moi.

— Mais Carrie aussi était là ? Et Sloan.

C'était une affirmation. Anna ne cacha pas sa surprise.

— Qui a pu vous dire cela ?

— Moi, fit une voix masculine.

Anna se tourna et lorsque son regard croisa celui de Sloan, elle eut l'étrange sensation de revenir au moment de leur première rencontre. Elle avait tendu un piège, là sur la plage, et attendu que la proie morde à l'appât, mais elle ne s'était pas attendue à tomber elle-même dans la trappe, sans le moindre espoir d'y échapper. Elle avait vu un homme qui aurait dû être un étranger mais ne l'était pas, un homme élancé, aux cheveux noirs, aux yeux cachés derrière des lunettes argentées. Plus tard elle découvrirait que ses yeux étaient aussi sombres que ses cheveux, que son passé, et qu'ils la regardaient comme si elle existait vraiment. De même que la première fois, elle en eut le souffle coupé.

Comme ils ne se quittaient pas du regard, Harper dit en désignant une chaise :

— Entre, Sloan.

Le sortilège fut rompu et Sloan avança. Comme d'habitude, il était vêtu simplement, mais avec le sens du détail, d'un pantalon kaki au pli net et d'une chemise noire aux manches roulées sur ses avant-bras musclés. Avant cet été, Anna avait oublié à quel point un corps d'homme en bonne santé peut être séduisant. Elle ne l'oublierait plus. Ni les cicatrices qui labouraient son dos, nombreuses, profondes, témoignant de coups infligés avec une telle cruauté, un tel sadisme qu'en les découvrant elle s'était sentie mal — non de leur présence, mais de penser qu'un être humain pouvait se montrer aussi barbare envers son semblable. Pendant un instant, elle se revit dans la cuisine, suivant les traces de plaies du bout des doigt avec tendresse et compassion, percevant le soupir échappé des lèvres de Sloan. C'est Carrie qui les avait interrompus, comme Harper à présent.

— Nous devons discuter de plusieurs points ensemble, dès aujourd'hui.

Elle détacha ses yeux de Sloan, non sans avoir remarqué les lunettes glissées dans sa poche de poitrine et dont il se servait plus pour se protéger des autres que du soleil. Elle savait qu'elle ignorait beaucoup de choses à son sujet et que peut-être elle n'en saurait jamais plus.

— J'ai demandé des procès séparés, mais le juge a refusé. Cela aurait été préférable, mais on veut vous juger ensemble afin de jouer la carte de la conspiration.

— Je ne comprends pas, dit Sloan, exprimant par là autant la confusion d'Anna que la sienne. Pourquoi un jugement séparé serait-il préférable ?

Harper hésita puis répondit :

— Cela permettrait de plaider en défense antagoniste.

— C'est-à-dire ?

— Chacun pourrait accuser l'autre.

— Non ! rugirent Anna et Sloan à l'unisson.

— D'accord, d'accord ! En tant qu'avocat, je devais vous indiquer cette possibilité, mais comme je l'ai dit, le juge a refusé. Je dois découvrir quels éléments possède l'accusation. Mettez-vous bien en tête que je n'ai presque rien actuellement et que Hennessey fera feu de tout bois.

— Quelles sortes de preuves ont-ils ?

— Substantielles, répondit Harper sans mâcher ses mots.

Anna eut l'impression de sombrer de nouveau dans le cauchemar.

— Le motif de l'acte d'accusation est très clair : l'infirmier, Kenneth Larsen, proclame avoir vu un mot écrit par Jack Ramey à sa femme, lui demandant de mettre fin à ses jours. Il affirme également que vous, Anna, avez détruit cette note. Puis il y a la cause indubitable de la mort de Jack Ramey par overdose d'insuline. Ajoutez à cela les rumeurs concernant une liaison entre vous deux, plus le fait que toi, Sloan, tu as été remarqué quittant la maison cette nuit-là. En outre, quelqu'un est prêt à témoigner t'avoir vu jeter un objet dans la mer. Je n'en suis pas certain, mais il se pourrait fort qu'il s'agisse du matériel utilisé pour la dose mortelle.

La pièce sembla exploser de silence. N'importe lequel de ces éléments leur était préjudiciable. Réunis, ils formaient une armée contre laquelle il semblait vain de se battre.

Bien qu'elle s'en voulût d'avoir besoin de sa force, Anna se tourna vers Sloan. Il semblait aussi décontenancé qu'elle, regardant dans le vide. Il avait pâli malgré son teint hâlé et transpirait. Mais il fut le premier à parler, d'une voix admirablement calme.

— Cela semble sérieux.

— Les motifs, les moyens, l'opportunité, tout ce que recherche une chambre d'accusation est là.

— Et les jurés ? Qu'en penseront-ils ?

— Comprenez bien une chose. Un jury est l'animal le plus imprévisible du monde. Les jurés doivent estimer un accusé coupable au-delà d'un doute raisonnable, mais le problème est d'arriver à ce que douze cerveaux se mettent d'accord sur ce qui constitue un doute raisonnable.

Harper se leva pour se verser une tasse de café et leur demanda d'un geste de la main s'ils en voulaient, mais tous deux refusèrent. Anna aurait été incapable d'avaler quoi que ce soit. Mon Dieu, est-ce que tout cela était vrai ?

— Mais ce ne sont que des preuves indirectes, dit Sloan.

— En effet. Ce n'est pas comme si un témoin oculaire jurait vous avoir vu injecter à Jack Ramey la dose mortelle, mais...

Anna pensa qu'elle n'allait pas aimer la suite de ce « mais ».

— ...les prisons sont pleines de gens condamnés pour moins que ça.

Sloan laissa échapper un juron.

— D'un autre côté, inutile de paniquer, reprit Harper.

La peur avait envahi la pièce comme un parfum insidieux et amer. Harper revint à son bureau, posa sa tasse, prit un stylo.

— Marilyn cherche qui est le témoin qui t'aurait vu quitter la maison, mais nous aurons ces informations en temps voulu. J'essaie seulement de devancer le jeu. Reprenons point par point. Vous vous êtes rencontrés sur la plage dans la soirée.

Sloan acquiesça.

— Vous avez dit que ce n'était pas prémédité. Maintenez-vous cette déclaration ?

— Oui ! répondirent Sloan et Anna d'une même voix, puis Anna répéta :

— Ce n'était pas prémédité.

Elle en faisait un point d'honneur, comme si cela excusait, dans une faible mesure, ce qui était arrivé ensuite.

— Quelle heure était-il ?

— Aux alentours de vingt-trois heures.

— Ensuite ?

Comme personne ne répondait, Harper posa une autre question :

— Avez-vous bavardé ?

Anna ne se considérait pas comme timide, mais ses joues s'enflammèrent. D'après ses souvenirs, fort peu de paroles avaient été échangées.

— Un peu, dit Sloan.

— Après quoi, vous avez eu des rapports sexuels...

Anna dut émettre un son, car Harper la regarda.

— Vous allez devoir vous habituer à cela, tous les deux. L'accusation ne va pas se gêner pour donner un côté sordide à ce qui...

— Ce n'était pas sordide ! s'écria Sloan.

— Je n'ai pas dit cela, mais c'est ce que va s'efforcer de faire croire Hennessey, et il a déjà de quoi prouver que vous ne vous êtes pas rencontrés pour parler de la pluie et du beau temps. Ne le sous-estimez pas. Il est doué.

— Voilà qui me réchauffe le cœur, remarqua Sloan en se levant pour prendre un café.

— Laissons cela de côté pour l'instant. Examinons les raisons de ta présence chez Anna la nuit où Jack Ramey est mort. Quelle heure était-il ?

Sloan but une longue gorgée.

— Après être rentré chez moi, ne pouvant dormir, je suis ressorti vers une heure du matin. J'étais chez

50

Anna vingt minutes après.

Harper se tourna vers elle.

— Que s'est-il passé ensuite ?

— Je l'ai vu par la fenêtre de ma chambre, aussi je...
Elle faillit dire « je me suis glissée » mais cela paraissait de mauvais goût.

— Je suis descendue.

— Votre chambre est à l'étage ?

— Oui. Jack occupait la chambre principale, au rez-de-chaussée, à cause de sa chaise roulante et de l'espace dont il avait besoin pour ses appareils de rééducation. Je suis sortie par le garage. Sloan et moi n'avons parlé que quelques minutes.

— Vous vous êtes disputés ?

— Je dirais plutôt que nous avons eu une conversation animée. J'étais bouleversée.

— À quel sujet ?

Elle répondit avec franchise.

— J'avais commis un adultère. Et ma fille venait juste de m'en faire grief.

Sans le regarder, elle sut que Sloan était stupéfait par cette dernière phrase. Harper s'adressa à son ami :

— Qu'as-tu fait après ?

— Je suis retourné au phare.

— Mais pas avant d'avoir jeté quelque chose dans la mer.

Anna eut l'impression qu'une petite guerre venait d'être déclenchée, car Sloan paraissait ne pas vouloir répondre. Quand il parla, ce fut en termes détournés.

— Ce que j'ai jeté dans la mer n'a rien à voir avec du matériel d'injection.

Les yeux clairs de Harper le supplièrent de répondre avec précision.

— Et qu'est-ce que c'était ?

Après un silence plein d'hésitation, Sloan avoua :

— Un coquillage.

Harper plissa le front de façon éloquente.

– Un coquillage ?

— Exactement. Pas vraiment mortel, n'est-ce pas ?

Elle eut l'impression étrange que c'est lui à présent qui évitait de la regarder.

— Pourquoi cela ?

— Anna a cherché en vain un coquillage particulier tout l'été. J'en avais trouvé un cet après-midi-là. J'espérais lui offrir en signe de paix... qu'il lui dirait ce que je ne savais pas comment exprimer... et zut, je ne sais pas ce que j'espérais !

Elle en eut le cœur serré. Pourquoi ne le lui avait-il pas donné ? Sloan parut entendre la question informulée.

— Dans le feu de notre discussion, je l'ai oublié. Après, je me suis dit que de toute façon elle ne voudrait rien de ce que je pourrais lui offrir. Alors le jeter dans la mer m'a semblé juste. Lui et notre histoire avec.

Anna eut l'impression que le poids qui pesait sur son cœur allait l'étouffer. Elle ne parvenait pas à quitter Sloan des yeux, qui, le sentant, la regarda aussi. La pièce sembla soudain chargée d'éclairs. Harper y fut sensible et dit :

— Encore quelques détails, et nous aurons fini pour aujourd'hui.

Sloan but le reste de son café.

— Oui, finissons-en.

Harper se tourna vers Anna :

— Votre mari vous a-t-il écrit un mot vous demandant de l'aider à mettre fin à ses jours ?

— Oui. Je l'ai brûlé dans la cheminée parce que je ne voulais pas que Meg le trouve.

— Comment se fait-il que Larsen l'ait vu, alors ?

— Je ne l'ai pas détruit tout de suite. J'étais stupéfaite, effrayée et je me suis enfuie. Je ne m'en suis souvenue qu'après.

— Où êtes-vous allée ?

— Au phare. Il fallait que je parle à quelqu'un.

— Elle n'a pas tué..., commença Sloan, mais Harper lui coupa la parole.

— Je ne t'ai pas demandé cela.

Anna trouva soudain singulier qu'il ne le demande pas. C'était pourtant une question pertinente.

— Allez, ça suffira pour aujourd'hui. Lundi vous serez officiellement inculpés et déposerez votre recours. C'est très simple.

Elle se leva en même temps que Sloan. Elle avait de nouveau l'impression que Harper croyait d'emblée en leur innocence.

— À propos, reprit Harper, laissez-moi vous faire part de mes propres règles. Primo, votre fille Meg devra assister aux séances du procès. Secundo, peu m'importe ce que vous ferez ensuite, mais pendant toute sa durée je ne veux pas que vous vous rencontriez hors de ce bureau. C'est compris ?

Anna et Sloan se regardèrent.

— Comme je te l'ai dit, fit Sloan, ce n'est pas un problème.

— Bien. Autre chose : au tribunal, pas de regard enflammé entre vous. Pardonnez ma rudesse, mais le jury risquerait de rendre un verdict encore plus rude.

Les joues brûlantes de honte, Anna partit la première. Ce n'est qu'à mi-chemin qu'elle songea brusquement à la raison pour laquelle Harper ne leur demandait pas s'ils étaient coupables : peut-être craignait-il d'entendre la réponse.

4

ÉTAIT-CE vraiment nécessaire ? demanda Sloan
lorsque Harper revint après avoir raccompa-
gné Anna.

D'un côté, il en voulait à son ami de l'avoir mise sur
la sellette ; de l'autre, il comprenait qu'il ne faisait que
son travail. Harper s'installa dans son fauteuil comme
un chat qui s'apprête à faire la sieste et le regarda droit
dans les yeux.

— Mets-toi bien ça dans la tête, Sloan. Ici, c'est une
petite ville très fermée. Même si les Ramey y ont leurs
racines, Anna est une étrangère et toi, mon ami, tu n'as
même pas essayé de t'intégrer. Non que les citoyens
de Cook's Bay t'auraient admis d'emblée – après trois
ans, ils me considèrent toujours comme un « nouveau
venu » – mais toi, tu n'as même pas essayé.

C'était vrai. Quoique courtois, il était resté en
retrait. Les blessures physiques guérissent toutes
seules ; les cicatrices morales, elles, suppurent longtemps. Tel un animal blessé, il avait eu besoin de s'isoler, et le phare était l'endroit idéal. Quand Harper
l'avait retrouvé, après sa démission, il voyageait dans
le pays comme un vagabond. Sans famille, il n'avait
aucune destination précise. Harper lui avait offert la
maison du phare pour vivre en reclus et retrouver
l'homme qu'il avait été. Comment imaginer que six
mois plus tard Anna ferait irruption dans sa vie et qu'à
travers elle seulement il se retrouverait lui-même ?

— ... heureusement qu'elle paraît aussi pure que la première neige.

Il fixa son attention sur Harper.

— Mais n'oublions pas que même la première neige peut se transformer en gadoue. L'adultère n'est jamais une mince affaire, or dans une communauté aussi collet monté que Cook's Bay, cela suffit à vous condamner. Non que la ville n'en ait sa part, mais toi et Anna avez eu le mauvais goût de vous faire prendre. En outre, à chaque racontar, l'auréole de son mari brille un peu plus tandis que vous deux vous rapprochez du diable.

Sloan avait déduit la même chose, et deviné les complications qui allaient en résulter.

— Comment espérer alors un jury impartial ? Ne serait-il pas souhaitable de demander un changement de juridiction ?

— J'y ai pensé et je le ferai peut-être. Cependant... je ne suis pas certain que ce soit mieux. Cette affaire s'est répandue à l'extérieur et trois journaux importants du Maine en font état aujourd'hui.

— Merde !

— Ce n'est pas le pire. Jake Lugaric m'a appelé. Il veut notre version des faits.

C'était un présentateur d'une chaîne nationale réputé pour son acharnement. Sloan se sentit parcouru de picotements nerveux.

— Que lui as-tu répondu ?

— Que nous n'avions aucun commentaire à faire, ce qui l'a d'autant plus appâté. J'ai bien peur qu'Anna et toi passiez au journal télévisé de ce soir.

Paniqué, Sloan jaillit de sa chaise et fit les cent pas dans la pièce.

— N'oublie pas la passion du public pour le sensationnel, reprit Harper. L'adultère plaît toujours beaucoup, ainsi que le meurtre, surtout s'il est prémédité et de sang-froid. Les deux réunis, on a une attraction de première classe. Et Hennessey va profiter à fond de la presse.

Sloan s'immobilisa le temps de demander :

— Que veux-tu dire ?

— Un cas tel que celui-ci pourrait bien être la chance de sa vie. Car il n'est pas seulement ambitieux, ce qui a des limites, c'est un arriviste au point de ne jamais s'estimer satisfait.

— Autrement dit, il veut tout ce que tu as laissé tomber.

— Exactement.

Sloan était l'une des rares personnes à savoir pourquoi Harper avait abandonné New York au sommet de sa carrière, son appartement sur la Cinquième avenue, sa voiture prestigieuse et son yacht : il était fatigué de jouer l'avocat dans l'unique but d'accumuler fortune et célébrité. Soudain, il avait détesté aller au bureau chaque matin, méprisé ce nœud de vipères qu'était devenue sa vie en apparence idéale. Il avait souhaité retrouver ses motivations premières, pratiquer la loi dans l'anonymat. Malheureusement, sa femme s'était accrochée à ce style de vie et au bel appartement, et n'avait souhaité qu'un seul changement : le divorce.

— Cette affaire risque de te remettre sous les projecteurs, n'est-ce pas ?

Harper haussa les épaules en souriant.

— Je l'ai déjà été.

Sloan s'assit et se passa la main dans les cheveux.

— Moi, non. Et jamais non plus accusé de meurtre.

Un épisode affreux de son passé lui revint brusquement en tête. Il était devenu habile à esquiver les réminiscences pénibles, mais celle-ci l'avait prise par surprise. Il eut un rire sarcastique.

— Quand on y pense, c'est vraiment un coup du

sort. Comme si Dieu se vengeait. Tu crois à ce genre de choses ?

— Non. Et je ne crois pas utile de poursuivre cette conversation.

— Non, tu te trompes, insista Sloan, masochiste. C'est intéressant, ne serait-ce que par l'ironie de la chose. Il y a deux ans j'ai tué un homme et au lieu de m'inculper on m'a offert une médaille. N'est-il pas d'une parfaite ironie qu'aujourd'hui on soit prêt à me pendre pour un acte semblable ?

Sachant qu'il ne pourrait amener Sloan à un point de vue plus positif, ayant déjà eu ce genre de conversation avec lui, Harper affirma :

— Il y a deux ans, tu ne savais pas que tu tuais quelqu'un.

— C'est discutable. Peu importe que je l'ai exécuté ou pas, j'étais – je suis – coupable.

— Tu n'étais coupable que d'être humain. Non, je retire ce que je viens de dire. Tu ne t'es jamais autorisé à être humain. Ce que pense la plupart des gens, dont moi, c'est que tu étais – tu es – un héros.

— Un satané héros !

Chaque fois qu'il se croyait sur le chemin de la guérison, il faisait un pas en arrière. Seule Anna l'avait amené plus loin – Anna lui avait appris qu'il pouvait s'estimer lui-même de nouveau.

— Mon passé doit-il apparaître au procès ?

— Réfléchis. Si on en parle à l'échelon national, il n'y aura aucun moyen de l'empêcher. Tu as eu une carrière brillante, ton pays a récompensé ta valeur par la médaille du Congrès – ce n'est pas négligeable pour un jury.

— Il y a autre chose, et tu le sais.

— Je le sais, toi aussi, qui d'autre ? Que tu aies libéré un otage américain et été fait prisonnier ensuite apparaît au dossier, le reste est top secret, non ?

Bien que ce soit vrai, Sloan n'en gardait pas moins un sentiment de gêne. Lui et Anna, qui ne s'en doutait pas, étaient assis sur une bombe qui pouvait exploser à tout moment. En un clin d'œil, le courage pourrait devenir lâcheté, et l'honneur, déshonneur. Comment demander aux jurés, et à Anna, de comprendre ce que lui-même n'avait pas compris ?

— Écoute, dit Harper, rentre et repose-toi. Ne parle à personne de cette affaire.

— Je voudrais te remercier pour tout ce que tu fais.

Harper fit le tour de son bureau. Pour la première fois, Sloan remarqua sa fatigue due au manque de sommeil et au souci de devoir défendre son meilleur ami.

— Je n'ai encore rien fait.

— Tu m'as aidé pour la caution.

Harper lui tapa sur l'épaule.

— Ça fait partie de mon boulot.

À la porte, Sloan se retourna. Dans ses yeux se lisait la peur, sa compagne continuelle depuis qu'il avait été arrêté et enfermé. À la moindre provocation, elle bondissait et le dévorait tout entier.

— Je ne crois pas que je survivrais à un nouvel emprisonnement.

Il n'ajouta rien. Les cloches de l'église carillonnèrent leur accord.

Devant l'écran de télévision, Sloan se sentait abasourdi. Harper l'avait prévenu, mais en écoutant le célèbre présentateur prononcer son nom, il n'arrivait pas à croire que ce soit réellement de lui qu'il parlait. C'était sûrement un autre commandant Marshall, et un autre Richard Hennessey qui emplissait l'écran avec sa belle figure et son ambition sans limite.

— ... un crime particulièrement odieux. L'État du Maine n'applique pas la peine de mort, mais dans un cas comme celui-ci, on souhaiterait le contraire. Je fais le serment à tous les citoyens du Maine (il parut les regarder chacun dans les yeux) que j'agirai de mon mieux pour que justice soit rendue. Je...

Il éteignit la télévision avec une telle brusquerie qu'il en eut mal à la main. Au fond de lui, il écoutait claquer une porte, se voyait jeté sur un sol froid et humide, entre quatre murs. Son pouls s'accéléra et il réalisa la véracité de ses paroles. Il ne supporterait pas une nouvelle incarcération. Si on le condamnait, autant l'exécuter rapidement que le laisser mourir seconde après seconde. Il aurait mieux valu qu'il soit accusé de meurtre dans un État qui applique la peine de mort !

Ça suffit, Sloan !

Mais il ne pouvait arrêter le flot des souvenirs. L'odeur fétide emplit de nouveau ses narines, avec celle, âcre, de la peur. Son cœur battit à tout rompre.

Votre pays vous a oublié, commandant. Facilitez-vous donc les choses.

Il n'en avait rien fait et on l'avait suspendu par les poignets. La douleur avait enflé comme une lente symphonie durant des heures, et seul l'orgueil l'avait empêché de hurler, de supplier qu'on le relâche. Puis il avait glissé au bord de l'inconscience, mais jamais tout à fait, hélas. Alors on l'avait battu, si férocement, si cruellement qu'il avait cru que ses geôliers voulaient l'achever, mais il n'avait pas eu cette chance. Ils cherchaient seulement à lui faire implorer la mort plus que la vie. Jeté dans sa cellule après chaque séance, il vomissait du sang.

À présent, après une année de liberté retrouvée, un goût infect demeurait dans sa bouche. Comme s'il voulait s'en débarrasser, il prit une bière. Sa saveur de malt et sa fraîcheur ne lui firent aucun bien.

Il tenta de lutter contre les souvenirs qui allaient

suivre en jouant au jeu qu'il connaissait bien, s'inventer un monde de fantaisie où se réfugier. Mais son souffle se précipitait. Fils de fer. Décharges électriques. Des hurlements qui n'avaient plus rien d'humain. Des prières pour mourir. Je vous en prie, mon Dieu, laissez-moi mourir...

Arrête !

Secoué, il retourna dans le salon et regarda l'écran opaque de la télévision, s'obligeant à laisser de côté le cauchemar passé pour s'immerger dans le présent. Il se demanda pour la millième fois comment il avait pu se laisser entraîner dans une aventure avec une femme mariée et se retrouver accusé de meurtre.

Amour. Obsession.

Anna avait-elle regardé le journal télévisé ? Se sentait-elle aussi dépassée que lui ? Avait-elle, comme lui, l'impression que cela arrivait à quelqu'un d'autre ? Il ressentait un besoin irrésistible de la protéger des autres autant que d'elle-même, puisqu'elle s'obligeait à porter le fardeau du monde sur ses épaules.

En se dirigeant vers le téléphone, il entendit l'avertissement de Harper : il devait rester éloigné d'elle durant tout le procès. Mais l'appeler n'était pas comme aller chez elle. Qui le saurait ? Personne.

Sauf elle. Et lui.

Il composa son numéro et retint son souffle en attendant la sonnerie. Puis il reposa violemment le combiné. Cela n'avait rien à voir avec la demande de Harper, mais avec Anna elle-même. S'il y avait une chose à laquelle il ne survivrait pas, c'était son refus de lui parler.

Anna regardait la télévision avec une fascination effrayée, comme devant un serpent prêt à attaquer. L'effroi vous paralyse, mais une partie de votre esprit admire le mouvement sinueux du serpent. Le présenta-

teur était vraiment très bon. Sans préjuger de leur culpabilité – c'était le rôle des jurés – il semait des
graines insidieuses qui redoublaient sa peur.
Cependant, ce qu'elle venait d'apprendre sur Sloan la
fascinait encore plus.

Il lui avait confié, mal à l'aise, qu'il avait quitté
l'armée ; elle savait aussi qu'il avait été retenu en captivité. Il en parlait comme d'un désagrément passager,
mais elle avait vu les cicatrices dans son dos.

— L'élite de la marine... une longue et brillante carrière militaire... mission de sauvetage... médaille du
Congrès...

Hypnotisée, elle se rendait compte qu'elle connaissait bien peu de choses de lui. Il devait être un héros.
On ne décerne pas la médaille du Congrès à n'importe
qui, n'est-ce pas ? L'image de Richard Hennessey
emplit l'écran. Si Lugaric avait tout du serpent, le procureur apparaissait tel un loup furtif. Il posait des
pièges dont Anna sentait déjà la morsure déchirante.
Pourtant, voir sa vie étalée à la télévision d'une façon
aussi diffamatoire la laissait étrangement détachée. Ce
ne pouvait pas être elle qu'on accusait ainsi du
meurtre de son mari.

En fermant les yeux elle vit Meg. Regardait-elle la
même chaîne ? Anna aurait voulu l'appeler, mais ses
récentes tentatives n'avaient servi à rien. Sa compagne
de chambre répondait à sa place, affirmait qu'elle était
absente. Le chagrin la poignarda. Elle se leva, éteignit.
Elle se sentait si seule ! Ce n'était pas un sentiment
neuf, mais jamais il n'avait été aussi profond. Elle eut
envie de se jeter sur le téléphone pour appeler Sloan.
Seule sa voix représentait un bastion de raison dans ce
monde irréel où elle se débattait, mais comment
l'appeler après lui avoir claqué la porte au nez ?

Pourtant...

La peur et la solitude se donnaient la main, creusant

un vide étincelant au plus profond d'elle-même. À sa propre surprise, elle empoigna le combiné.

La sonnerie fit sursauter Sloan. Depuis qu'il vivait au phare, on l'avait rarement appelé ; la plupart du temps, c'était Harper, pour l'inviter à courir avec lui, ou boire un verre, n'importe quoi pour le sortir de là. Après le numéro de Lugaric et de Hennessey, il désirait seulement qu'on le laisse tranquille, mais la sonnerie persistante l'obligea à décrocher.

— Allô ?

Seul le silence lui répondit, puis on raccrocha. Voilà, pensa-t-il, maintenant il avait droit aux coups de fil anonymes. Il se rendit à la cuisine ; il ne souvenait plus de quand datait son dernier repas. Et il avait envie d'une autre bière.

Le téléphone sonna de nouveau.

Il décida de ne pas répondre, prit une bouteille dans le réfrigérateur. Pourquoi ne s'enivrerait-il pas ? La mousse jaillit du goulot. Il s'essuya la main sur son jean. Le téléphone sonnait toujours. L'ignorant, Sloan but une longue gorgée. Puis, brusquement, il posa la bouteille et se rendit au salon. Si c'était la presse, il allait leur montrer de quel bois il se chauffait. Il aboya :

— Allô ?

Silence. Puis :

— Je suppose que tu as regardé le journal télévisé ?

La voix de Harper le détendit.

— Oui, je l'ai vu.

— Hennessey a belle allure dans son costume chic, non ?

— Une vraie gravure de mode.

Sloan se laissa tomber sur le canapé en songeant que si le zélé procureur gagnait la partie, lui-même allait porter le bleu prison.

— N'est-ce pas un vice de procédure que laisser un

procureur autant parler à la presse ? Il n'y a pas une loi sur le secret de l'instruction ?

— Même si le juge l'appliquait, nous devrions quand même satisfaire les médias, lesquels n'en seraient que plus avides de trouver quelqu'un acceptant de rompre le silence. À propos, mon téléphone n'a pas cessé de sonner depuis les nouvelles. Il semble que le journal télévisé national veuille s'en mêler.

— J'ai eu un appel aussi, dit Sloan. Je ne sais pas qui, on a raccroché. Peut-être un curieux.

— Tu vas en avoir des tas. Ne réponds à personne.

— Ne t'inquiète pas.

Durant les vingt minutes suivantes cela ne cessa pas de sonner et Sloan ne décrocha pas. Puis il coupa la sonnerie et alla se coucher, non sans éprouver un certain respect pour les médias. Quand ils tenaient une histoire, ces messieurs s'y accrochaient. Cela représentait une menace qu'il ne pouvait ignorer, même si le squelette était caché dans un placard marqué « top-secret ».

5

Le palais de justice du comté semblait là depuis au moins deux siècles, mais il n'avait qu'une dizaine d'années d'existence, le premier ayant brûlé en 1980 au grand regret des citoyens de Cook's Bay. Un célèbre architecte de Boston l'avait reconstruit à l'ancienne. Anna s'était étonnée qu'un bâtiment puisse paraître si vieux aussi vite ; aujourd'hui elle comprenait. Elle-même avait considérablement vieilli depuis deux semaines.

— Ça ira ?

Elle se tourna vers Harper.

— Très bien.

C'était un mensonge, bien sûr. Rien n'allait depuis le début de cette débâcle, et peut-être cela n'irait-il jamais plus. Elle se sentait mieux, cependant, que ce vendredi soir où elle avait fini par appeler Sloan, malgré sa résolution. Le temps de quelques battements de cœur, elle s'était donné la permission de se réconforter à la chaleur de sa voix, mais elle avait raccroché. Elle ne méritait pas d'être rassurée.

— Ce ne devrait pas être long, dit Harper.

Il parlait de la lecture de l'acte d'accusation. La veille, il l'avait prévenue que le rendez-vous fixé était décalé d'une heure à cause de l'intérêt exagéré de la presse. Le juge avait accepté, ne souhaitant pas voir son tribunal transformé en music-hall.

Anna était arrivée chez Harper où Sloan et lui discutaient du procès. Marilyn avait découvert que le témoin ayant vu Sloan quitter la maison la nuit de la mort de Jack était Bendy Webber, qui partait pêcher le homard à cette heure indue. Anna se demanda ce que Bendy avait pu apercevoir d'autre. La même idée avait traversé l'esprit de Sloan et leurs regards se rencontrèrent malgré la volonté d'Anna. Les yeux noirs de Sloan, en contraste frappant avec son col roulé blanc, l'empêchaient de détourner les siens et elle se sentit à la fois faible et étrangement forte. Ce n'était pas la première fois qu'elle avait cette impression en sa présence.

Harper rompit le silence en leur apprenant que la police tenait à savoir quel objet Sloan avait jeté à la mer. Sans cette pièce à conviction, l'accusation affirmerait qu'il s'agissait bien du matériel nécessaire à l'injection mortelle. Or, Harper considérait cela comme un avantage important, l'accusation ne disposait pas de preuve tangible de ce qu'elle avançait, et donc aucun moyen de charger réellement Anna et Sloan.

Elle se permit un petit rayon d'espoir.

Avant de partir pour le tribunal, Harper revint une fois de plus sur ce qui allait se passer. Anna trouvait surprenant que son avocat ait décidé de plaider non coupable ; il ne lui avait jamais demandé si oui ou non elle avait tué son mari. Elle espérait qu'il n'en ferait rien.

Il l'emmena dans sa voiture tandis que Marilyn se chargeait de Sloan. Avec deux véhicules il serait plus facile de semer les éventuels journalistes mais Anna ne pouvait s'empêcher de penser que c'était surtout pour la tenir éloignée de Sloan.

— Allons-y, dit Harper.

En lui ouvrant la portière, il jeta un coup d'œil alentour. Marilyn et Sloan arrivaient. Sur ses gardes, Harper fit entrer ses clients par une porte de côté, sans doute ouverte spécialement pour eux. Ils pénétrèrent dans l'ascenseur réservé aux prévenus et montèrent en silence. Le cœur d'Anna se mit à battre d'anxiété ; malgré les efforts de Harper, elle imaginait mal ce qui allait se passer. Ce n'est pas tous les jours qu'on vous accuse de meurtre. D'instinct, elle se tourna vers Sloan. Bien que ses yeux soient dérobés par les lunettes aux verres réfléchissants, elle savait qu'il la regardait. Elle avait longtemps soupçonné que quelqu'un – lui – l'épiait tandis qu'elle se promenait sur la plage, bien avant leur rencontre. Une telle surveillance aurait dû l'effrayer, mais au contraire elle s'était sentie protégée, en sécurité, comme un petit enfant au chaud sous une couverture.

L'ascenseur s'immobilisa au troisième étage. Harper les avertit :

— Souvenez-vous que ce n'est qu'un préliminaire. Nous avons encore du temps avant le procès.

Anna observa, fascinée, la façon dont il agissait dans le tribunal : il était chez lui. Quant à Hennessey, il s'y comportait comme sur une scène de théâtre, avec le maximum d'effets. Ainsi que l'avait indiqué Harper, Anna et Sloan furent officiellement accusés de meurtre et elle sentit sa gorge se nouer. Puis Harper déclara qu'ils plaidaient non coupables. Sa voix sûre et forte résonna avec tant d'autorité qu'elle semblait se moquer de l'accusation et dire : « Comment peut-on être assez stupide pour croire ces deux-là coupables de meurtre ? »

Une date fut fixée – dans quinze jours — et ils suivirent à rebours l'obscur chemin déjà parcouru. Loin de trouver cette séance déprimante, Anna l'estimait plutôt encourageante. Au moins, le processus était en cours, la période d'inactivité allait prendre fin. Les deux semaines suivantes allaient être remplies des préparatifs du procès, ce qui lui convenait très bien. Tout plutôt que laisser ses pensées suivre de sombres chemins de traverse.

— Tout se déroule suivant le plan prévu, dit Harper. Nous pouvons nous permettre un premier soupir de soulagement.

Les portes de l'ascenseur s'ouvrirent comme pour se mettre à l'unisson, mais en sortant Anna se retrouva au milieu d'une foule de reporters enragés. Des flashes crépitèrent, des micros se tendirent. L'un d'eux, argent et noir, semblant agir de son propre gré, la frappa au nez. Elle ressentit une douleur aussi aiguë que lointaine, s'efforçant surtout de comprendre ce qui se passait.

— Comment vous êtes-vous rencontrés ?

— Est-il exact que le commandant Marshall et vous soyez devenus amants la nuit où votre mari est mort ?

— Votre mari était-il au courant ?

Anna entendait les voix mais elles étaient déformées, ralenties, comme retransmises par un vieux gramophone grinçant. D'un côté, ces gens paraissaient tout à fait normaux — une blonde aux cheveux ras, un homme aux grosses lunettes, une femme qui avait des kilos à perdre —, mais de l'autre, ils avaient l'air de chacals hurlants.

— Pas de commentaires, disait Harper. Nous n'avons rien à dire. Pour l'amour du ciel, laissez-nous passer !

Il se jeta dans la foule en écartant les bras, tandis que d'un coup de coude bien placé, Marilyn envoyait rouler la blonde au sol. En tombant, elle trébucha sur des câbles en entraînant une caméra. Quelqu'un cria, un autre jura. Un passage se dessina brièvement dans le chaos.

— Allons-y ! cria Harper.

Anna s'aperçut que ses jambes ne lui obéissaient pas. Étaient-elles paralysées ? Et qu'est-ce qui coulait de son nez ? Elle porta la main à son visage et la vit rouge de sang. Cette vue la terrifia. À cet instant, des bras vinrent à son secours. Ils étaient forts, puissants, déterminés. Une main protectrice poussa sa tête contre un pull-over blanc et elle sentit la poitrine musclée qu'il recouvrait. Sous son oreille, elle perçut le battement régulier d'un cœur solide.

Elle n'avait pas besoin de se demander qui l'entraînait ainsi. Seuls les bras de Sloan lui convenaient à ce point, comme s'ils avaient été faits pour elle, mais pour son malheur elle avait dû attendre la moitié de sa vie avant de le découvrir. Et ce cœur-là battait au même rythme que le sien. Au début de son mariage, jeune et confiante dans les promesses de l'amour, elle avait cru que Jack et elle vibraient à l'unisson, mais c'était faux. Ils s'accordaient, tout au plus. Avec Sloan, c'était un seul et même battement.

— Viens, ordonna Sloan.

Ses jambes obéirent par miracle. Un pas après l'autre. Ils suivirent rapidement Harper. Quand elle trébucha, il resserra son étreinte, la conduisant vers la sécurité.

— Madame Ramey...

— Monsieur Marshall...

Anna entendit les deux journalistes obstinés, inhala l'air frais du dehors, perçut le siège confortable de la voiture où on la fit asseoir. Sans relâcher son étreinte, Sloan se glissa à son côté. Le moteur vrombit, le levier de vitesse grinça et la voiture bondit en arrière, puis en avant. Des coups de klaxon dégagèrent le passage puis le véhicule se mit à rouler, très vite.

Anna avait commencé à trembler doucement, ses doigts toujours accrochés au pull-over de Sloan. Comme toujours, il sentit son besoin avant elle-même et couvrit sa main de la sienne, merveilleusement forte et ample, tout en l'attirant encore plus près de lui. Elle se lova dans sa chaleur, souhaitant que son cœur et sa respiration se calment.

— Tout va bien, murmura-t-il à son oreille.

Il n'avait parlé que pour elle et elle eut l'impression qu'ils étaient seuls au monde. Elle s'apaisa, ses doigts se décrispèrent et il y mêla les siens. Elle aurait dû résister mais les semaines d'angoisse, de solitude, les heures passées à se demander ce qu'elle allait devenir – elle imaginait sans cesse l'horreur de finir ses jours en prison – l'avaient laissée désarmée. Pour quelques instants elle se laisserait consoler, même si la punition résidait dans l'acte même. Plus tard, elle s'en voudrait pour cette faiblesse.

— Comment va-t-elle ? demanda Harper.

— Ça ira. Juste un saignement de nez.

Sloan se redressa et sa jambe frôla celle d'Anna en un geste intime, familier, qu'elle aurait voulu oublier sans y parvenir. Il glissa sa main libre dans la poche arrière de son jean et prit un mouchoir qu'il posa sous le nez d'Anna.

— Je suis désolée pour ton pull-over, dit-elle.

Il était couvert de traces de sang.

— Je me fiche pas mal de mon pull.

Il aurait voulu lui dire qu'elle seule comptait, mais il savait qu'elle ne désirait pas l'entendre. Quelques secondes après leur arrivée, Anna entendit une autre voiture et Harper leur ouvrit la portière en grand.

— Sors vite, dit-il à Sloan.

Celui-ci ne bougea pas.

— Je ne peux pas la laisser comme ça.

— Si, il le faut. Tout de suite, ou tu devras chercher un autre avocat.

Silence. Avocat contre client, ami contre ami. Ce fut Anna qui mit fin au conflit. Se dégageant de ses bras, elle leva les yeux sur lui.

— Fais ce qu'il te dit.

— Ecoute-la, renchérit Harper.

Quelques secondes s'écoulèrent. Enfin Sloan sortit de la voiture.

— Ramenez-la chez elle, dit Harper à Marilyn.

En un rien de temps, Marilyn conduisit la voiture hors de l'allée et laissa la maison derrière elles. Anna, serrant dans sa main le mouchoir ensanglanté de Sloan, ne regarda pas en arrière. Elle commençait déjà à se haïr pour la faiblesse qu'elle venait de montrer.

Un silence gêné, rompu seulement par le tic-tac de l'horloge, régnait dans la pièce. Sloan, un verre vide à la main, regardait près de la cheminée la pendule qui égrenait impitoyablement les heures. Sa colère brûlait toujours, plus forte que le whisky, témoignage de la ferveur de ses sentiments.

— Tu as envie de me frapper, c'est ça ? demanda Harper assis à son bureau.

Sans hésitation, les yeux fixés sur le manteau de la cheminée, il répondit :

— Oui.

C'était la première fois, au cours d'une longue amitié et malgré de nombreux désaccords. Leur relation symbolisait l'attraction des contraires. Le seul point sur lequel ils s'entendaient était de ne pas être du même avis, que ce soit sur la politique, la religion ou n'importe quel sujet, mais en particulier sur l'armée. Lorsque Sloan s'était enthousiasmé pour la guerre du Viêt-nam, Harper avait brûlé sa carte d'incorporation, se déclarant objecteur de conscience. Tandis que Sloan évitait les balles, Harper vidait les tinettes dans un hôpital pour vétérans. Sloan aurait reproché à tout autre que lui ses prises de position politiques, mais comment en vouloir à un homme qui incarnait à ce point l'intégrité ? Il soupira, s'efforçant d'oublier sa colère et Anna, tremblante contre lui. Il se tourna vers son ami.

— Qu'y avait-il de mal à rester ensemble quelques instants ? Dans ton bureau, qui nous aurait vus ?

Avec un sang-froid qui agaça Sloan malgré sa résolution, Harper se renversa dans son fauteuil en répliquant :

— Tu me demandes cela après ce qui vient de se passer ? Nous avions la presse à nos trousses, des yeux partout. Et le pire c'est que tu risques de nous faire perdre le procès avant même qu'il ait débuté. Crois-moi, les photos où tu étreins Anna feront le tour des journaux à la vitesse de l'éclair.

— Que devais-je donc faire ? Laisser les journalistes la dévorer crue ?

— Non, mais vous ne devez pas avoir l'air amants. Amis, voisins, oui, mais pas amants.

Sloan le regarda comme s'il n'en croyait pas ses oreilles.

— Tu ne parles pas sérieusement. Crois-tu qu'il reste une seule personne à Cook's Bay – je dirais même tous les États-Unis –, qui ne sache pas qu'Anna et moi nous sommes aimés ? Bon Dieu, toutes les questions de ces journalistes portaient là-dessus ! Ils ne s'occupaient même pas du meurtre !

— Quand j'argumenterai avec l'ensemble des États-Unis, je concéderai le fait que probablement tout le monde à Cook's Bay estime que vous étiez amants.

— Que veux-tu dire ?

— Que toi et Anna ne devez pas sembler avoir une liaison de longue date. Les jurés seront peut-être indulgents envers un couple qui a fait un faux-pas. Chacun d'eux en a fait un. Mais ils voudront que vous ayez l'air repentants, navrés d'avoir fait une erreur, tout comme eux regrettent les leurs. Ils n'admettront pas que vous proclamiez ouvertement que vous vous aimez, pas la moindre petite allusion au fait que vous continuez de vous voir. Une unique faute morale est pardonnable ; sinon, seul un jury composé de douze adultères permanents vous acquitterait.

— Mais nous n'entretenons pas de liaison !

— Peu importe, si le jury le croit.

Sloan eut un regard incrédule.

— La vérité ne compte donc pas ?

— Pas dans un tribunal. La vérité est celle que l'on fait croire aux jurés. Mais c'est ce Bendy qui m'inquiète. Il en a peut-être vu plus qu'il ne l'a dit.

Une pensée soudaine frappa Sloan.

— Meg est au courant.

— Ah oui, Meg ! Mais le procureur ne la fera sans doute pas venir à la barre. Les êtres chers ne font pas de bons témoins.

— Et Carrie ? Elle aussi doit s'en douter.

— Carrie fait partie de ces gens qui ne voient que ce qu'ils veulent bien voir.

Sloan caressa du bout des doigts la bouteille contenant un bateau qui était posée sur la cheminée, en choisissant ses mots avec autant de soin que l'artiste avait mis à construire le galion.

— Je voudrais que tu saches une chose. Je ne dirai pas en plein tribunal que je regrette ce qui est arrivé entre Anna et moi, parce que ce serait faux.

Harper eut un rire bref et incrédule.

— Ne me dis pas que tu vas te servir de ce procès pour te punir de ce qui est arrivé à Beyrouth ?

— Tiens-t'en à la loi. Tu ferais un piètre psychiatre.

— Pas besoin d'être psychiatre pour deviner ton but.

Avec une désinvolture troublante, Sloan répliqua :

— Et si je cherchais à me punir du meurtre de Jack Ramey ?

Un silence propre à s'y noyer envahit la pièce. Les deux hommes se jaugeaient mutuellement. Lentement, Harper alla se verser un verre.

— Tu me crois coupable de meurtre, n'est-ce pas ? reprit Sloan. Allez, dis-le. Nous savons tous deux ce que tu penses. N'as-tu pas affirmé qu'Anna m'obsédait ? Je ne peux même pas prononcer son nom sans avoir le cœur qui s'affole.

Harper se retourna.

— Je ne pense rien, sinon que tu es mon ami.

La réponse était celle que Sloan attendait, et il ressentit une vive exaltation – peu d'amitiés atteignent ce niveau – en même temps qu'une brusque déception : son ami le croyait coupable, ou du moins, n'était pas certain de son innocence. Quelque chose en lui mourut. Mais n'était-il pas question de mort, partout ? La mort d'un mariage, de l'innocence, et celle d'un homme nommé Jack.

Des chaînes entravent ses pieds, l'obligeant à racler le sol à chaque pas. La peur le fait transpirer. Ils lui ont déjà arraché sa chemise et il sait ce que cela signifie.

N'y pense pas ! Ils ont ton corps, mais pas ton esprit. Imagine le Colorado, la rivière, les truites qui attendent d'être pêchées...

Une porte s'ouvre, et il est devant l'homme sans nom. Les trois autres en ont un – il les a devinés dans les échanges en libanais – mais pas celui qui commande, aux épais cheveux noirs, au regard absent. Sloan est sûr qu'il prend plaisir à diriger son calvaire.

— Votre pays vous a abandonné, commandant. Je vous y renverrai, cependant. Je ne veux pas vous garder, je veux seulement un nom. Donnez-le moi et vous serez libre.

— Allez... au... diable, grommelle Sloan dans le silence de sa chambre, tout en se répétant que s'il parvient à se réveiller, tout cela s'arrêtera.

Mais il n'y arrive jamais. On lui martèle les côtes à

coups de chalumeau, les os craquent, les muscles se raidissent. Pense au montagnes ! À la rivière ! Aux truites !

Il s'assit d'un coup dans son lit, une douleur fulgurante dans la poitrine. Il crut avoir été frappé, s'aperçut qu'il respirait mal. Il s'obligea à se calmer. Les murs de la chambre se rapprochaient de lui. Il avait appris à ne pas lutter contre l'épouvante, mais à lui laisser libre cours. Ce soir, néanmoins, elle était particulièrement insidieuse, aussi attrapa-t-il ses vêtements pour aller courir dehors. Il dévala les marches qui menaient à la plage. La nuit était noire, mais il avait l'habitude. Le sable mouillé ralentit sa course et il leva haut les jambes, plus vite, jusqu'à ce que les muscles de ses cuisses le brûlent. Mais tout ce qui comptait c'est qu'il était libre – libre du passé, du présent, d'un futur incertain.

Il s'était mis à pleuvoir durant son sommeil et il fut bientôt trempé. Seuls des bancs de brouillard le regardaient passer. La mer chuchotait des encouragements. Sloan courait à la même allure assurée. D'instinct, il se dirigeait vers la maison d'Anna.

Il passa près des rochers couverts de lichen, coupa à travers la forêt qui rejoignait presque l'eau. L'obscurité l'ensevelit, le bruit de ses pas s'assourdit dans les aiguilles de pin. De nouveau sur la plage, il huma l'air salé, le parfum iodé de la mer et se rendit compte de sa folie. Harper ne lui avait-il pas répété de rester éloigné d'elle, que le succès de sa défense en dépendait ?

Il s'arrêta, sans savoir si c'était à cause de Harper ou de son point de côté. Haletant, il tomba à genoux. L'écume moussa autour de lui et il eut froid. Il se souvint de sa première rencontre avec Anna, en cette aube de juin, qui avait marqué un tel tournant dans sa vie. Il lui avait fallu marcher longtemps avant de s'apercevoir qu'il suivait une route bien périlleuse.

6

Juin

EN voyant la jeune femme, Sloan s'arrêta net. Il courait sur cette plage tous les matins et n'y avait jamais rencontré personne. Il fut déconcerté, car l'illusion soigneusement entretenue d'être seul au monde, sa façon de guérir, était détruite. Il allait mieux ces derniers temps, grâce à son vieil ami Harper qui l'avait convaincu de le rejoindre à Cook's Bay, mais il était loin d'avoir entièrement récupéré et l'intrusion de cette femme sur sa plage lui déplaisait.

À mi-chevilles dans les vagues montantes, son jean blanc roulé aux genoux, elle secoua frileusement son pied. Sloan savait que la mer était très froide. La femme serra ses bras contre son pull-over noir. À son cou, un foulard jaune pâle claquait dans la brise qui jouait avec ses boucles dorées, brillantes comme des joyaux dans la lumière du soleil. Soudain elle se pencha, prit quelque chose dans l'eau qu'elle rejeta dans les vagues après l'avoir examiné. Puis elle s'éloigna et entreprit de passer la plage au peigne fin. Elle ramassait des objets qu'elle laissait tomber aussitôt avec dédain.

Elle cherchait des coquillages. Sloan pensa qu'elle n'avait pas choisi le meilleur endroit. La mer en était avare sur les quelques plages de sable de la région et déposait surtout des carapaces de crabes, des coquilles de clams ou de moules, quelquefois un œuf de raie, ou un oursin parmi les algues couleur corail ou des morceaux d'éponge appelée « doigts d'homme mort ».

Ne voulant pas être surpris à l'espionner, il se glissa derrière un amas de rochers gris qui faisaient penser à des dauphins pétrifiés. Ils abritaient une crique où il se réfugiait souvent pour échapper à l'étroitesse de la maison du phare.

La jeune femme scrutait toujours le sable jonché d'algues et de varech ; à chaque fois qu'elle prenait un coquillage elle le rejetait, déçue. Elle cherchait sans doute des coquilles intactes. Comme le vent ne cessait d'agiter ses boucles, elle les emprisonna dans son foulard. Il était exactement de la même teinte. Tandis que le ciel se colorait de toutes les nuances du matin – rose perle, bleu brillant, lilas rayé de jaune – Sloan comprit que ce n'était pas un simple passe-temps pour elle, mais une quête, une mission sacrée. Elle semblait incapable d'abandonner avant d'avoir trouvé ce qu'elle cherchait. Quelle était sa motivation ? L'intensité même de cette dévotion le poussait à poursuivre son observation.

Elle consultait sa montre de plus en plus souvent. Elle avait sans doute un rendez-vous à respecter et le temps passait. Où devait-elle aller ? Partirait-elle avant d'avoir trouvé son coquillage ? Soudain elle se pencha, puis étudia ce qu'elle tenait dans sa paume. Un ravissement enfantin éclaira son visage et elle ferma la main, la porta à sa poitrine comme si la mer venait de lui offrir le plus rare de ses trésors. Et, de façon singulière, lui aussi ressentit cette exaltation, comme si on venait de lui faire un cadeau : avoir été témoin du bonheur de cette femme.

Quelle étrange et déroutante pensée !

Elle lui était inconnue et devait le rester, car la solitude lui convenait parfaitement. Il refusait de la troubler. Mais, tout le long du retour, il ne put chasser l'impression d'avoir assisté à quelque chose de spécial.

Ne sachant pas qu'elle était épiée, Anna consulta sa montre. À quelques minutes de sept heures, elle remit vivement ses tennis, déroula ses jambes de pantalon et s'élança d'un pas vif sur le sentier qui coupait à travers la forêt jusqu'au cottage. Elle devait se dépêcher pour préparer le petit déjeuner à temps. Manger à l'heure est important pour un diabétique – même si Jack n'avait jamais tenu compte de sa maladie. Elle se demandait si c'était sa faute. Si elle n'avait pas été aussi déterminée à en prendre la responsabilité, peut-être l'aurait-il mieux assumée lui-même ?

Elle observa son coquillage comme s'il détenait la réponse mais il demeura muet dans sa paume, blanc et brun avec de délicates ondulations, petit et parfait. Elle ne voulait que des coquilles intactes, ayant résisté à l'épreuve des vagues. Que des survivants.

Toute sa vie n'était que survie. Elle était devenue experte en cet art, surtout depuis l'attaque de Jack. Ce qui lui restait de dignité dérobé par un voleur nommé paralysie, il s'était laisser aller comme jamais auparavant et Anna aussi s'était sentie plus d'une fois proche du point de non-retour. Elle avait au moins autant que Jack besoin de cette évasion.

Ce n'était pourtant ni la maladie, ni les complications qui en résultaient, ni même le dépit que Jack rejetait sur elle qui lui portaient sur les nerfs, mais le fait qu'il s'était réfugié en un endroit où elle n'était pas la bienvenue. Son refus de partager son mal avec elle la blessait profondément. Elle avait pris les vœux du mariage très au sérieux : pour le meilleur et pour le pire, dans la maladie comme dans la santé. Bien qu'elle se soit sentie abandonnée tout au long de ces années, elle était restée, et resterait à jamais, aux côtés de son mari. C'est ce qu'exigeaient le devoir et l'honneur. Malgré les efforts déployés par Jack pour tuer les sentiments qu'elle éprouvait à son égard, quelque chose en elle, là où résidaient les souvenirs heureux, tenait toujours à lui. Pourtant, en ce lumineux matin de juin, elle n'avait guère envie de rentrer pour se sentir, une fois de plus, rejetée.

Émergeant de la brume, la maison qu'ils avaient louée lui apparut. Ils étaient arrivés tard la veille et elle la voyait pour la première fois en pleine lumière. Bien que simple, et même rustique, elle avait du charme, avec son toit à deux pentes et ses colonnes doriques supportant un petit porche. Carrie avait dû respecter trois critères en la cherchant pour eux : être assez grande, posséder des parquets solides pour y manœuvrer une chaise roulante et se trouver le plus près possible de la mer. Celle-ci convenait parfaitement.

Plus que tout, Anna appréciait son emplacement. La forêt et la mer procuraient l'impression d'être loin de tout, ce qu'elle jugeait très agréable. Ses bardeaux de bois exposés au sel et au vent marin semblaient capables de résister à la colère divine. Ce n'était pas à proprement parler une belle maison mais comme le coquillage, elle avait survécu.

La jeune femme entra par la porte de derrière. Elle ôta son foulard, libérant ses boucles emmêlées, et ses tennis crissants de sable. En chaussettes, elle se rendit à la cuisine, posa le coquillage sur le rebord de la fenêtre et s'affaira à la préparation du petit déjeuner.

Elle tâtonna un peu – il lui faudrait un certain temps avant de savoir où étaient rangés les ustensiles – et brancha la cafetière. Elle remercia en pensée Carrie de sa prévoyance, versa les céréales dans des bols et couronna le tout de quelques fraises bien rouges. Puis elle servit deux verres de lait. Elle posait le tout sur un plateau quand elle entendit du bruit derrière elle.

— Où en est le petit déjeuner ? demanda Ken Larsen.

Elle avait tout de suite apprécié l'infirmier engagé par Carrie ; petit, large d'épaules, il avait d'épais cheveux bruns et des yeux rieurs, ainsi qu'un sourire engageant. Surtout, il paraissait compétent et efficace. Il était arrivé à six heures précises, avait donné à Jack son injection d'insuline et encouragé Anna à faire la promenade dont elle avait envie.

— J'ai presque fini, répondit-elle en vérifiant sa montre.

Elle avait presque un quart d'heure de retard.

— Il dit qu'il est affamé.

Anna savait que cela signifiait « il a écrit », et qu'il n'était probablement pas aussi affamé que cela mais avait surtout remarqué son retard.

— Voilà, c'est prêt.

— Voulez-vous que je porte le plateau ?

— Non, nous déjeunons toujours ensemble.

Partager les repas était l'un des rituels qu'ils continuaient d'observer ; peut-être était-ce surtout elle qui y tenait, répugnant à abandonner ce dernier vestige d'une vie de couple normale. Elle tentait de meubler le silence oppressant avec du bavardage, se demandant s'il sonnait aussi faux aux oreilles de son mari qu'aux siennes, et pourquoi elle s'obstinait autant.

Ken hocha la tête comme s'il comprenait.

— J'en profiterai pour changer ses draps et préparer les instruments de gymnastique.

— Il ne va sans doute pas être un patient très coopératif.

— Laissez-moi ce souci.

C'était la meilleure proposition qu'on lui ait faite depuis longtemps.

— Je croyais que tu avais faim, dit-elle dix minutes plus tard.

Jack, effondré dans son fauteuil, la regarda par-dessus son bol de céréales intact. Ses yeux gris acier étaient d'une clarté vibrante, étonnante dans ce corps infirme. Il s'attendait à cette remarque, mais pas au rayon de soleil qui éclaira soudain les cheveux d'Anna comme une flamme safran. Malgré lui, il se rappela la sensation de ces boucles entre ses doigts, douces et drues, malléables et tenaces, de leur parfum ensoleillé. Ce souvenir surgi de nulle part le surprit et le mit en colère.

Il ne répondit pas ; cela aussi aurait risqué d'être douloureux. Il s'accrocha à la réalité – la cuillère ergonomique dans sa main, son lit d'hôpital si peu romantique, la protection qu'il portait en cas d'incontinence, le carnet et le crayon devenus son seul moyen de communication. Il les prit et commença à écrire laborieusement, de la main gauche, sachant qu'Anna aurait préféré qu'il parle. Or il n'avait pas l'intention d'entendre le son de sa propre voix. Haletante et brisée, c'était désormais celle d'un étranger.

— J'ai trouvé les fraises très sucrées, reprit Anna.

Jack haussa les épaules – ou plutôt la gauche, puisque tout son côté droit était paralysé. Il avait récupéré un peu de mobilité, mais ce simple geste lui était encore impossible.

— Il faut que tu manges, Jack. Veux-tu que j'enlève les fraises ?

Il fit un bref signe de tête.

— Comment trouves-tu Ken ? ajouta-t-elle.

Celui-ci venait de porter les draps à la buanderie, sans doute pour les laisser un peu seuls. Jack hocha de nouveau la tête, signifiant que Larsen était comme tous les autres.

— Le Dr Goodman l'a vivement recommandé.

C'est un spécialiste des victimes d'accidents cardiaques.

Jack haïssait le mot « victime », même s'il lui convenait parfaitement. Le diabète lui était venu de nulle part, sans antécédents familiaux. Adolescent, il ne savait pas à quoi il était condamné. Au début, il avait prétendu que sa vie n'avait pas changé, qu'il était le même qu'avant, mais la maladie l'avait lentement, insidieusement, informé du contraire et il se rebellait à chaque rappel, même s'il ne blessait nul autre que lui-même.

En vérité, il voulait se punir de continuer malgré tout à avoir les rêves, les désirs, les besoins d'un homme. Pourquoi ne s'étaient-ils pas détruits en même temps que sa santé ? Pourquoi étaient-ils restés si vifs dans ce corps détérioré ? Pourquoi continuait-il à avoir des désirs qu'il était incapable de réaliser ? Il avait encore envie de faire l'amour avec sa femme, alors que c'était impossible depuis des années ; il avait toujours besoin de son amour, de sa tendresse, même s'il ne pouvait plus les lui rendre puisqu'il brûlait de haine, de colère, de peur.

— Je crois que cette maison va être confortable. C'est plus grand que je ne l'espérais. Carrie a dit qu'elle venait juste d'être mise en location.

Jack la laissait bavarder sans se soucier de répondre. Personne ne l'exigeait plus de lui, désormais. Il se demandait pourquoi elle s'efforçait d'emplir le silence, mais il paraissait important pour elle de préserver un semblant de normalité. Il porta la cuillère à sa bouche en s'efforçant de ne pas renverser son contenu ; il songeait que peut-être, en se blessant, il cherchait à la blesser, elle. Après tout, n'était-elle pas restée en bonne santé, témoin de sa dégradation continuelle ? Elle était même obligée de prendre soin de lui, ce qui était avilissant, et pourtant elle demeurait jolie et désirable. Et pourtant elle restait à son côté, sans se plaindre.

Sainte Anna, patronne des maris qui se conduisent en enfants de salaud ! Mais, bon Dieu, ne voyait-elle donc pas, ni elle ni les autres, à quel point il était terrorisé ? S'il avait une seconde attaque, s'il devenait encore plus dépendant... Comment supporter une telle humiliation ?

— Il y a une très jolie plage non loin d'ici. Nous trouverons un moyen de t'y amener.

Il écrivit dans le style abrégé qu'il avait adopté : *Trp dificil*.

— Non, ce ne sera pas difficile. Un après-midi, après la grosse chaleur, je demanderai à Ken...

Il frappa du poing sur la table, sa façon de dire non. Anna sursautait à chaque fois. Il regretta aussitôt son geste brutal. Il écrivit : *J'entends mer. Suffisant*.

Anna soupira.

— Comme tu voudras.

Il détesta son intonation, passée de l'animation à la neutralité terne. De nouveau il prit le carnet : *Essaie comprendre. Refuse ennuyer*.

— Tu ne m'ennuies pas, Jack, répondit-elle doucement en tendant la main pour repousser une mèche de cheveux de son front.

Il détourna la tête et elle interrompit son geste. Sans rien ajouter, elle se leva et se dirigea vers la porte. Tout en jurant après lui-même, Jack tapa deux fois sur la table pour lui demander de s'arrêter, mais elle n'en fit rien. Puis le bruit d'une assiette s'écrasant au sol résonna dans la chambre. Elle revint, ramassa les débris. Le lait gouttait de la table comme une pluie blanche. Elle leva les yeux sur Jack. Savait-elle qu'il avait le cœur battant, les mains moites, qu'il était désolé de l'avoir peinée de nouveau ? Qu'il désirait trop la toucher pour prendre le risque qu'elle le touche la première ?

Ken Larsen apparut à la porte.

— J'ai entendu du bruit.

— Il y a eu un petit accident, répondit Anna avec calme.

La tête haute, comme si elle était prête à recevoir un autre coup, d'où qu'il vienne. Elle sortit. Jack la suivit des yeux.

Debout à la fenêtre de la cuisine, elle ne ressentait rien, comme toujours après ces scènes. Au début, elle avait mal, puis se réfugiait à l'intérieur d'elle-même, là où elle ne percevait que le vide. Cela lui coûtait à chaque fois une petite part d'elle-même, mais c'était le seul moyen de survivre. Elle aurait voulu que la mer comble ce vide grandissant. Il y avait si longtemps qu'elle n'éprouvait plus rien.

Elle prit le coquillage dans son poing serré. Ses bords tranchants la coupèrent et elle accueillit la douleur avec reconnaissance. Elle avait besoin d'émotions physiques : la froideur de la mer au petit matin, la pluie sur son visage, un coquillage coupant dans sa main. Elle l'observa de près. Bien qu'il ait survécu aux rigueurs de la mer, ce n'était pourtant que la moitié d'un tout, car une palourde est un bivalve relié par une charnière à son autre partie. En trouver un intact était devenu le symbole ultime de la survie, le but de cet été, la représentation, peut-être, des rapports entre un homme et une femme ; elle voulait croire qu'un couple peut quelquefois sortir vainqueur de l'adversité, ou simplement tenir l'un à l'autre.

Elle reposa le coquillage et aperçut une petite goutte de sang, telle une larme cramoisie, dans sa paume. Une fois de plus, elle avait tenu bon contre l'indifférence de son mari. Comme elle ne pouvait pleurer sur elle-même, elle se dit que quelqu'un pleurait pour elle, pour tout ce qu'elle sacrifiait dans l'unique but de survivre.

À la fin de la première semaine, Anna n'avait rien trouvé qui ressemblât à un bivalve entier et s'était aperçue que la plage n'était pas riche en coquillages. Elle s'aventurait chaque jour un peu plus loin – était-ce un phare, là-bas ? – mais ses efforts étaient mal récompensés. Par un jour de grand vent, elle avait découvert une autre moitié de palourde, puis une coquille d'escargot de mer aux délicats enroulements. Tout le reste apparaissait cassé ou ébréché. C'était stupide, mais elle était chaque fois déçue.

Le vendredi matin, au moment de rentrer, elle soupira, oppressée à cette idée, mais heureusement Meg devait arriver le lendemain pour le week-end. Une visite de sa fille était juste ce dont elle avait besoin.

Comme chaque jour, Sloan la regarda quitter la plage. Il ne savait pas pourquoi il revenait là tous les matins, s'efforçait de ne pas se le demander. C'était une agréable diversion dans sa solitude, voilà tout. Et puis c'est elle qui avait envahi sa plage ; mais si on l'avait poussé plus avant dans ses explications, il aurait dû avouer que c'était surtout à cause d'une certaine expression de ravissement devant un coquillage. Jamais il n'avait été témoin d'un tel bonheur pour si peu de chose. Quelle sorte de femme pouvait éprouver tant de plaisir à un acte aussi simple ? Et tant de désespoir à ne pas trouver ce qu'elle cherchait ? Sa déception quand elle n'en découvrait aucun était évidente. Et Sloan se sentait aussi affligé qu'elle, sans comprendre pourquoi.

Secoue-toi, Marshall. Tu ne sais même qui elle est.

Il y pensait toujours en faisant ses courses, comme tous les vendredis, à l'épicerie Gouge. Il avait peu de besoins et pas envie de se déplacer jusqu'aux supermarchés de Camden ; de plus, il aimait bien l'atmosphère vieillotte du magasin au plancher grinçant, la caisse enregistreuse démodée, l'arôme du café. Il appréciait moins la propriétaire des lieux, ce drôle d'oiseau au courant de tout ce qui se passait en ville.

Il posa sur le comptoir du pain, du lait et des œufs, disant pour l'amadouer :

— Ce café a une odeur délicieuse.

Inez Gouge, dont le chignon était tellement tiré qu'il lui bridait presque les yeux, répliqua avec fierté :

— Fraîchement torréfié, fraîchement moulu.

— J'en prendrai une demi-livre.

— C'est du vrai colombien, pas de ces mixtures dénaturées que vendent certains.

— Je déteste les mixtures dénaturées.

Inez eut un reniflement signifiant qu'elle comprenait cela et en un rien de temps, empaqueta le café et fit le compte des achats.

— Vous connaissez la maison près du phare ? demanda Sloan d'un air nonchalant.

— Celle des O'Bannyon ? Ou était-ce O'Day ? Je ne me souviens jamais du nom des gens.

Déçu, il se dit qu'elle n'était peut-être pas la commère qu'il croyait, quand elle se lança comme une vraie professionnelle.

— En tout cas, maintenant ce sont les Ramey qui la louent. Vous savez, le frère de Carrie Ramey. Pauvre homme. Il a eu une attaque. Il ne peut plus marcher ni parler. Il est né ici, son arrière-arrière-grand-père est l'un des fondateurs de Cook's Bay. Bonne famille, catholique. Oui, excellente famille. Pauvre homme... son épouse est si courageuse.

Son épouse. Sloan n'en fut pas surpris. La plupart des jolies femmes blondes de cet âge sont mariées ; et de toute façon, il avait trop à faire avec sa propre vie pour se mêler de celle d'une autre. Mais l'image de l'inconnue passa devant ses yeux, avec ses boucles dorées et son visage ravi...

— Trente deux dollars et douze cents, annonça Inez.

Il paya, prit ses sacs et s'apprêta à sortir.

— Au revoir.

— Que vouliez-vous savoir au sujet des Ramey ?

— Oh, rien, j'ai seulement vu quelqu'un sur la plage. On n'est jamais assez prudent avec les étrangers.

Inez hocha la tête, tout à fait d'accord. Puis, d'une voix pleine de pitié elle ajouta :

— Excellente famille... pauvre homme... courageuse épouse.

Très jolie épouse, songea Sloan, étonné de cette pensée, mais il aurait fallu être aveugle pour ne pas s'en rendre compte. Pourtant, il se promit de ne plus l'observer sur la plage. C'était une bonne décision, et il s'y tint fermement pendant toute une journée.

7

Le lendemain, quand Sloan trouva le petit coquillage avec ses jolies iridescences, il se dit qu'il n'avait pas le choix. C'est à elle qu'il revenait. Il mit soigneusement de côté sa promesse de ne plus se soucier d'elle, une femme mariée.

Il atteignit la plage où elle apparaissait chaque matin entre six heures et demie et sept heures. Cherchant autour de lui un endroit où déposer le coquillage, il le plaça près d'un morceau de bois flotté en espérant qu'elle le découvrirait, et que cela n'aurait pas l'air trop préparé. Puis il attendit dans sa cachette habituelle.

Il était étrange de penser combien à force de l'observer, de partager son plaisir ou sa déception, une sorte de lien s'était créé entre lui et cette femme dont il ne connaissait même pas le prénom et que cet espionnage risquait fort de fâcher. Mais les minutes s'écoulèrent sans qu'elle se montre. À sept heures moins vingt, il dut admettre qu'elle ne viendrait peut-être pas. À sept heures, ce fut certain. Son plaisir anticipé se transforma en une vive déception et il rentra chez lui. C'était peut-être mieux ainsi. Cette jolie inconnue commençait à prendre trop de place dans sa vie.

Oui, songea-t-il, laisse-la donc trouver elle-même ses coquillages. Ce n'est pas ton problème. Mais il se leurrait lui-même. Le lendemain, contre vents et marées, il serait là à l'aube, avec un autre coquillage, si possible.

Anna n'arriva qu'à huit heures sur la plage. Les

week-ends étaient imprévisibles ; elle devait prendre soin de Jack seule, l'infirmier ne travaillant pas. Elle s'occupait de lui toutes les nuits également et elle ne se souvenait pas avoir réellement bien dormi depuis son attaque. Elle se levait trois ou quatre fois pour le surveiller ; quelquefois il était éveillé, ou bien simulait le sommeil. Cette fois, Meg pouvait l'aider, ce qui lui laissait un peu de temps libre. La jeune fille avait insisté pour que son père fasse ses exercices de rééducation habituels et Anna était partie, sachant qu'il les exécuterait mieux avec sa fille qu'avec elle.

Malgré sa peine, elle se concentra sur la chaleur du soleil, le chant de l'océan et offrit son visage à sa caresse salée. Mais la mer s'était montrée avare, ce matin-là, et sur la plage envahie par des mouettes affamées, Anna ne récolta qu'une poignée de coquilles cassées qu'elle rejeta. Elle s'apprêtait à rentrer quand elle remarqua le bois flotté drapé d'algues, et le coquillage. Qu'il était joli ! Gris moucheté de brun et de rose, petit et fragile, il pesait plus lourd qu'il n'y paraissait. Cette force et cette perfection lui plurent ; il allait être son préféré.

Quelle chance de l'avoir découvert !

Le lendemain, elle en trouva un autre exactement au même endroit, mais n'eut pas le temps de s'en étonner car il était déjà neuf heures et elle devait se hâter de rentrer. Jack avait passé une mauvaise nuit et elle s'était levée plus souvent encore qu'à l'ordinaire. Meg s'était également réveillée mais Anna avait insisté pour qu'elle se recouche, car elle retournait à l'université dans l'après-midi. Ce départ l'attristait ; ou bien était-ce la perspective de rester seule avec Jack ?

Elle la trouva en train de se servir une tasse de café.

— Tu rentres déjà ?

— Oui. Je ne veux pas rester trop longtemps éloignée de ma fille préférée.

Meg sourit en repoussant une mèche de cheveux blonds échappés de sa longue tresse. Anna avait toujours l'impression de découvrir ce sourire pour la première fois, comme quand la sage-femme avait placé le nourrisson dans ses bras. On prétend que les nouveaux-nés ne sourient pas, mais Meg l'avait fait, Anna en était certaine. Même Jack, éclatant de fierté, avait acquiescé. Elle se souvenait de la façon dont il avait caressé la joue de l'enfant, puis la sienne, en gage d'amour et de gratitude.

Ces souvenirs comptaient beaucoup pour elle, symboles de l'époque heureuse de son mariage, hélas terminée depuis longtemps et sans espoir de retour.

— Comment s'est passée la séance de gymnastique ? demanda-t-elle en se dirigeant vers la table avec sa tasse et le coquillage.

Meg la suivit, sans sourire cette fois.

— Il a fait les mouvements, c'est tout.

— C'est aussi ce que dit Ken Larsen.

— Il est déprimé, maman. Il faut l'admettre. Beaucoup de malades passent par une période dépressive après une telle épreuve.

Anna ne répliqua pas que la plupart se battaient pour s'en sortir, mais dit :

— J'espérais que notre venue dans le Maine l'aiderait.

— Vous n'êtes ici que depuis une semaine. Donne-lui du temps.

Anna eut un sourire faussement optimiste.

— C'est vrai, tu as raison.

Meg garda l'air sérieux.

— Je me fais du souci pour toi. Tu es épuisée, physiquement et moralement. Il faut que tu engages quelqu'un pour le week-end. Deux nuits de repos par semaine te feraient le plus grand bien.

— Je vais bien, affirma Anna malgré les cernes qui entouraient ses yeux. Je t'assure.

— Difficile de dire de qui je tiens le plus mon entêtement, de toi ou de papa !

— Je dirais que tu avais peu de chances d'y échapper, en effet. Allez, je vais préparer le déjeuner.

— Oh, j'ai oublié de te prévenir. Tante Carrie l'apportera après la messe, vers une heure.

— Comme c'est gentil !

Voilà au moins une tâche qui lui serait épargnée. Carrie semblait toujours deviner quand on avait besoin d'aide ; c'est pourquoi elle choisissait souvent de porter des œillères, afin de se protéger des souffrances d'autrui qu'elle ressentait avec trop d'acuité. Oui, Anna aurait parié que Carrie venait lui tenir compagnie au moment où sa fille repartait.

— Tu t'en vas après le déjeuner ? demanda-t-elle d'un air dégagé.

— Oui, répondit doucement la jeune fille, et je ne pourrai pas venir samedi prochain. Je dois réviser pour mon examen d'anatomie.

— Je comprends, Meg. Tu as ta propre vie, mais ton père et moi nous en sortons bien. Carrie m'aide, ainsi que l'infirmier.

Meg prit le coquillage.

— Je le mets avec les autres sur le rebord de la fenêtre ?

— Oui, s'il te plaît.

Carrie arriva tel un arc-en-ciel dans une robe rose vif, et tous quatre déjeunèrent dans la chambre de Jack. Pour la première fois de la semaine, le rire fut de mise.

— Jack m'avait mise au défi de grimper dans le pommier, racontait Carrie avec une grimace malicieuse. C'était après m'avoir fait manger assez de pommes vertes pour rendre malade un régiment. Bref, je le suis et à mi-chemin, il se met à brailler que maman arrive. Elle nous avait bien recommandé de ne pas grimper dans cet arbre. Voilà Jack qui redescend tant bien que mal, moi juste en dessous de lui, mais je perds prise et je tombe !

— Tu t'es fait mal ? demanda Meg, ravie de toutes ces histoires du passé.

— Si je me suis fait mal ? J'étais couchée sur le dos, le souffle coupé, croyant que j'étais morte et le souhaitant car sinon, c'est maman qui allait me tuer. Je m'étais cassé le bras en trois endroits. De plus, je me suis foulée la cheville à la clinique. L'infirmière voulait me faire une piqûre avant que le Dr Goodman pose le plâtre, et je courais dans tous les sens pour lui échapper.

Meg riait et Jack souriait. Anna se demanda pourquoi il n'en était pas toujours ainsi.

— Mais le pire, continua Carrie, c'est que durant la nuit j'ai été malade comme un chien à cause des pommes vertes. Et j'étais là, un bras dans le plâtre et l'autre tâtonnant pour trouver la porte des toilettes, avec ma cheville qui avait doublé de volume. Et ton père, Meg, n'avait même pas mal au ventre, pourtant il en avait mangé plus que moi. Je peux dire qu'il m'a toujours attiré les pires ennuis.

Jack prit son carnet et écrivit : *Resté à côté toi.*

L'expression de Carrie s'adoucit et elle lui prit la main.

— C'est vrai, tu es resté près de mon lit toute la nuit.

La vue de leurs mains enlacées serra le cœur d'Anna. Elle ne se permettait plus de geste aussi intime avec son mari, sous peine d'être bafouée. Elle se leva et rassembla la vaisselle.

— Laisse-moi t'aider, dit Carrie.

— Non non, ne bouge pas.

Meg la suivit à la cuisine.

— Il est temps que je m'en aille.

Anna essuya ses mains.

— Conduis prudemment et appelle-moi ce soir.

— Oui, m'dame.

— Et travaille bien.

— Oui, m'dame.

— Et reviens dès que tu peux.

Elles s'étreignirent brièvement mais avec force.

— Je vais dire au revoir à papa.

Anna n'assista pas à leurs adieux pour ne pas être témoin de la tendresse que Jack témoignait à sa fille et non à elle, qui en avait tant besoin.

Carrie entra dans la cuisine.

— Meg est partie. Elle est en forme, n'est-ce pas, malgré ses études si fatigantes ?

— Elle a la jeunesse pour elle.

— Oui. Jack va plutôt bien aussi, tu ne trouves pas ?

Elle voyait de nouveau le monde derrière des lunettes roses. Jack n'allait pas bien ; il était fatigué, tendu, déprimé. La proximité de la mer ne lui avait pas réussi. Carrie continua :

— C'est une bonne idée d'être venus. Et pendant que tu y es, pourquoi ne prends-tu pas soin de toi aussi ? Tu parais épuisée.

Anna leva des yeux surpris. Sa lassitude était-elle si évidente que même Carrie la percevait ?

— Je vais bien, répondit-elle en chargeant le lave-vaisselle.

— Il faudrait que quelqu'un t'aide pour la nuit.

— Tu parles comme Meg.

— Alors pourquoi ne nous écoutes-tu pas ?

— Parce que ça va. L'infirmier de jour me seconde suffisamment.

Elle ne savait pas pourquoi elle se montrait si obstinée ; Dieu seul savait comme elle était fatiguée, mais c'était une sorte d'engagement moral ; même si Jack lui tournait le dos, elle ne pouvait pas l'abandonner.

— Que tu es têtue !

— Tu as parlé avec Meg ? demanda Anna en souriant.

— Non, ce qui confirme mon point de vue. Écoute, je te fais une proposition. Je ne t'ennuie plus avec ça si tu me retrouves pour déjeuner mercredi prochain. Laisse l'infirmier faire son travail. D'accord ?

Anna hésita à peine.

— D'accord.

De toute façon, Carrie n'aurait pas renoncé si facilement.

En trouvant un troisième coquillage au même endroit, la pensée que quelqu'un devait les déposer là pour elle effleura Anna. Au cinquième, elle en était sûre. Mais qui ? Et pourquoi ?

Elle parcourut la plage des yeux comme si la réponse se cachait là, tout près. Elle se tourna dans la direction du phare qu'elle ne pouvait voir mais qui n'était qu'à cinq cents mètres. On distinguait bien son signal lumineux par les nuits claires, on entendait sa corne de brume par les soirs de brouillard. Était-il habité, ou fonctionnait-il automatiquement ? Était-ce son occupant qui déposait les coquillages pour elle ? Mais comment savait-il qu'elle les collectionnait s'il ne l'avait pas... Une impression étrange la parcourut. Avait-elle été espionnée, suivie par un pervers ? Elle regarda autour d'elle et se rendit compte aussitôt de l'ineptie de ses craintes. Celui qui offrait les coquillages ne lui voulait aucun mal. Sans savoir comment, elle en était absolument certaine. Elle le sentait, au plus profond de son cœur, là où survivait la vérité.

— Tu vois, je t'avais dit que tu avais besoin de sortir un peu, déclara Carrie.

Anna et elle étaient attablées à la terrasse d'un restaurant bondé qui dominait une cascade. Au doux bruit de l'eau rebondissant sur les rochers s'ajoutaient les cris des mouettes et des oies canadiennes presque apprivoisées. Anna la regarda par-dessus son assiette de soupe aux clams. Elle admettait volontiers que cette escapade lui semblait merveilleusement libératrice, même s'il était difficile de dire ce que Jack en pensait. Il s'était contenté de hocher la tête tout en plaçant des chevilles dans les trous d'un plateau, exercice destiné à améliorer la coordination de ses mains. D'habitude, elle aurait tenté d'expliquer que Carrie l'avait obligée à accepter, mais elle n'en fit rien. Après avoir trouvé le coquillage ce matin-là, une idée lui était venue : sa belle-sœur aurait peut-être la réponse à sa question. Il fallait simplement trouver le moyen de la formuler sans qu'elle réponde par une autre question.

— Tu avais raison, en effet. J'en avais besoin.

— Et pendant que nous y sommes, je t'emmène faire du shopping.

— Tu ne retournes pas travailler ?

— Le Dr Goodman prend son mercredi après-midi, j'ai donc du temps devant moi. Nous allons nous rendre dans les magasins. Il y a des soldes.

— Je n'ai besoin de rien...

— Sottises, une femme a toujours besoin de quelque chose.

Anna ne se souvenait même plus de la date de ses derniers achats ; c'était avant l'attaque de Jack, en tout cas. Même avant, ils ne sortaient pas assez pour justifier une vaste garde-robe. Ses pulls gris étaient devenus son uniforme. Son uniforme de prisonnière ? C'est peut-être ce qu'ils étaient devenus, elle et Jack. Non qu'ils ne puissent sortir à cause de son diabète, mais parce qu'il en avait eu de moins en moins envie. Il lui fallait toujours quelque chose de spécial, qui le mettait à part ; il en avait eu assez d'être la bête curieuse.

— À propos, ajouta Carrie, le Dr Goodman a dit qu'il irait voir Jack, un de ces jours.

— Ce serait gentil.

Puis, le cœur battant plus vite, elle demanda :

— Tu connais le phare de Penobscot Bay. Il est habité ?

— Oui, depuis trois mois, par un ami de Harper, un type nommé Sloan Marshall. Le phare est automatique, mais la maison du gardien appartient à la ville qui la loue pour éviter qu'elle ne se dégrade.

Elle écouta à moitié la suite du bavardage de Carrie. Elle n'avait retenu que le nom de Sloan Marshall. Était-ce lui qui déposait les coquillages à son intention, après avoir remarqué qu'elle en cherchait ?

— Pourquoi me demandes-tu cela ?

Ramenée au présent, Anna répondit d'un air dégagé :

— Comme ça. J'ai vu quelqu'un sur la plage, et comme la plus proche maison est à trois kilomètres, j'ai pensé que le phare était peut-être habité.

Ce n'était qu'un tout petit mensonge ; il y avait eu quelqu'un sur la plage, même si elle ne l'avait pas vu.

— Grand, les cheveux et les yeux noirs ?

— Difficile de dire à la distance où j'étais.

— Je parie que c'était Sloan. C'est un chic type, mais il se comporte en ermite.

Dans ce cas, elle s'était trompée ; son donateur n'était sans doute pas ce mystérieux ermite nommé Sloan Marshall. D'un autre côté, il agissait sans se montrer, laissant ses coquillages telle une carte de visite. Durant les deux heures suivantes, pendant qu'elle faisait les magasins sans envie d'acheter, le nom de Sloan Marshall ne quitta pas son esprit.

— C'est tout ce que tu prends ? demanda Carrie d'un air incrédule.

Elle avait les bras pleins de vêtements aux couleurs vives, et Anna seulement un petit article.

— Meg avait envie d'une ceinture noire. J'ai trouvé celle-ci pour son anniversaire le mois prochain.

— Où est le corsage qui te plaisait ?

Elle avait admiré une blouse de dentelle à col montant, de style victorien.

— Je n'ai besoin de rien, vraiment.

De retour chez elle, le déjeuner et les plaisirs du shopping furent vite oubliés dans les tâches quotidiennes. Jack n'avait pas passé un bon après-midi et après le départ de l'infirmier, Anna ne cessa de le veiller. Elle lui fit son injection, prépara le dîner, et tenta de trouver le sommeil vers minuit.

En découvrant son lit, son regard tomba sur la pochette qui contenait la ceinture pour Meg. Sa sortie avec Carrie semblait dater d'une éternité, comme si sa vie s'écoulait très, très lentement, captive du temps. Elle se mit à penser au corsage de dentelle. Elle ne l'avait pas acheté parce qu'il n'y aurait personne pour lui dire qu'il lui allait bien. Qu'elle était jolie. Une femme a parfois besoin qu'on le lui déclare.

— Tu es si jolie, disait Jack, un millier d'années auparavant. Viens là, jolie dame.

Avec les mots doux de son mari, elle imaginait aussi ses caresses – ses lèvres contre les siennes, ses doigts sur sa peau, leurs corps enlacés. Elle ferma les yeux, en mémoire du temps où elle se savait jolie, où elle était femme. Mais c'était de plus en en difficile de s'en souvenir.

8

EN dépit de son sommeil troublé, Anna s'éveilla de bonne heure et de bonne humeur. Elle s'efforça en vain d'ignorer cette excitation et son origine. Quand l'infirmier arriva, elle était prête à partir.

En ralentissant le pas, elle se dirigea vers la plage et le coquillage qui l'y attendait sûrement. Mais s'il n'y en avait pas ? Si tout cela n'avait été qu'une simple coïncidence ? Non, c'était impossible. L'idée qu'on déposait les coquillages exprès pour elle, qu'elle allait peut-être rencontrer un ami, la remplissait de joie.

Un ami ? Quelle étrange pensée ! Cependant, elle n'en voyait pas d'autre. Elle percevait trop bien une sorte de lien avec celui qui lui offrait ces présents. Était-ce vraiment ce Sloan Marshall qui vivait en solitaire dans la maison du phare ? Arrivée sur la plage, elle vit que le morceau de bois flotté avait disparu, repris par la mer durant la nuit qui n'en avait laissé qu'un fragment couleur de cendre. Les vagues lui avaient-elles volé son coquillage aussi ? Elle fut soudain certaine qu'on en avait déposé un.

Elle approcha et ne vit rien. Elle ressentit une vive déception et donna un coup de pied dans le dernier morceau de bois. Alors, elle distingua le cercle tracé dans le sable mouillé ; à l'intérieur, se trouvait un coquillage pas plus grand que son pouce, blanc comme neige. Elle le ramassa, fragile, immaculé et en étudia l'intérieur délicatement rosé. Elle le serra dans sa main et se tourna dans la direction du phare. Elle était certaine désormais qu'on les déposait pour elle. Le hasard ne dessine pas de cercle sur le sable. Le lien qu'elle ressentait avec l'étranger, son ami inconnu, se resserra.

Elle n'aurait su dire quand lui vint l'idée ; en revenant chez elle, en posant le coquillage sur le rebord de la fenêtre, ou en parlant avec son mari – un étranger, lui aussi, bien qu'elle ait passé presque toute sa vie avec lui –, qui de toute évidence préférait le silence. Quoi qu'il en soit, elle était résolue à tendre un piège à son mystérieux donateur.

Il était temps qu'ils se rencontrent.

Sloan s'éveilla en sursaut. Comme toujours après un cauchemar, il fixa son esprit sur autre chose, le cadran lumineux de son réveil, le coquillage qu'il allait déposer pour *elle* tout à l'heure. Avait-il eu raison de tracer un cercle autour du coquillage trop petit pour être remarqué tout seul ? Avait-il eu raison d'inaugurer ce rituel ? Sans doute pas, se dit-il sans éprouver le moindre remords.

Il enfila son survêtement et ses chaussures de marche, prit ses lunettes. Il les portait toujours en sortant de chez lui, même quand l'aube était à peine née. C'était devenu sa façon de se cacher des autres. Et de lui-même, peut-être.

Il se mit à courir de son pas souple et en moins de dix minutes, tandis que le soleil se levait sur l'horizon dessiné d'un trait de plume, il parvint à l'endroit habituel. Le bois flotté avait entièrement disparu. Sloan se pencha pour déposer son offrande et perçut une présence. Sa présence.

Il se sentit attiré dans un tendre piège sans en éprouver de crainte mais un bonheur, une attente, comme si des feux d'artifice éclataient en lui. Il pivota en la cherchant des yeux, sur la plage, les rochers, la lisière du bois, fantômes de la nuit devenus réalité amicale dans le petit jour et il la vit, debout au milieu des arbres. Elle fit un pas en avant, prit forme, avança. Lui en voulait-elle de s'être ainsi introduit dans sa vie ? Il n'y avait rien vu de mal, mais elle ? Puis il se rendit compte qu'il l'avait mal jugée : elle n'était pas seulement jolie, mais ravissante, à deux doigts de la pure beauté, avec un visage d'ange à la Rubens, des boucles blondes qui jouaient dans la brise, un regard bleu à la fois jeune et ancien, femme et enfant, et quelque chose de plus qu'il ne pouvait définir.

Elle s'arrêta à quelques pas de lui en le regardant bien en face. Il se redressa et attendit, déterminé à la laisser rompre le silence. Le mot qu'elle choisit le surprit.

— Pourquoi ?

La question était posée avec douceur mais franchise. Sloan l'apprécia et répondit de même :

— Parce que vous avez l'air si déçue quand vous n'en trouvez pas. Personne ne mérite d'être déçu si on peut l'éviter.

Ce fut au tour d'Anna d'être étonnée ; il y avait bien longtemps qu'on ne s'était soucié de ses déceptions, et encore moins d'y remédier. Elle en fut émue et intriguée, tout comme par son teint hâlé, ses cheveux bruns emmêlés, ses lunettes aux verres argentés qui dérobaient un regard dont elle devinait pourtant l'insistance.

— La déception fait partie de la vie, dit-elle si doucement que le vent emporta les mots fragiles.

Sa résignation attrista Sloan. Qu'y avait-il d'enfoui derrière ces beaux yeux bleus ?

— Et de la mort aussi, répliqua-t-il. À chaque espoir déçu, l'âme meurt un peu.

Elle pencha la tête de côté.

— La mort de l'esprit est sans doute aussi inévitable que celle du corps.

— Non ! s'écria Sloan avec une force qui le gêna lui-même.

Il se croyait désabusé depuis longtemps, mais voilà qu'un éclat de son ancien moi remontait à la surface. Le guerrier en lui semblait prêt à se battre contre le sombre ennemi de cette jeune femme. Elle sourit.

— Vous êtes un philosophe passionné, on dirait ?

Il lui rendit son sourire.

— Peut-être. Peut-être pas.

Ce n'était pas la conversation qu'il avait imaginée entre eux. L'avait-il secrètement espérée ? Avait-il dessiné le cercle dans le sable pour éliminer le hasard ? La douce voix d'Anna chassa sa rêverie.

— Ainsi donc, Sloan Marshall, vous parcourez le monde à la recherche de dames à sauver de la déception ?

Elle s'assit dans le sable, comme si elle était chez elle sur la plage et recevait un hôte impromptu. Il fit de même. Bien que leur entretien soit chaleureux et amical, il décrypta le langage de son corps : les bras noués autour de ses genoux repliés, elle avait dressé une barrière entre elle et lui. Mais un psychologue n'en dirait-il pas autant de ses lunettes écran ?

— Vous connaissez donc mon nom ?

— J'ai demandé à Carrie. J'ai pensé que ce devait être vous qui me laissiez les coquillages.

— Et que vous a raconté Carrie ?

— Que vous êtes un ami de Harper, que vous avez les cheveux et les yeux noirs et que vous vivez en ermite. Est-ce vrai ?

Sloan se demandait où était son écharpe jaune ; sans elle, le vent emmêlait inextricablement ses boucles folles.

— Vous n'avez pas votre foulard ?

Ce qui prouvait qu'il connaissait bien ses habitudes. Elle porta la main à son cou ; soudain elle se sentait nue et vulnérable.

— Je me suis habillée en vitesse.

— Vous vouliez me prendre sur le fait, c'est ça ?

— Vous ne répondez pas à mes questions. Je vous soupçonne même de chercher à les éluder.

— Je ne m'en souviens même pas, mentit Sloan, jamais à l'aise sur ce qui le concernait personnellement.

— Vivez-vous en ermite ?

Elle se demanda pourquoi elle insistait tant. Sans doute parce que l'isolement suggérait un passé dramatique qu'elle aurait aimé connaître. Elle n'avait jamais rencontré de reclus volontaire mais n'en était-elle pas une, à sa façon ? La vie l'avait forcée à se cacher. Sloan Marshall se cachait-il aussi ? Anna éprouva soudain l'envie d'arracher ses lunettes, de plonger au plus profond de ses yeux.

— Suis-je un ermite ? reprit Sloan. Sans doute, si Carrie le dit.

— Pourquoi ?

Il sourit, mais il n'était pas prêt à aborder ce sujet, ni maintenant ni jamais.

— C'est une condition préalable à l'état de philosophe passionné.

— Vous éludez la réponse, alors revenons à ma première question : parcourez-vous le monde à la recherche de dames à sauver de la déception ?

— En fait, vous êtes la première.

— Pourquoi moi ?

— Honnêtement, je l'ignore.

C'était vrai, et très déconcertant.

— Mais vous m'avez observée ?

À travers vos lunettes, ajouta-t-elle en silence.

— Cela vous gêne-t-il ?

— Non, répondit-elle en se demandant si cela ne devrait pas, justement.

— Écoutez, je sais que vous êtes mariée, je ne cherche pas à vous importuner.

— Ce n'est pas ce que je pensais, dit-elle très vite, alors que c'était faux.

— Parole de scout, ajouta-t-il.

Ses manières avaient quelque chose de si juvénile qu'elle ne put s'empêcher de le taquiner.

— Vous avez été boy-scout ?

— Eh bien, oui. Écoutez, reprit-il sans sourire, je sais que ça paraît fou, je ne me l'explique pas moi-même, mais j'ai envie que nous devenions amis. Je vous ai regardée, je vous apporté des coquillages... Est-ce que j'ai l'air d'un idiot ?

Touchée, elle répondit :

— Non, pas du tout. En fait, je ressens la même chose.

Il parut soulagé.

— Je crois que je peux avoir de nouveau un ami.

Bien que la remarque soit énigmatique, Anna ne posa pas de question mais déclara :

— Je crois que moi aussi.

Il trouva la réponse intéressante mais ne lui demanda pas de l'expliquer.

— C'est donc entendu ? suggéra-t-il.

Soudain, les choses semblèrent trop rapides à Anna. Après tout, elle ne connaissait pas cet homme.

— Disons que nous allons y penser.

— C'est juste, acquiesça-t-il.

Puis, rompant le silence gêné qui s'était établi, il ajouta :

— Ainsi, vous êtes la belle-sœur de Carrie, la femme de son frère ?

— Oui.

Elle n'avait pas envie de parler de son mari. C'était

un sujet trop douloureux, et elle se renferma en elle-même, étouffant, comme à chaque fois, un peu de sa personnalité.

— Depuis combien de temps êtes-vous mariée ?

— Vingt-quatre ans.

— Vous avez des enfants ?

— Une fille, Meg.

— Joli prénom. Moi je suis divorcé, sans enfant.

— C'est dommage.

— C'est fini depuis longtemps.

— Je voulais dire, que vous n'ayez pas d'enfant.

Il haussa les épaules.

— Je suppose que c'était écrit. Il paraît que votre mari a eu une attaque ?

— Oui.

Elle se leva, secoua le sable de son pantalon et dit brièvement.

— Je dois partir.

Dérouté, Sloan se leva à son tour en se demandant ce qui mettait fin si brusquement à la conversation. La question au sujet de son mari ? Cette fois, il l'avait effrayée, pire, il lui donnait envie de fuir. Son regard reflétait une tristesse qu'il ne supportait pas.

— Je suis désolé. J'ai dit quelque chose que je n'aurais pas dû.

— Non, dit-elle en baissant les yeux pour qu'il ne puisse plus lire en elle. Je dois seulement rentrer, pour préparer le petit déjeuner.

Elle commença à s'éloigner en hâte.

— Attendez ! cria Sloan en montrant le coquillage qui brillait dans le sable. Ne l'oubliez pas. Ce n'est pas le plus beau, mais il est entier.

Elle revint sur ses pas, le ramassa et le regarda de près.

— Merci. Pour tous les autres aussi.

— Pourquoi doivent-ils être entiers ?

— Je dois vraiment m'en aller.

— Reviendrez-vous demain ? cria-t-il derrière elle.

— Je ne sais pas, lança-t-elle par dessus son épaule.

— Je serai très déçu si vous ne venez pas !

Elle ne se retourna pas, mais continua de se hâter vers l'orée du bois et le sentier qui la ramènerait chez elle, vers son mari, son mariage usé.

— La déception fait partie de la vie.

— Hé !

Son ton à la fois autoritaire et suppliant la fit s'arrêter.

— Vous vous contentez de trop peu.

— Vous en demandez trop, répliqua-t-elle.

Ils s'observèrent. Les mains dans les poches, les cheveux emmêlés par le vent, le soleil reflété dans ses lunettes, il paraissait plus énigmatique que jamais. Une question naquit dans la tête d'Anna, toute simple, mais d'une importance considérable.

— Avez-vous vraiment les yeux noirs sous ces lunettes de soleil ?

Sloan s'affola. Il ne pouvait pas faire ce qu'elle suggérait. N'allait-elle pas en voir trop, l'interroger ? Il parvint à sourire.

— Oui. Je vous montrerai demain.

Elle ne put s'empêcher de sourire à son tour et reprit sa marche quand un nouvel appel l'arrêta. Elle pivota vers lui.

— Avez-vous un prénom ?

Elle répliqua avec une légèreté qu'elle n'avait pas éprouvée depuis bien longtemps :

— Oui. Je vous le dirai demain.

Là-dessus elle partit. Sloan la regarda s'éloigner, certain qu'ils avaient pris chacun un engagement, même s'ils tenaient plus que tout à préserver leur intimité et leur secret.

Le Dr Goodman arriva impromptu dans l'après-midi prétendant passer dans le voisinage, ce qui était difficile à croire puisque la maison était très isolée. Jack comme Anna furent heureux de le voir. Elle ne l'avait pas souvent rencontré mais elle l'aimait bien. Bon et doux, il incarnait le type même du médecin de campagne, et malgré ses allures de savant fou c'était un excellent praticien. Anna l'amena auprès de Jack, puis prépara du café qu'elle vint leur servir. Elle s'apprêtait à les laisser quand le médecin intervint :

— Restez.

Surprise, elle regarda Jack dans son fauteuil roulant derrière la petite table. Elle n'aimait pas avoir l'air de demander sa permission, mais, à cause de son tempérament imprévisible, elle marchait toujours sur des œufs dans son effort pour lui plaire. De la main gauche, il lui indiqua une chaise près de lui. Elle n'aurait su dire si l'invitation était sincère, mais s'assit.

— Comment va votre fille ?

Comme toujours, Jack laissa la parole à Anna.

— Très bien. Elle travaille dur.

— J'ai bien peur qu'elle n'ait à travailler encore plus dur avant d'être médecin. Veut-elle se spécialiser ?

— Oui, en médecine interne.

Avec tact, elle ne précisa pas que ce choix était sans doute en rapport avec la maladie de son père bien-aimé.

— Bonne idée. Dis-moi, Jack, comment t'en sors-tu après cette attaque ?

La question était soigneusement formulée pour obliger Jack, qu'il en ait envie ou non, à participer à la conversation. De même, le Dr Goodman s'était arrangé pour qu'Anna reste afin de les observer tous deux et déterminer à quel point leur vie de famille était affectée par la maladie. Allait-il percevoir la tension qui affleurait sous les apparences ?

Surpris, Jack posa lentement sa tasse, spécialement conçue pour ne pas déborder. Anna savait qu'il la détestait, mais cela lui permettait un semblant d'indépendance. Il prit son carnet et gribouilla une réponse, le tendit au médecin.

— En effet, Jack, la convalescence est souvent longue. Ne te laisse pas décourager. Ken a déjà fait des miracles, donne-lui un peu de temps.

Du temps.

Anna fit un pas en arrière dans cet élément sans substance nommé Temps. Bien que distante de quelques heures seulement, sa rencontre avec Sloan sur la plage lui semblait appartenir à un passé indéfini. En fait, elle n'aurait même pas juré que c'était réellement arrivé. D'un autre côté, cet épisode semblait défier la durée et posséder une réalité si évidente qu'on ne pouvait la nier. Avait-elle promis de le rencontrer le lendemain matin ? Cela restait à voir ; elle n'avait pas sitôt rejoint sa maison qu'elle s'était rendue compte que le lendemain était un samedi, jour de repos de Ken, et que le soin de Jack lui revenait entièrement. Elle ne pourrait pas le laisser seul, et certainement pas pour rencontrer un autre homme !

— Tu ne devrais pas te fier à ce carnet, mais exercer tes cordes vocales... améliorer ton élocution...

La conversation parvenait par bribes à Anna, qui suivait surtout le dialogue rejoué dans sa tête :

Je crois que je peux de nouveau avoir un ami.

Là était le nœud du problème. Un homme et une femme peuvent-ils être de simples amis ? Elle connaissait l'avis de Carrie : c'était une question complètement démodée. En cette époque éclairée, cela ne faisait aucun doute. Où était le problème ? C'est qu'elle n'était pas une femme éclairée. Quand on a été mariée vingt quatre ans sans le moindre flirt, il paraissait étrange d'engager quelque relation que ce soit avec un autre. Pire que cela, déplacé, inconvenant.

Cependant, elle aurait juré que rien dans la proposition de Sloan Marshall ne correspondait à ces adjectifs. Une femme devine les mauvaises intentions d'un homme, et elle n'avait perçu chez lui que de la sincérité. Il lui avait demandé s'il pouvait être son ami, et Dieu sait si elle en avait besoin. Alors où était le problème ?

— Anna ?

Pourquoi ces arrière-pensées au sujet de cet homme auquel elle avait pensé en ami bien avant de le rencontrer ?

Le tambourinement du poing de Jack sur la table la tira brusquement de ses pensées. Le Dr Goodman et lui la regardaient fixement. Elle se leva aussitôt, sans offrir d'excuse.

— Prends soin de toi, dit le médecin en donnant une bourrade à Jack. Donne-toi le temps de récupérer, d'accord ?

Jack hocha la tête.

— Merci d'être venu, dit Anna en le reconduisant à l'entrée.

— Pas de quoi. Si vous avez besoin de moi, appelez-moi.

— Je n'y manquerai pas.

Sur le point de sortir, il se retourna :

— Et tâchez de vous reposer un peu.

— J'ai donc si mauvaise mine ? Vous êtes la troisième personne à me le faire remarquer cette semaine.

— Vous avez l'air fatigué. Reposez-vous.

C'était facile à dire, mais pas à faire. Jack avait sali son lit et elle dut changer les draps, puis Ken s'en alla à quinze heures. Elle resta seule avec son mari renfrogné – c'est à dire confus d'avoir dû lui faire refaire son lit.

Elle décrocha en hâte quand le téléphone sonna.

— Ton dîner est-il en route ? demanda Carrie.

— Oui. Pot au feu.

— Zut. J'espérais te surprendre avant. Y en a-t-il assez pour trois ?

— Bien sûr, mais je croyais que tu sortais avec Harper.

— Nous devions, mais il doit s'occuper d'un client.

— Viens, alors, assura Anna rassérénée à l'idée d'avoir de la compagnie, un tampon entre elle et son mari.

— Et si je restais pour la nuit ? Tu pourrais te reposer un peu.

Anna coinça l'écouteur en épluchant une carotte.

— Tu as donc parlé avec le Dr Goodman ?

— Inutile de lui parler pour voir à quel point tu es fatiguée. Réfléchis : huit heures de sommeil ininterrompu.

Anna ne résista plus.

— Le dîner sera prêt pour dix-neuf heures.

Plus tard, elle se demanda si c'était la perspective de passer une bonne nuit qui avait semblé irrésistible, ou celle de pouvoir aller sur la plage au petit matin, chercher des coquillages et... voir Sloan Marshall.

9

En l'apercevant sur la plage, elle se rendit compte à quel point ses arrière-pensées étaient stupides. Leur amitié n'avait pas besoin de justification. Simple et pure, elle était aussi évidente que l'air, l'eau et le feu. Mais même alors, il fallait la construire pas à pas, et en secret, car les autres risquaient de pas se montrer aussi convaincus de son innocence. Surtout dans une petite ville comme Cook's Bay.

Sloan leva la main pour la saluer et elle fit de même. Puis il continua de lancer des miettes de pain à une bande de mouettes affamées. Il portait toujours ses lunettes de soleil en dépit des nuages qui s'assemblaient dans le ciel. Il avait plu à verse durant la nuit, et la mer était agitée. En s'apaisant, les vagues avaient déposé sur le sable toutes sortes de débris — des bois flottés, des pierres arrachées à une jetée voisine, des coquillages à la pelle, des algues semblables à des serpents et des morceaux de corail. La pluie menaçait encore.

Sloan avait craint que le mauvais temps n'empêche Anna de venir. Elle avait redouté la même chose, mais ce qu'elle avait craint par-dessus tout, c'est que Carrie lui demande ce qu'elle allait faire sur la plage alors qu'une averse était imminente. Mais elle lui avait simplement conseillé de mettre un imperméable.

En changeant son vêtement de bras, elle dit, avec l'impression de connaître Sloan depuis toujours :

— Salut !

111

Il répondit avec la même familiarité. Elle s'immobilisa à quelques pas afin de ne pas disperser les mouettes avides d'attraper le pain qu'il leur lançait. Leur vol gris et blanc oscillait autour de lui. Lentement, tel un maître au milieu de ses disciples, il les quitta pour se diriger vers Anna.

— Qui sont vos amies ?

— Elles n'étaient que deux quand j'ai commencé, mais leurs sœurs et leurs copines se sont vite invitées.

Il se tint devant elle, mille pensées en tête – il avait eu peur qu'elle ne vienne pas... ses yeux recélaient toujours la même tristesse... ses boucles de soie semblaient encore plus dorées. À cet instant elle ôta le foulard de son cou pour le mettre sur sa tête, luttant contre le vent, et le noua sous son menton.

Anna, elle, le trouvait plus grand que dans son souvenir, le sourire plus amical, les épaules plus larges. Et les lunettes plus opaques, aussi impénétrables que... qu'un secret. Cet homme avait-il des secrets ? Mais qui n'en a pas ?

— Je me demandais si vous alliez venir.

— Moi aussi, répondit-elle en toute honnêteté.

— Pourquoi êtes-vous venue ?

— Parce que j'aimerais être votre amie. Je n'ai jamais été amie avec un homme.

Il haussa les épaules.

— Je n'ai jamais été ami avec une femme, mais un ami est un ami.

— Je le crois aussi. On dirait qu'il va pleuvoir.

Sloan était heureux qu'elle accepte son amitié car c'était à cela qu'il pensait aussi, à rien d'autre. Une mouette plus hardie l'avait suivi et réclamait sa part de pain. Couleur ivoire, la poitrine rebondie, l'oiseau fixait les deux humains de son œil en bouton de bottine et semblait leur dire qu'on n'est jamais trop prudent.

— Tenez, dit Sloan en donnant le sac de pain à Anna, essayez de la faire venir à vous.

Ils s'agenouillèrent dans le sable mouillé.

— Allez, la mouette, viens, roucoula-t-il en tendant une poignée de miettes.

— Viens, dit Anna en écho.

Sloan songea qu'on ne pouvait résister à une telle douceur mais la mouette se montrait plus sceptique.

— Je l'ai déjà vue près du phare, remarqua-t-il.

— Comment la reconnaissez-vous ?

— Regardez sa patte. Elle est marquée d'une cicatrice. Elle a dû se prendre dans les filets d'un pêcheur.

— Pauvre bête.

— Les cicatrices ne font pas mal.

Quelque chose dans son intonation alerta Anna. À ce moment, la mouette agita ses ailes, ayant décidé de ne pas faire confiance à ces deux inconnus.

— Tout doux, tout doux, fit Sloan d'un ton à persuader le diable de faire le bien.

— Viens, petit oiseau, murmura Anna en avançant sa main pleine de pain.

Le geste, quoique lent, effraya la mouette qui s'envola en protestant.

— Zut !

— Ne vous en faites pas, elle reviendra. Demain, ou après-demain. Il faut du temps pour se connaître.

Elle leva de nouveau les yeux sur lui ; il ne la regardait pas, mais elle était sûre que ce commentaire ne s'appliquait pas seulement à l'oiseau. Il est vrai que leurs relations étaient aussi fragiles, délicates, qu'avec la mouette. Peut-être même plus.

Elle jeta le reste du pain aux autres oiseaux. Sloan étendit son imperméable par terre et ils s'assirent. Elle reprit sa position de la veille, les bras autour des genoux. Ils restèrent silencieux en regardant les mouettes gober les miettes. Ce n'était pas un silence pesant. Rien à voir avec celui qui régnait entre elle et Jack, et qu'elle tentait constamment de remplir avec des phrases, des paquets de mots, même banals, même bêtes. Les vagues en se chevauchant émettaient comme un murmure tranquille. Mais dans le lointain, le tonnerre annonça la pluie et les nuages frémirent.

— Vais-je apprendre votre nom ?

Elle observait de nouvelles venues piquer du bec parmi le bois flotté et le sable.

— Hum, pas avant que vous n'ayez enlevé vos lunettes.

Elle devina son lent sourire, tandis que son cœur battait plus vite comme lorsqu'on joue. Et il s'agissait bien d'un jeu auquel ils n'étaient pas pressés de mettre un terme. Si bien qu'elle ajouta :

— Que cherchent donc ces mouettes ?

— Des trésors cachés.

Elle lui jeta un coup d'œil surpris et il ajouta :

— Certains vous diraient des vers de sable, mais en vérité ce sont des bijoux – diamants, émeraudes, rubis couleur sang et saphirs aussi bleus que la mer.

Anna avait l'air aussi incrédule qu'intrigué.

— Vous voyez, ce bois provient d'un schooner du XIXᵉ siècle qui s'est échoué la nuit dernière. Il a été mis en pièces il y a un siècle et s'échoue un peu plus à chaque tempête.

Pour appuyer ses dires, il pointa le doigt en direction du tas de bois :

— Voici son gréement. Je pense, quoique ce soit difficile à déterminer, que c'était un trois-mâts.

— Est-ce grand pour un schooner ? demanda Anna, captivée.

— Assez, mais ce voilier était spécial pour d'autres raisons. Flambant neuf, à la pointe du progrès, c'était son premier voyage. Très élégant aussi, avec de l'or, des coussins de satin et des tentures de soie dans le grand salon.

— Je ne savais pas que les schooners pouvaient être si luxueux.

— Celui-ci, oui. Il avait été conçu dans un but bien précis.

Sloan remarqua qu'elle avait dénoué ses bras et s'était assise librement, face à lui. Cela le réconforta. Alors que lui se cachait toujours derrière ses verres argentés.

— Lequel demanda-t-elle sans entendre le tonnerre se rapprocher, ni voir les nuages s'épaissir au-dessus de leurs têtes.

— Son armateur, un ancien capitaine au long cours, vivait ici même, à Cook's Bay. Deux ans auparavant, lors d'un voyage en Angleterre, il avait rencontré une dame dont il était aussitôt tombé amoureux, mais elle était beaucoup plus jeune que lui et très belle, et il n'avait rien à lui offrir. Il ne savait même pas si elle l'aimait.

— Continuez.

— Il revint à Cook's Bay, le cœur brisé à l'idée de ne jamais la revoir et croyant que c'était le mieux à faire. Elle, de son côté, attendait une lettre qui n'arrivait pas, et finit par lui écrire.

— C'était très osé, il y a cent ans, commenta Anna complètement sous le charme.

— Mille sabords ! oui, ça l'était.

Anna sourit. Elle avait souri plus souvent en deux jours qu'en dix ans. Cela faisait du bien. Quant à lui, Sloan remarquait que la tristesse diminuait dans ses yeux qui commençaient à étinceler comme les saphirs qu'il avait évoqués. C'était une raison suffisante pour poursuivre l'histoire.

— Ils correspondirent un certain temps, puis le capitaine lui demanda de l'épouser. À sa grande surprise, elle accepta.

— Bien sûr.

— Il fit construire le voilier pour aller chercher sa fiancée. On se mettait en quatre pour plaire aux dames, à cette époque.

— Oh oui !

— Il le lui envoya en cadeau de mariage, chargé d'un coffre de joyaux qu'il avait rapportés du monde entier.

— Quel était le nom du bateau ?

Sloan s'interrompit juste assez longtemps pour qu'elle réalise qu'il inventait l'histoire au fur et à mesure ; ce n'était pas une légende locale, d'ailleurs, comment l'aurait-il connue ? Il n'était pas d'ici. Son intérêt redoubla.

— Le *Mary Jane*. Il avait une superbe figure de proue à son image, sculptée par un grand artiste.

L'histoire devait avoir une fin, sans doute tragique. Pour la souligner, le tonnerre retentit et des éclairs déchirèrent le ciel.

— Le voilier a coulé, n'est-ce pas ?

— Oui, sur le chemin du retour, à quelques miles seulement de la côte, à cause d'une tempête soudaine. Il n'y eut pas un survivant.

— Et le capitaine ?

— Il devint fou. Pendant les dix ou douze ans qui lui restèrent à vivre, il ne dit plus un mot, sauf une fois dans l'année. À chaque anniversaire du naufrage, il venait crier le nom de la jeune fille, comme pour lui dire qu'il ne l'oubliait pas. À sa mort, il se fit incinérer et ses cendres furent dispersées ici même, dans la mer. Je sais ce que vous pensez, c'est une histoire bien triste.

— Oui, en effet !

— Pas du tout. On dit, et je le crois, qu'une fois par mois, à la pleine lune, la belle figure de proue s'élève du fond de la mer, prend forme humaine et parcourt la plage à la recherche de celui qu'elle aimait. Et elle l'appelle doucement, comme lui l'appelait. Si vous écoutez bien, vous l'entendrez.

— Et le retrouve-t-elle ?

— Mille sabords, je parie que oui !

Mais Anna ne sourit pas, émue par l'histoire et la sensibilité de celui qui l'avait racontée.

— Pour une nuit, chaque mois, ils deviennent amants. Puis, main dans la main, ils retournent à la mer. Et le rideau tombe.

Le regard qu'Anna posait sur lui avait une telle intensité qu'il en fut troublé. On aurait dit qu'elle voyait à travers lui, ce qui fut confirmé par sa demande :

— C'est vous qui l'avez inventée, n'est-ce pas ? À l'instant même.

Il s'était mis à pleuvoir de grosses gouttes qui les mitraillaient comme des balles. Sloan se leva pour fuir la pluie autant que ses questions.

— Ce n'est pas difficile.

— Si, répliqua-t-elle en se levant aussi sous l'averse qui redoublait. Non seulement vous êtes un philosophe, mais aussi un conteur extraordinaire, et un poète.

— Ce n'est rien. J'ai eu mon lot d'expériences.

Quelle réflexion étrange, songea Anna. À moins que...

— Vous êtes écrivain ?

— Non. Survivant.

Cette réponse énigmatique la fascina encore plus, mais il avait l'air résolu à ne pas répondre plus avant, et apparemment, il regrettait d'en avoir trop dit. Saisissant les imperméables, il ajouta :

— Venez. Il ne faut pas rester sous ce déluge.

Le tonnerre claqua et un éclair aveuglant déchira le ciel. Une rafale glacée arracha à demi le foulard d'Anna, libérant ses boucles couleur miel aussitôt trempées de pluie.

— Vite ! cria Sloan en drapant son imperméable sur les épaules de la jeune femme. Mettons-nous à l'abri !

Elle s'élança en direction du sentier, puis se détourna et le héla. Il l'entendit malgré la tempête et s'arrêta. Lui aussi s'était mis à courir, mais vers le phare. À travers le rideau liquide, leurs regards se rencontrèrent.

— Je m'appelle Anna ! cria-t-elle.

Sans qu'elle sût pourquoi, il était important que Sloan sache son nom avant de la quitter.

Anna.

Le mot l'enveloppa comme la chaleur d'un feu. Oui, songea-t-il, Anna, un prénom simple qui allait bien avec ses boucles blondes, ses yeux bleus, son visage aux traits purs. Il était doux de le connaître, mais il devait faire ce qu'elle attendait en retour, et cela créait en lui une tempête aussi vive que celle qui se déchaînait alentour. En lui racontant l'histoire du capitaine, il avait déjà plus dévoilé de lui-même qu'il ne l'aurait souhaité. Les murs de sa vie se resserrèrent autour de lui comme ceux de sa minuscule prison. Il fallait qu'il en sorte, tout de suite.

Comprenez-moi, je vous en prie, aurait-il voulu plaider, mais au lieu de cela il fit un signe de la main.

— À demain, Anna.

Elle agita la main et courut chez elle, déçue mais pas surprise qu'il ait conservé ses lunettes de soleil. Il se cachait derrière, elle le savait. Mais de quoi ? Pourquoi se traitait-il de survivant ? Et pour quelle raison lui paraissait-il crucial d'obtenir ces réponses ?

— Tu m'as rendue folle de peur ! s'écria Carrie en la voyant arriver. Jack aussi !

Trempée jusqu'aux os, Anna pénétra dans la maison tiède.

— Où diable étais-tu ?

Hors d'haleine, elle répondit :

— Sur la plage.

— Je sais, mais pourquoi n'es-tu pas rentrée avant l'orage ?

— Je me suis laissé surprendre.

Ce qui n'était pas vraiment un mensonge.

— Enlève cet imper, il est à tordre. Heureusement que je t'ai conseillé de l'emporter, hein ?

En prenant le manteau, l'un des peignes de Carrie tomba près de la flaque d'eau formée par ses chaussures et Anna se pencha pour le ramasser. Elle s'aperçut alors que l'imperméable n'était pas gris comme celui qu'elle avait emporté, mais bleu marine, et elle retint son souffle. Elle se redressa lentement et observa Carrie. Celle-ci ne semblait pas l'avoir remarqué.

— Donne-moi ça, dit Anna en lui rendant le peigne pour prendre l'imperméable. Ce n'est pas la peine que tu te mouilles aussi.

Carrie se recoiffa tandis qu'elle mettait le manteau dans le séchoir à linge.

— Tu ne le suspends pas ?

— Je vais d'abord le sécher un peu.

Elle ôta ses tennis en déclarant :

— Je vais prendre une douche rapide, me changer et préparer le petit déjeuner.

— C'est fait.

Anna consulta sa montre : sept heures quarante. Stupéfaite, elle s'exclama :

— Oh, Carrie, je suis navrée ! Je n'ai pas vu le temps passer.

— Ce n'est rien. Je suis contente de te rendre service.

Ensuite, Anna n'eut guère le temps de penser à ce qui était arrivé sur la plage. Carrie s'en alla en milieu de matinée, lui laissant prendre soin de Jack toute seule. Il s'était réellement inquiété à son sujet et elle en fut touchée, car c'était la première fois depuis longtemps qu'il lui montrait de l'intérêt. Quand la soirée arriva elle était, comme d'habitude, épuisée, ainsi que Jack. La pluie persistante n'arrangeait rien. Elle lui administra son injection d'insuline et ils dînèrent. Elle parlait de tout et de rien. Pourquoi le silence était-il si pesant entre eux, et si naturel avec Sloan ?

Elle aida ensuite son mari à se coucher après avoir fait sa toilette ; c'était toujours un exercice éprouvant, qui laissait Anna courbatue et Jack en sueur. Elle rabattit la couverture sur ses jambes, vérifia que le pichet d'eau était plein, plaça près de lui la clochette dont il se servait pour l'appeler et baissa la lumière. Elle s'apprêtait à sortir quand la clochette retentit. Elle se retourna et vit Jack écrire. Elle attendit patiemment qu'il eût terminé, puis lut : *Reste avec moi*. Elle n'en crut pas ses yeux et rencontra le regard de Jack. Il écrivit de nouveau : *Mauvaise journée. Déteste la pluie*.

Elle sourit :

— Oui, c'était moche aujourd'hui, n'est-ce pas ?

Jack écrivit : *Reste un peu*. Elle s'assit près de lui dans la pénombre douce. On n'entendait que la pluie tambouriner contre le toit et les fenêtres, comme si un étranger toquait sans relâche à la porte.

L'étranger du phare.

L'étranger couché là dans ce lit. L'impression de chaleur qu'elle avait ressentie à la demande de Jack s'évanouit. Elle ne pourrait pas le toucher, il rejetterait toute manifestation affectueuse. Elle songea à l'histoire que Sloan avait racontée, à sa façon de dire qu'il était un survivant – une chose qu'ils avaient en commun – et à son refus d'enlever ses lunettes de soleil. Que signifiait tout cela ? Elle cherchait toujours des réponses quand le sommeil la prit.

Elle s'éveilla avec un torticolis et des crampes au

pied. Jack dormait toujours. Elle se rendit à la cuisine. Il pleuvait encore, mais moins fort, un crachin paresseux. Même si elle avait pu laisser Jack seul, ce qui était impossible, le temps l'aurait empêchée d'aller sur la plage. Elle se demanda ce que ferait Sloan aujourd'hui.

S'était-il aperçu qu'ils avaient échangé leurs imperméables ? Elle se souvint de celui qui était resté dans le sèche-linge et qu'elle avait oublié de sortir après le départ de Carrie. Elle se dépêcha de le prendre ; il était sec, mais tout chiffonné. Elle le secoua et le mit sur un cintre ; c'est alors qu'elle remarqua l'étiquette à l'intérieur du col : commandant Sloan Marshall, marine des États-Unis.

10

L A mouette à la patte balafrée revint le lundi. Elle atterrit à une distance courte mais prudente de Sloan et d'Anna qui cherchaient des coquillages.

— Voilà notre amie, dit Sloan à mi-voix.

— Où est le pain ?

Il fit un signe de tête vers les imperméables abandonnés sur le sable.

— J'ai pris des chips à la place du pain.

Elle le regarda avec surprise et ne vit que son reflet dans les verres argentés.

— Vous avez apporté des chips ?

— Pourquoi pas ? Elle mange bien des vers.

— Les vers, au moins, sont nutritifs. Les chips ne valent rien.

— C'est à prendre ou à laisser.

Ce matin-là, leur conversation ne fut que badinage. Sloan attribuait sa bonne humeur au beau temps revenu, et Anna au simple fait d'être sortie de chez elle. Mais chacun savait qu'elle était surtout due à leur mutuelle compagnie.

Elle s'efforça donc de persuader la mouette de manger dans sa main, mais celle-ci ne voulut rien savoir. Déçue, elle lui jeta les chips de loin. L'oiseau, qui boitait légèrement, avala tout.

— Vous y arriverez, dit Sloan. La faim rend téméraire.

Le regard d'Anna ne rencontra de nouveau que les verres réfléchissants. Elle voulait voir les yeux de cet homme ; l'heure était venue.

— Dites-moi, est-ce que vous venez d'une autre planète ? C'est ça, n'est-ce pas ? Vous êtes un extra-terrestre. Vos yeux ne sont pas comme les nôtres. C'est pourquoi vous ne pouvez pas ôter vos lunettes.

Il eut un grand sourire, mais son cœur battit plus fort. Il ne voulait pas les ôter – et en même temps il le voulait.

— Vous avez découvert mon secret. Je viens d'une autre galaxie. Ce que vous ne savez pas, c'est que mes yeux ont le pouvoir de réduire le corps humain en cendres.

— Non ?! s'exclama-t-elle comme si elle était sidérée. Je suis en danger alors ?

— Probablement.

— Je cours le risque.

Le temps d'un battement de cœur, la crainte, le goût du défi – il les ôta d'un geste brusque. Elle avait souvent vu des yeux bruns, mais jamais d'une nuance si sombre, ni aussi vifs et hardis. On aurait dit le ciel à minuit, sans lune. Sloan avait raison : ce regard-là pouvait vous réduire en cendres. Du moins si l'on était une femme. Mais elle y vit aussi la douleur, atténuée peut-être, mais pas complètement éteinte. Elle était en danger, plus qu'elle ne l'aurait cru, parce que cette douleur s'adressait directement à elle. Au lieu de questionner elle remarqua :

— Ce n'était pas si difficile.

— Non, répondit-il simplement pour ne pas la brusquer, en espérant qu'elle n'insisterait pas.

Ce qu'elle fit, pour une simple raison : si elle l'interrogeait, il en ferait autant. Ils agissaient tous deux comme la mouette, avec un grand luxe de précautions. Anna sourit :

— Cela signifierait-il que vous êtes humain, après tout ?

Il se détendit, mais la question le troubla ; Harper l'accusait de ne pas se satisfaire d'être un simple être humain.

— C'est un état insupportable.

Il essaya aussitôt de corriger la sévérité de sa remarque en précisant avec un sourire :

— Sur la planète d'où je viens.

Anna ne sourit pas :

— C'est souvent le cas sur cette terre aussi.

Ils n'ajoutèrent presque rien après cela.

Le mardi matin, la mouette les attendait. À leur arrivée, elle pencha la tête et lança un cri comme pour leur reprocher leur retard. Elle refusa encore de manger dans la main d'Anna, mais se régala des miettes de gâteaux répandues à ses pieds.

— Des cookies au chocolat, aujourd'hui ? avait demandé Anna en s'efforçant de prendre un air sévère.

— À prendre ou à laisser, avait répondu Sloan avec une lueur d'amusement dans ses yeux, heureusement libérés de leur prison de verre.

La mouette les avala avec voracité avant de s'envoler vers les nuages blancs qui croisaient dans le ciel pur.

— Que faites-vous ? demanda Anna quand il se laissa tomber à genoux pour rassembler du sable.

— Un château, mais pas n'importe lequel.

— Je m'en doutais.

— C'est un château de la Loire. Une belle princesse du nom de Fiona y vit. Elle a tout ce qu'elle désire, mais son cœur est aussi froid que la neige qui recouvre les jardins, car son prince est porté disparu et on le croit mort.

Anna, fascinée une fois de plus par ses talents de conteur, se demanda à quoi ils tenaient.

— Vous me surprenez, commandant Marshall.

Il s'interrompit. Quelle expression avait-il ? Était-il surpris ? Gêné ? Elle fut certaine d'avoir bien choisi son moment pour aborder le sujet.

— Comment le savez-vous ?

— L'étiquette dans votre imperméable.

Il hocha la tête.

— Depuis combien de temps êtes-vous dans la marine ?

D'un geste rapide, et peut-être inconscient, il balaya le château de sable si méticuleusement commencé.

— En fait, je n'y suis plus, rétorqua-t-il sans la regarder, puis, se levant, il ajouta : Je ferais mieux de vous laisser rentrer.

Brusquement congédiée, Anna se redressa à son tour.

— Je suis désolée. Je ne voulais pas vous importuner.

— Mais non.

Elle savait bien que c'était faux, car il évitait toujours son regard et semblait s'être retiré en lui-même, loin d'elle.

Le lendemain, il était clair que la mouette aurait bien aimé prendre les cacahuètes dans la paume d'Anna mais elle n'en trouvait pas le courage. Était-ce un symbole de ses relations avec Sloan ? En la retrouvant ce matin-là sur la plage, sans ses lunettes de soleil – elle n'aurait pas été surprise qu'il les ait remises –, il lui posa de nouveau une question qui la gêna autant qu'il l'avait été la veille :

— Pourquoi ne cherchez-vous que des coquilles entières ?

Le pantalon roulé sur les jambes, ils marchaient

dans la mer à la découverte d'un nouveau coquillage pour la collection d'Anna. Cette fois, elle décida de répondre avec sincérité :

— Je respecte les survivants.

Cette réponse était révélatrice. Contre quoi se battait-elle pour survivre ? Se pouvait-il qu'elle en connaisse autant que lui sur le sujet ?

— C'est important, en effet. Mais pas à n'importe quel prix.

Qu'aurait-elle pensé du prix qu'il avait payé pour cela ? Il se fit la réponse : la même chose que lui, il n'était qu'un lâche.

— Vous avez peut-être raison, disait-elle. J'ai longtemps cru que seule comptait la survie. Tenir encore un jour, encore une nuit, un autre jour...

Elle faillit ajouter : malgré la douleur, mais elle se ravisa :

— Seulement tenir.

— Vous ne le croyez plus ?

— Je n'en sais rien. Quelquefois le prix semble simplement trop élevé.

Elle songea au monde insensible dans lequel elle se réfugiait, à ce qui lui en coûtait à chaque fois et combien, malgré cette condamnation, elle avait envie d'éprouver encore des sentiments. Ces pensées la ramenèrent à sa quête d'un bivalve intact.

Quand elle eut exprimé tout ce que cela représentait pour elle, Sloan demanda :

— Qu'est-ce que vous aimeriez éprouver, Anna ?

— Quelque chose, n'importe quoi.

— Bonjour ! s'exclama-t-elle en arrivant sur la plage, puis elle s'arrêta en voyant la mouette, absente la veille, qui l'attendait.

Sloan lui sourit en guise de réponse. Comme le sourire d'Anna lui faisait du bien ! Après son aveu déconcertant, et son refus de s'expliquer davantage, il désirait plus que jamais savoir si elle se sentait aussi bien en sa compagnie que lui en la sienne.

— Je vous avais dit qu'elle reviendrait. Je crois qu'aujourd'hui elle ne résistera pas à mes friandises.

Elle s'assit à côté de lui, à quelques centimètres de l'oiseau qui, signe encourageant, ne s'envola pas.

— Puis-je vous demander ce que vous avez apporté ?

— Du chocolat.

— Vous plaisantez !

En lui donnant une tablette de chocolat en miettes, il affirma :

— C'est à prendre ou à laisser.

Elle tendit une poignée.

— Allez, ma belle, viens donc. Je sais que c'est bizarre, mais ce fou à côté de moi prétend que tu vas adorer ça.

L'oiseau fit quelques pas prudents, regarda le chocolat, Anna, puis de nouveau sa main. Soudain décidé, il se dandina jusqu'à elle et se mit à picorer dans sa paume.

Sloan n'avait jamais rien vu de plus merveilleux que le sourire qui se dessina sur les lèvres d'Anna, un sourire capable d'illuminer la plus noire des nuits. Il se demanda s'il n'avait pas vécu ces deux dernières années que pour en être témoin ; et, qu'elle le veuille ou non, en ce moment même elle éprouvait quelque chose.

— Je vous l'avais bien dit, chuchota-t-il.

Elle leva les yeux sur lui, et la chaleur de son regard l'émut. Oui, songea-t-elle, en une semaine cet inconnu était devenu son ami. Le meilleur de ses amis.

— C'est vrai.

Sa voix douce parut de miel à Sloan. Oui, cette inconnue était devenue son amie. Sa meilleure amie même.

Bientôt la mouette décolla, semblant leur dire un adieu amical du battement de ses ailes. Anna la regarda s'élever dans le ciel, loin, libre ; elle aurait tellement aimé s'envoler ainsi.

— Me parlerez-vous de votre mariage, un jour ? demanda Sloan, devinant que c'était la cause de sa survie à elle.

— Oui, répondit-elle sans hésiter. Me parlerez-vous de votre service dans l'armée ?

Elle aussi connaissait l'origine de son mal.

— Oui, assura-t-il en fixant l'horizon.

Chacun savait que l'autre respecterait sa promesse, ainsi que le font deux amis.

Anna ne put se rendre sur la plage le samedi car, à sa grande joie, Meg arriva de façon inattendue et, pas plus que le dimanche matin, elle ne trouva le temps nécessaire pour s'échapper quelques instants. L'après-midi, le père Santelices rendit visite à Jack.

Âgé d'une quarantaine d'années, grand, séduisant et d'apparence désinvolte, il avait plus l'air d'un play-boy que d'un prêtre. En réalité, l'Église catholique n'avait pas de pasteur plus dévoué à ses ouailles. Anna jugea que son allure peu ordinaire convenait fort bien, car Jack était loin d'être un paroissien modèle.

Durant cette visite, elle courut en hâte à la plage. Elle savait bien que Sloan n'y serait que par le plus grand des hasards ; en effet, il n'y avait personne, mais il avait laissé un message : Bonjour ! écrit sur le sable. Elle dessina : Idem ! juste en dessous, puis s'assit pour contempler la mer. Elle s'efforça de faire le vide dans son esprit, mais la question de Sloan revint la harceler : « Me parlerez-vous de votre mariage ? » Elle soupira. Que lui dire ? Comment exprimer des sentiments si complexes qu'elle ne s'y retrouvait pas elle-même ?

En fait, elle y parvint avec bien plus de facilité qu'elle ne l'aurait cru.

— Désolée d'être en retard, déclara-t-elle à bout de souffle, en se laissant tomber à côté de Sloan.

Elle avait couru tout le long du chemin de crainte qu'il ne l'attende pas. Dans sa hâte, elle avait oublié son foulard et le vent jouait dans ses boucles en toute liberté.

— Je commençais à croire que vous ne viendriez pas, répondit Sloan avec un soulagement intense.

Il lui semblait qu'une éternité s'était écoulée depuis vendredi, et il craignait que sa question ne l'ait éloignée de lui. Mais elle était là, les cheveux délicieusement emmêlés, sa douce voix saccadée par l'effort.

— Carrie est arrivée à l'improviste. Elle apportait à Jack son plat préféré.

Elle avait nommé son mari pour la première fois. Sloan ne manqua pas de le remarquer, d'autant qu'il ne lui avait rien demandé.

— Carrie et Jack ont l'air très proches, n'est-ce pas ?

— Oui, c'est vrai. D'ailleurs, Carrie ne fait jamais rien à moitié.

— Cela signifie que vous êtes très proches toutes les deux ?

— Oui. Bien plus que ma belle-sœur, je la considère comme mon amie. Et plus encore. Si je devais être quelqu'un d'autre, c'est elle que je choisirais.

— Pourquoi ?

— Elle est si... je ne sais pas. Ou plutôt, oui, je sais. Elle a un esprit libre. Les conventions ne l'impressionnent pas. Elle suit sa propre règle de vie.

— Et ce n'est pas votre cas ?

Anna se mit à rire.

— Vous plaisantez ? Je suis le respect des lois en

personne. J'ai toujours suivi les règles – je n'ai jamais très bien su qui les faisait mais j'ai été une bonne épouse, une bonne mère, selon les conventions. Du moins, je crois que j'ai été une bonne mère. Non, j'en suis sûre.

Le sous-entendu était clair, quoique aussi perfide que des sables mouvants.

— Mais vous n'êtes pas sûre d'avoir été une bonne épouse ?

— Non. J'ai essayé, mais cela ne suffit pas, n'est-ce pas ?

— Non, répondit-il en songeant qu'il avait essayé d'être un bon soldat.

Ils se regardèrent quelques instants. Puis, comme si elle craignait de trop parler en contemplant ses yeux, elle se détourna vers la mer. Les vagues déferlaient puis semblaient hésiter, craignant de se révéler. Comme elle ?

— Vivre avec un malade chronique n'est pas facile.

Sachant que cet aveu lui coûtait, Sloan répondit seulement :

— J'en suis sûr.

— Jack fait du mieux qu'il peut, vous savez, mais il n'est pas très patient. Peut-être ne le suis-je pas assez moi-même.

Elle haussa les épaules.

— J'aurais pourtant juré que vous étiez la plus patiente des personnes que j'aie rencontrées.

Cette fois, elle lui jeta un coup d'œil – bleu contre noir, à franchise égale.

— Ne vous méprenez pas, Sloan. Je ne suis pas une sainte.

— Moi non plus.

Il détourna le regard et le silence s'installa entre eux. Il le rompit le premier :

— Vous n'êtes pas obligée de m'en parler.

— Je le sais.

Un vol de mouettes passa au-dessus de leur tête ; tous deux se demandèrent si leur amie en faisait partie. Et, bizarrement, Anna se souvint d'un incident oublié depuis des années.

— *Le Perroquet vert*, murmura-t-elle.

Il remarqua qu'elle avait de nouveau ramené ses genoux contre elle, entre ses bras serrés, mais c'était une façon de se préserver, non de le rejeter.

— Jack et moi étions mariés depuis quelques mois. Il souffrait du diabète depuis ses années de collège, j'étais donc au courant de sa maladie en l'épousant.

— Comment vous êtes-vous rencontrés ?

— À l'université. Il faisait des études de géologie, et je voulais devenir institutrice. J'aime les enfants, j'ai toujours eu envie d'en avoir plein.

Son sourire s'effaça.

— Je ne suis pas devenue institutrice. Je n'ai pas eu beaucoup d'enfants.

— Pourquoi ?

— Je me suis mariée avant d'avoir passé mes examens. L'argent était rare au début, puis Meg est née, et une chose en entraînant une autre, je n'ai jamais pu terminer mes études.

Quant à savoir pourquoi elle n'avait pas eu autant d'enfants qu'elle le désirait, Sloan n'insista pas.

— Nous nous sommes donc mariés, et je trouvais que Jack se débrouillait plutôt bien avec son diabète. Maintenant, je sais que c'était tout le contraire, mais je n'étais pas assez maligne à l'époque pour m'en rendre compte.

— Comment cela ?

— Les diabétiques doivent suivre une hygiène de vie très stricte. Éviter certains aliments, manger à intervalles réguliers, vérifier leur taux de sucre dans le sang, surveiller toute complication éventuelle. La liste est sans fin.

— Quel genre de complications ?

— Plus que vous n'aimeriez en entendre.

Il en connaissait au moins une et se demanda si c'était la raison pour laquelle elle avait dû renoncer à avoir d'autres enfants.

— Il m'a fallu vivre jour après jour avec lui pour m'apercevoir qu'il se maltraitait lui-même. En réalité, il défiait sa maladie.

— Pourquoi ?

— Comment savoir ? Par colère, pour se punir, prouver qu'il était normal, alors qu'il savait qu'il ne l'était pas...

— Ce *Perroquet vert*, qu'est-ce c'est ?

Des souvenirs glacés lui revinrent en mémoire.

— Ce soir-là, le patron de Jack nous avait invités à dîner dans un restaurant très chic nommé *le Perroquet vert*. Comme je vous l'ai dit, les diabétiques doivent suivre un régime et des horaires stricts. Nous avions rendez-vous pour dix neuf heures, ce qui était parfait. Malheureusement, ça ne s'est pas passé ainsi.

Elle soupira.

— Son patron avait oublié de réserver, et nous n'avons pas obtenu de table avant vingt heures trente.

— Et alors ?

— Jack avait pris son insuline à dix-huit heures trente, ce qui veut dire que l'hormone courait dans son corps, attendant de faire son travail, mais il n'y avait pas d'aliment auquel se fixer. J'étais assise là, folle d'angoisse à l'idée de ce qui allait arriver. Jack avait commencé à trembler, bien qu'il le dissimulât. Son esprit devenait plus lent – non pas la confusion qui survient quand il y a trop de sucre dans le sang, mais une sorte de désarroi. Là aussi, il le cachait bien et son patron ne s'en rendait pas compte. Il continuait de parler comme si de rien n'était.

Malgré les années passées, Sloan percevait la panique grandissante d'Anna et imaginait ce qu'avait dû ressentir la jeune femme inquiète pour son mari.

— Que s'est-il passé ?

— Cela n'a pas été aussi épouvantable que je le craignais, mais pas loin. Ce n'était qu'une question de temps avant qu'il se mette à transpirer, à devenir nauséeux et perdre conscience. Mais le plus triste, c'est que tout cela était tellement inutile ! Il aurait suffi qu'il appelle le serveur et lui demande n'importe quoi, un jus d'orange, du sucre. Mais non, il voulait, il préférait se rendre malade au risque de s'évanouir, que paraître différent aux yeux de son patron, qui, d'ailleurs, était au courant de sa maladie.

Sloan fut frappé par le ton égal d'Anna, qui n'avait pas élevé la voix, alors que le souvenir la perturbait encore. Se refusait-elle la colère, comme tous les autres sentiments ?

— Qu'avez-vous fait ?

— Je suis restée assise aussi longtemps que j'ai pu. Puis j'ai fait semblant d'aller aux toilettes mais je me suis rendue aux cuisines. Dans les restaurants, on n'aime pas du tout que les clients aillent à la cuisine, mais j'ai coincé le serveur, je lui ai raconté ce qui se passait et lui ai demandé d'apporter du pain.

— Il l'a fait ?

— Oh oui. On aime encore moins que les clients s'évanouissent dans la salle.

Sloan ne put s'empêcher de sourire et Anna en fit autant.

— Tout s'est bien terminé alors ?

— Pas vraiment. Quand le serveur a apporté le pain, Jack m'a jeté un coup d'œil. Il savait, et j'ai cru un instant que, par bravade, il n'allait pas manger. Mais il l'a fait, sans doute parce qu'il en avait plus besoin encore que de se lancer des défis. Ensuite le dîner est arrivé et la soirée s'est achevée sans que notre hôte se soit aperçu de rien.

— Je pense qu'il s'est passé autre chose après.

— Quand nous sommes rentrés à la maison, il m'a sauté dessus – verbalement. Il m'a dit de ne jamais recommencer, qu'il était seul responsable de sa maladie, et pas moi.

— Au risque de jouer l'avocat du diable, j'estime qu'il avait raison.

— Bien sûr. Le problème est qu'il refusait d'assumer cette responsabilité, et qu'il ne me restait qu'à le regarder sans rien faire et payer les conséquences. En y repensant, j'aurais dû le laisser se noyer ou nager tout seul, mais je l'aimais, il était mon mari et bientôt le père de mon enfant. Je ne voulais pas qu'il lui arrive quelque chose.

Je l'aimais. Ces mots qui cascadèrent dans la tête et le cœur de Sloan, étaient éloquents dans leur simplicité. Anna Ramey avait aimé longtemps, profondément. Elle avait agi comme il le fallait pour protéger ceux qu'elle aimait – même si c'était contre eux-mêmes.

En souriant, elle reprit :

— Je suis devenue maligne très vite. Je ne me suis plus jamais laissé prendre.

— Bravo. Mais malgré votre aide clandestine, les complications sont survenues.

— C'était inévitable.

— Puis il y a eu l'attaque d'apoplexie.

— Oui, et c'est la goutte qui a fait déborder le vase.

— Le vôtre ou le sien ?

Elle réfléchit.

— Peut-être bien les deux. Mais ne vous y trompez pas. J'aime mon mari, je lui reste dévouée, mais...

Elle porta son regard vers la mer.

— Mais quoi ?

— J'aurais pu vivre avec sa maladie, les complications, son attaque mais... je ne supporte pas d'être rejetée comme il me rejette.

Quand elle se retourna vers lui, Sloan s'attendait à voir des larmes dans ses yeux, mais ils étaient secs. Secs comme des rêves fragiles emportés par le vent.

11

SLOAN se mit à jurer. Anna ne viendrait pas ce jour-là, et il savait pourquoi. Faisant contre mauvaise fortune bon cœur, il inscrivit un message sur le sable et posa un coquillage à côté, puis il rentra chez lui, se demandant s'il la reverrait jamais. Ce fut avec grand soulagement qu'il l'aperçut le lendemain sur la plage, son écharpe jaune virevoltant à son cou.

— Bonjour. Vous m'avez manqué, hier.

— Jack a mal dormi.

Elle hésita, puis ajouta avec franchise :

— Je ne serais sans doute pas venue, de toute façon.

— Je sais.

Elle lui jeta un coup d'œil. Le savait-il réellement ? Avait-il compris qu'elle avait l'impression d'avoir trahi Jack ? Et plus encore, qu'elle craignait de lui avoir paru mesquine et égoïste ?

— Je sais aussi comment remédier à cela, continua Sloan.

— Vraiment ?

Elle ne put s'empêcher de sourire à la façon saugrenue dont il abordait ce sujet délicat.

— Mais oui. Il est évident que la balance de nos échanges émotionnels est en déséquilibre. Vous m'avez confié quelque chose de personnel et de très douloureux, et je dois en faire autant. En bref, vous êtes nue et moi tout habillé. C'est une métaphore, bien entendu.

Le sourire d'Anna s'élargit.

— Bien entendu.

— Il faut que je vous raconte quelque chose de personnel et de douloureux. Que voulez-vous savoir ?

Précisément ce qu'il ne désirait pas lui dire. À moins qu'il ne le veuille. Il n'en était plus très sûr. Elle devina qu'il n'était pas aussi à l'aise qu'il le prétendait. Allant droit au but, elle demanda :

— Dites-moi pourquoi vous vous cachez derrière vos lunettes de soleil. Parlez-moi de votre carrière dans l'armée.

Il acquiesça, s'éclaircit la gorge, détourna les yeux et déclara :

— Il n'y a pas grand chose à dire.

— Racontez-moi. En me regardant.

— J'ai servi dans la marine pendant près de vingt-cinq ans, et j'ai démissionné il y a un an.

— Pourquoi ?

— J'avais l'impression de n'avoir plus rien à donner à l'armée. J'ai, disons, vécu un épisode traumatisant et j'avais besoin de me retrouver.

— Quel épisode ?

Il soupira, se passa la main sur la nuque et affronta l'inévitable.

— J'ai été envoyé en mission spéciale avec plusieurs hommes, afin de libérer des otages américains retenus à Beyrouth. Nous avons réussi, mais j'ai été pris par les Libanais. Ils m'ont gardé un moment, puis relâché.

Elle songea que c'était sans doute là l'épreuve à laquelle il avait survécu et qu'il employait un ton bien trop détaché pour la gravité de cet aveu. Elle avait vu à la télévision des films sur des gens pris en otage et elle frissonna.

— Et vous trouvez que ce n'est pas grand-chose ?

— Il y a toujours eu des prisonniers de ce genre.

— Vous ont-ils...

Le mot « torturé » était bien celui qui convenait et d'horribles images lui traversèrent l'esprit, mais elle ne put le prononcer et dit à la place :

— Vous ont-ils fait souffrir ?

On avait souvent interrogé Sloan, mais jamais question ne l'avait touché aussi profondément. Elle l'avait posée d'une façon pressante et possessive, comme si elle le suppliait de lui répondre par la négative. Il ne voulait pas lui mentir, mais la vérité était trop dure pour elle. Il sourit en s'efforçant de paraître sincère.

— Vous allez trop au cinéma. Ils m'ont gardé dans une petite pièce, attaché de temps en temps, et sans lumière du jour. Voilà tout.

Il faut mentir, se répétait-il, et pendant qu'il y était, il continua :

— C'est pourquoi je mets des lunettes de soleil. La lumière me gêne plus qu'avant.

Cela lui sembla crédible. Elle ne devinerait pas qu'il se cachait dans l'espoir que personne ne découvre quel lâche il était, que personne ne soit témoin de sa honte. Anna souhaita de toutes ses forces le croire, mais à sa façon de détourner les yeux, elle devina qu'il ne disait pas tout.

— C'est la vérité ?

— Oui, répliqua-t-il, puisque le lâche qu'il était devait aussi mentir pour conserver l'estime de cette femme.

Il eut un brusque sourire.

— Nous sommes donc nus tous les deux, à présent ?

Malgré son intuition, elle se convainquit qu'il était sincère. Il se leva en disant :

— Venez, j'ai quelque chose à vous montrer.

Elle le suivit jusqu'à la petite crique abritée, comme un monde en soi. De gros rochers, la falaise et les arbres de la forêt dense la protégeaient. Le silence et la sérénité y régnaient.

— Que c'est beau ! murmura Anna comme si elle entrait dans une église.

On aurait dit que seules la droiture et la pureté avaient accès ici. Même le vent, trop impatient, n'y soufflait pas.

— Oui, n'est-ce pas magnifique ? chuchota Sloan. Quelquefois, la nuit, quand je ne peux pas dormir, je viens ici. Venez voir.

Il la mena à une petite mare retenue dans un bassin formé de rochers, au fond tapissé d'algues roses et d'éponges. Des anémones de mer s'accrochaient au bord, à l'abri du vent et des vagues, des bernacles cherchaient leur nourriture. Anna et Sloan étaient heureux d'observer ces petits miracles de vie dans le silence qui leur convenait si bien.

Enfin, elle déclara :

— Il faut que je rentre. Merci de m'avoir montré cela.

— Il n'y a pas de quoi. Je vous verrai demain ?

— Oui. Je dois m'en aller maintenant.

En sortant de la crique, le vent se rua sur Anna et lui arracha son foulard. Sans parvenir à le retenir, elle cria : Mon écharpe ! tandis que les rafales l'emportaient vers la mer comme un papillon. Sloan se jeta à sa poursuite dans la marée montante et la rattrapa juste comme elle allait disparaître dans les flots.

— Je l'ai ! s'écria-t-il.

Elle se sentit heureuse, sans savoir si c'était grâce à son foulard récupéré ou au grand sourire de Sloan, qui paraissait content de lui, pour une fois, avec l'air d'un petit garçon offrant un cadeau.

— Quel gâchis ! s'exclama-t-elle.

— Elle est fichue ? demanda-t-il en essorant l'écharpe trempée.

Ce que remarqua surtout Anna, ce furent ses mains, si grandes, si fortes, lorsqu'il lui tendit le tissu mouillé, et la façon dont il effleura sa paume. Avait-il envie de la toucher ? Soudain, elle sentit des picotements dans tous ses doigts. Ressentait-il la même chose ? Une expression étrange passa dans son regard. Mais peut-être attendait-il simplement la réponse à sa question. Quelle question ? Ah oui, l'écharpe.

— Non, je ne pense pas.

— Tant mieux, fit-il d'une voix plus grave que d'habitude, ce qu'elle ne remarqua pas, trop distraite elle-même.

— Bon, il faut vraiment que je rentre.

Ils se dirent de nouveau au revoir et elle regagna sa maison. Sloan la regarda s'éloigner. Que diable s'était-il passé ? Un instant il repêchait son foulard, l'instant d'après on aurait dit qu'un éclair venait de jaillir du ciel bleu pour frapper sa main d'une douceur fulgurante. Il l'avait à peine touchée, et déjà le feu le consumait. Cette réaction le sidéra et l'inquiéta. Anna et lui étaient amis. Elle était mariée, fidèle. Lui, entre tous, savait ce qui arrive quand on trahit sa parole, ses principes. Il ne laisserait pas Anna le faire. Mais bien sûr, elle n'en avait pas l'intention, c'est lui qui divaguait.

En arrivant au phare, il s'était convaincu que tout cela était normal ; il y avait longtemps qu'il n'avait pas été en compagnie d'une femme. En outre, il était peut-être un lâche et un menteur, mais pas le genre d'homme à convoiter la femme d'un autre.

Tout en préparant le déjeuner, Anna se répétait que sa réaction était normale. Le moindre contact, la plus petite caresse prouvant qu'elle était encore une femme, qu'on se souciait d'elle, lui importait tellement, et depuis longtemps ! Combien de fois avait-elle regretté que Jack ne veuille plus lui offrir ce dont elle avait besoin ?

Ceci admis, la journée se poursuivit selon la routine. Après le petit déjeuner, elle fit la lessive, la fit sécher et la plia. Puis elle rinça son foulard et le repassa. Ensuite elle écrivit à Meg ; en réalité, elle contemplait sa main, la main que Sloan avait touchée. Elle s'était sentie pleine de chaleur et de vie et...

Elle brida ses pensées, termina sa lettre et chercha une autre occupation avec un sentiment d'urgence inconfortable. Elle servit le dîner avec force de bavardages, puis soudain fatiguée, s'arrêta au milieu d'une phrase. Jack ne sembla rien remarquer et continua de manger, lentement, avec peine. Anna mangeait aussi, sans rien sentir. Le bruit des couverts, celui d'un cube de glace dans un verre, lui semblaient exagérés. Son sentiment d'urgence s'exaspérait.

Elle vit la main gauche de Jack qui reposait sur la table, près de l'autre, sans la toucher. Son alliance en or semblait l'appeler. *Vas-y, tu as le droit. Cet homme est ton mari, après tout*. Au péril de sa vie, Anna n'aurait pu s'empêcher d'agir comme elle le fit. Elle se souvint des mains de Jack sur son corps, ou tenant tendrement leur fille, et y posa la sienne, sans le regarder. Elle perçut sa surprise, et sentit qu'il les retirait, lentement mais inexorablement. Elle leva les yeux sur lui.

— Non ! pria-t-elle d'une voix rauque qu'elle ne reconnut pas.

Le regard de Jack était si distant, si détaché. Elle eut peur et supplia :

— Je t'en prie, Jack. J'ai besoin de toi !

Elle eut l'impression, un bref instant, de voir le mur qui les séparait se fendiller et crut qu'il allait rapprocher sa main. Mais c'est le bloc de papier qu'il saisit. Son cœur s'alourdit quand elle lut le mot : *Tu perds ton temps.* La colère la saisit. Qui était cet étranger qui avait pris possession du corps de son mari ?

— Que veux-tu dire ?

Je n'existe +. Ni émotions ni pensées.

— C'est absurde, Jack. Bien sûr que tu existes.

Non & il vaudrait mieux que je n'existe + physiquement.

Anna lut et relut le message. Non, il ne voulait pas dire... Soudain le sang lui battit aux tempes, sa colère explosa. Elle déchira le papier et en fit une petite boule.

— Je supporterai pas plus longtemps ces bêtises, déclara-t-elle avec un calme qui rendit ses paroles d'autant plus fortes qu'elle se leva avec dignité.

Elle quitta la pièce sans regarder en arrière et ne se rendit compte qu'elle sortait qu'en sentant les marches sous ses pieds. La chaleur du soleil, l'odeur de cette journée d'été lui firent du bien. Elle accéléra le pas dans le sentier qui menait à la plage. Elle ne savait pas où elle allait. Elle voulait seulement fuir l'étranger qu'était devenu son mari.

Jack écoutait le silence semblable à une symphonie désaccordée. Dans sa poitrine, son cœur battait son propre et sombre rythme.

Mon père j'ai péché.

Comment avez-vous péché, mon fils ?

J'ai fait souffrir mon épouse.

Il ferma le poing. Comment pouvait-il ainsi blesser Anna ? Mais n'était-il pas plus cruel de la laisser faire ? Jamais plus il ne serait son époux, ce que le contact de sa main lui avait brutalement rappelé. Peu importe qu'il le désire, il ne le pouvait plus. Il fallait qu'elle soit libre. Qu'il soit libre.

Il vaudrait mieux que je n'existe plus.

La pensée de la mort l'effrayait tout en l'apaisant. Il

était si las de se battre, de suivre une route qui ne menait nulle part. Qu'en aurait pensé le père Santelices ? Aurait-il parlé de damnation éternelle ? Jack soupira. Il aurait voulu qu'Anna soit là, lui prenne la main, tout en sachant qu'il l'aurait évitée une fois de plus.

Mon père, j'ai péché. Je suis devenu étranger à moi-même.

Sloan ignorait quelle force l'avait poussé, mais à la seconde où il vit Anna, il comprit. Quelque chose n'allait pas, il le sut tout de suite. Elle était assise jambes écartées, les mains entre les genoux, avec un air incroyablement vulnérable. Elle ne bougeait pas du tout, contemplant la mer et ne fit pas signe d'avoir entendu ses pas. Quand il s'assit à côté d'elle, elle ne dit rien. Il demanda enfin, doucement :

— Que se passe-t-il ?

— Rien.

Il laissa passer deux secondes et reprit :

— On ne se ment pas entre amis.

— Il n'y a rien du...

— Non, Anna. Vous n'êtes pas obligée de me raconter, mais ne me mentez pas.

Elle tourna la tête vers lui, incapable de dissimuler son trouble. L'étincelle de vie avait disparu de ses beaux yeux bleus. Sloan devina que Jack Ramey en était responsable. Son atonie habituelle avait remplacé la colère et elle ne ressentait rien. Elle se demanda si elle avait envie de lui parler.

— Jack et moi n'avons pas été amants depuis des années, dit-elle stupéfaite de sa propre franchise.

Elle ne l'avait jamais avoué à quiconque. Il n'en fut pas étonné ; il se doutait que c'était à cause de l'infirmité de Jack qu'elle n'avait pas eu les nombreux enfants qu'elle désirait.

— Le temps passant, je m'y suis habituée.

Elle songea à ses innombrables nuits solitaires et ajouta :

— On s'habitue à tout.

Il ne dit rien, imaginant le lourd tribut qu'elle avait payé.

— J'ai appris à vivre en célibataire. Ce que je n'ai pas su apprendre c'est...

Sa voix faiblit. La colère revenait. Elle recommençait à éprouver des sensations.

— C'est quoi, Anna ?

— Tout ce que je demande, c'est un contact occasionnel, une brève étreinte, que quelqu'un me tienne la main de temps en temps ! Il refuse de me toucher, il refuse que je le touche !

Sa colère montait d'elle-même, et cela lui faisait du bien.

D'un côté, Sloan aurait aimé battre Jack Ramey pour son insensibilité, de l'autre il le comprenait. Comment un homme pouvait-il se rappeler ce qu'était l'amour avec une femme comme Anna, en sachant qu'il ne pourrait plus le faire ?

— J'ai voulu prendre sa main, et il l'a retirée. Même lorsque je le supplie, il ne me laisse pas l'approcher !

Il perçut son désespoir sous sa colère. Quelles que soient les circonstances, il n'imaginait pas comment on pouvait y rester indifférent. Il avait passé la matinée à essayer d'oublier la douceur de sa main et elle à supplier son mari de lui donner ce que Sloan mourait d'envie de lui offrir.

Elle aurait voulu lui montrer le mot froissé dans la poche de son pantalon, mais ne s'y résolvait pas. Elle ne pouvait croire que Jack envisage sérieusement de mourir. Il était déprimé, voilà tout.

— Que puis-je faire pour vous consoler ? demanda

Sloan d'une voix si douce qu'elle se sentit réconfortée.

Prenez ma main, murmura une voix dans sa tête, comme si c'était aussi naturel que les marées, les courants de l'océan.

Laissez-moi prendre votre main, songeait Sloan, ce qui l'aurait aussi apaisé car il brûlait d'être si près sans pouvoir l'effleurer. Pourquoi cela avait-il pris une telle importance ? La même interrogation les assaillit :

Que fera-t-il si je lui donne la main ?

Que fera-t-elle si je pose ma main sur la sienne ?

Comme si aucun d'eux n'avait eu son mot à dire et que cela fût prévu dès le commencement, il fit un geste vers elle en même temps qu'elle en faisait un vers lui. Un flot de sensations déferla en eux : chaleur, douceur, force, la finesse de la main d'Anna, la largeur de celle de Sloan, la façon dont ils mêlèrent leurs doigts comme si leur vie en dépendait.

Que ressentirait-il à passer les doigts dans ses cheveux d'or ? À suivre la courbe délicate de son cou ?

Que ressentirait-elle à caresser sa joue ombrée de barbe ? À dessiner la ligne de ses lèvres ?

Leurs regards se rencontrèrent avec autant d'innocence que de culpabilité. Sans rien dire, le souffle court, elle retira lentement sa main ornée de l'alliance qui lançait des éclats accusateurs.

— Je vous jure que je ne l'ai pas fait exprès, dit Sloan.

Ils se levèrent, étourdis. Elle recula comme pour prendre ses distances avec ses sentiments.

— Attendez, Anna. Parlons un peu.

Mais elle fit un pas, encore un autre, et sur un dernier regard, elle s'enfuit.

— Anna, je vous en prie ! Anna...

12

Septembre

ANNA...
Parfois, malgré les mois écoulés, elle avait l'impression d'entendre Sloan l'appeler et le désespoir de sa voix l'étreignait encore.

Elle avait envie, et peur, d'aller sur la plage. Non pas peur de Sloan, mais d'elle-même, car elle risquait de voir ce qu'elle était devenue : une femme qui a commencé à aimer un autre homme que son époux. Il faudrait bien qu'elle affronte cette femme-là un jour.

— Anna...

Elle sursauta, étonnée de se trouver dans le bureau de Harper qui venait de lui parler sans qu'elle l'entende. Elle croisa le regard de Sloan debout à la fenêtre. Il avait peut-être deviné que son esprit venait d'errer dans le passé. Savait-elle que sa main frémissait comme s'il venait de l'effleurer ?

— Est-ce que ça va ? demanda Harper.

— Oui.

Il se remit à feuilleter les papiers entassés sur son bureau.

— Nous allons étudier aujourd'hui ce que vous êtes en droit d'attendre de l'accusation. Vous savez que le procureur a l'obligation de soumettre sa liste de témoins et les preuves qu'il détient contre vous.

Sloan vint s'asseoir à côté d'elle. Elle remarqua

qu'il portait le pull-over blanc nettoyé des taches de son sang. Harper leur tendit un dossier.

— Les témoins sont ceux auxquels je m'attendais, à part un ou deux.

Elle parcourut vivement la liste et s'exclama :

— Meg est citée comme témoin ?

— Doucement, Anna. Voyons cela point par point. L'accusation veut faire croire que vous avez conspiré tous les deux pour le meurtre de Jack Ramey, non dans un but humanitaire, mais de sang-froid. Avec un peu de bonne volonté, elle admettra que vous avez également accédé de ce fait à sa demande. Cela n'aurait-il pas satisfait tout le monde ?

Sa mort satisferait tout le monde.

Mon Dieu, Sloan, que veux-tu dire ?

Rien, rien du tout, seulement que nous sommes victimes de la plus amère des ironies.

Anna entendait cette phrase stupéfiante tinter dans sa mémoire. Ce qui l'avait choquée le plus, c'est qu'elle était l'écho de ses propres pensées. Ainsi donc, Sloan imaginait la même chose qu'elle ! D'un coup d'œil, elle vit qu'il partageait le souvenir de cette conversation datant de la nuit même de la mort de Jack.

— L'accusation insinuera également que vous alliez être à court de temps.

— Comment cela ?

— Inez Gouge est prête à témoigner qu'elle vous a entendus parler d'un poste éloigné que l'on venait de te proposer, Sloan, et où tu voulais emmener Anna.

— Sacrebleu !

— C'est donc vrai ?

— Oui, sauf de dire qu'Anna serait venue avec moi. Jamais nous n'avons parlé de cela.

Harper écrivit avant de prendre Anna par surprise :

— Parlez-moi de la seringue et de la grosse aiguille que Carrie a empruntées au Dr Goodman.

— Celles que nous avons utilisées pour injecter de la liqueur dans des fruits ?

— Exactement. Carrie m'en a parlé, mais j'aimerais votre version.

— C'était pour la fête qu'elle a donnée le 4 juillet. Elle avait lu cette recette dans un magazine de cuisine.

— Comment est-ce arrivé chez vous ?

— Carrie déteste les piqûres et les aiguilles, aussi me les a-t-elle apportées pour que je m'en occupe et elle les a oubliées en partant. Je les ai laissées dans un tiroir à couverts.

— Qu'est ce que ça a à voir avec le reste ? demanda Sloan.

— L'accusation prétend que ce matériel a servi pour la dose fatale d'insuline.

— C'est ridicule !

— Qui connaissait la présence de ce matériel ?

— Je l'ignore.

— Votre mari se rendait-il dans la cuisine ?

— Oui, lorsque Ken l'y amenait pour changer un peu. Ses journées étaient longues et ennuyeuses.

— Et toi, demanda Harper à Sloan, savais-tu que cette seringue était là ?

— Oui. Tout le monde pouvait la voir quand le tiroir était ouvert.

— Ken Larsen est prêt à témoigner qu'elle a disparu peu après la mort de Jack.

— Je ne sais pas ce que c'est devenu, dit Anna. C'était le cadet de mes soucis.

— L'accusation ne peut donc rien prouver non plus. Pour l'instant, ne nous en occupons plus. J'ai une bonne nouvelle à vous annoncer, et une mauvaise. Par quoi je commence ?

— Par la mauvaise, dit Sloan avec un rire sarcastique.

— Bendy Webber va affirmer qu'il t'a vu sortir de

chez Anna, jeter quelque chose à la mer, mais aussi qu'il vous a aperçus tous les deux sur la plage plus tôt dans la soirée. Bref, il vous a vus vous embrasser et disparaître dans la crique. Avec le témoignage d'Inez Gouge pour vous passer la corde au cou, le procureur se servira de Meg pour resserrer le nœud.

Anna devint très blanche et se sentit sur le point de vomir.

— Meg veut témoigner contre moi ?

— Je suis désolé, Anna. J'espérais qu'elle ne serait pas appelée à la barre, mais Hennessey la soupçonne sûrement de savoir quelque chose.

— Vous avez parlé avec elle ?

— Non, mais j'ai vu sa déposition.

Devant son air défait, Harper lui fit apporter un verre d'eau et lui demanda si elle voulait rentrer, mais elle refusa.

— Non, ça ira, parlez-moi de Carrie. Elle est citée comme témoin éventuel.

— Oui, à propos de la seringue et de l'aiguille qui auraient pu être l'arme du meurtre. Ne vous inquiétez pas pour le reste des témoins. Un avocat en nomme un maximum mais tous ne seront pas cités. Certains ne sont là que pour entraîner la partie adverse sur de fausses pistes.

— Comme le capitaine Nichols, par exemple ? demanda Sloan.

Anna ignorait qui c'était, sinon que le titre précédant son nom évoquait un grade militaire.

— Si Hennessey ne l'appelle pas, moi je le ferai, rétorqua Harper. Il va le pousser à te désigner comme une machine programmée pour tuer, mais ne pourra passer sous silence ta médaille d'honneur, ce qui ne peut que nous servir. Souviens-toi que le témoignage de Nichols a une limite.

Anna trouva cette remarque bizarre, mais c'était

peut-être dû à son imagination. Dieu sait si elle avait du mal à penser clairement, ces derniers temps.

— Allez-vous supporter l'autre mauvaise nouvelle ? reprit Harper. Il se peut que Jake Lugaric vienne couvrir le procès.

Un silence épais s'abattit sur eux, puis Anna demanda :

— Celui de la chaîne 13 ?

— Celui-là même. Le vampire authentique, l'homme qui suce le sang du malheur de ses victimes. Qui sait quelle patte graisser pour obtenir ce qu'il convoite.

— Je n'arrive pas y croire.

— La bonne nouvelle...

— Il y en a donc une ?

—... c'est que le juge accepte ma requête sur le secret de l'instruction. Ce qui signifie qu'aucune des personnes impliquées n'aura le droit de parler à la presse sous peine d'outrage à la cour. Cela arrange bien nos affaires, mais pas celles de Lugaric.

Anna, les mains tremblantes, ne parvint plus à se concentrer ensuite. Que n'aurait-elle donné pour se trouver de nouveau au chaud et en sécurité, même si elle ne le méritait pas ! Elle rencontra les yeux de Sloan et fut de nouveau frappée par leur couleur d'un brun riche, celle de la terre brute, aussi naturelle que ses gestes d'amour. Elle n'aurait pas dû penser à cela. Mais plutôt renoncer à respirer que s'en empêcher !

Nous sommes dans le même bateau, disait ce regard.

Elle se détourna, jugeant une fois de plus qu'elle ne méritait pas ce réconfort.

— Nous nous verrons encore une fois ou deux avant l'audience, disait Harper. Il faut que vous vous comportiez en innocents, horrifiés par l'accusation jetée contre vous. Avez-vous d'autres questions à me poser ?

Sloan demanda :

— Quand allons-nous faire notre déposition ?

Harper hésita.

— Je ne pense pas que ce soit une bonne idée.

— Comment ? Nous n'allons pas témoigner nous-mêmes ? Qu'est-ce que cela signifie ? Qu'Anna et moi ne ferions pas de bons témoins ?

— Non, mais Hennessey va jouer serré.

— Justement. Il veut faire paraître sordide et immoral ce qui ne l'était pas. Je veux que les jurés le sachent.

— Et vas-tu garder ton sang-froid quand il te posera des questions insidieuses et intimes ? Par exemple, ce que tu as ressenti en la tenant dans tes bras ? En sachant qu'elle ne serait jamais à toi tant que son mari serait en vie ?

Sloan cria :

— Oui, je garderai mon sang-froid !

— Comme maintenant ?

Il se tut un instant puis répéta doucement :

— Je veux déposer.

Anna sentit l'air se charger d'électricité entre les deux hommes, les deux amis. Marilyn passa la tête par la porte ; le shérif Tate voulait parler à Harper d'un autre cas. L'avocat se leva avec un regard vers Sloan signifiant : Profites-en pour réfléchir, et il prit le téléphone.

Sloan marcha jusqu'à la fenêtre et entendit Anna approcher. Sa colère retomba. Elle était ainsi : capable de le calmer, l'apaiser, guérir des plaies qu'il croyait inguérissables – tout en portant ses émotions à un niveau jamais atteint auparavant. C'est pourquoi il s'obligea à regarder droit devant lui.

— Il ne veut pas de notre témoignage parce qu'il nous croit coupables, dit-elle d'une voix neutre.

Sloan aurait voulu lui épargner sa propre inquiétude, mais était-ce vraiment possible ?

— Peut-être.

Elle laissa échapper un son entre le rire et le soupir.

— Comment pourrions-nous convaincre les jurés si nous échouons avec notre avocat ?

— C'est à lui de les convaincre, et c'est un sacré bon avocat.

— Il a peut-être raison. Et puis... je n'ai pas envie de témoigner.

— Tu n'y es pas obligée. Moi, je le veux. Je... je suis désolé, au sujet de Meg.

De nouveau, elle répondit d'une voix si grave qu'il en eut le frisson.

— Meg est ma punition.

Il ne vit que son profil sous la masse de ses boucles. En chemisier noir, elle avait l'air sévère et sereine à la fois. La sévérité était réelle : il n'avait jamais rencontré personne plus dure envers elle-même ; la sérénité était un mensonge, masquant son refus d'éprouver des sentiments.

— Qu'est-il arrivé à la femme qui voulait ressentir quelque chose ?

Elle eut un faible sourire en se tournant vers lui.

— Elle a eu ce qu'elle voulait... et cela lui a fait mal.

— Si bien qu'elle se cache de nouveau ?

— Elle doit survivre.

— Non ! s'exclama-t-il avec force. Ne renvoie pas celle que j'ai aimée une nuit, et qui m'a aimé.

Elle baissa les paupières, et le même flot de souvenirs les submergea.

— Dis-moi que tu ne regrettes pas cette nuit-là, supplia-t-il.

Elle ouvrit ses yeux bleus, pleins de franchise. Elle ne pouvait pas lui mentir.

— Comment regretterais-je le seul instant de ma vie où j'ai réellement vécu ?

Sloan fut alors certain d'une chose : on pouvait l'ensevelir dans cent prisons, le pendre au plus haut des arbres, le faire rôtir en enfer, seul comptait le fait qu'Anna ne regrettait rien.

13

Juillet

Cook's Bay aimait beaucoup célébrer le 4 juillet, jour de l'indépendance des États-Unis. Des orchestres parcouraient la ville au son des trompettes, réjouissant le cœur des patriotes. À midi, la baie s'emplissait de yachts hissant haut leurs couleurs et, le soir, suivant la tradition, les citoyens pique-niquaient sur les pelouses de l'ancienne demeure des Ramey, une imposante maison blanche aux volets rouges, devant laquelle s'épanouissaient géraniums et roses. De là, on avait une vue imprenable sur le feu d'artifice.

— Tu t'amuses bien ? demanda Carrie d'un ton qui prouvait que c'était son cas.

Elle portait un tee-shirt étoilé et des étoiles rouges se balançaient en scintillant à ses oreilles ; par un saisissant contraste, Anna était vêtue d'un simple pantalon noir et d'une blouse blanche. Il lui semblait que sa montre égrenait le temps avec une lenteur inhabituelle.

— Oui, répondit-elle.

C'était faux, mais elle ne voulait pas gâcher la joie de Carrie. En d'autres circonstances, elle aurait apprécié de sortir un peu de chez elle, surtout si Jack y avait pris du plaisir, mais il n'en était rien. L'allusion à sa mort était restée en suspens entre eux ; Meg, venue pour son anniversaire, se serait fait du souci si Anna n'avait détruit le mot.

Tout comme ses relations avec Sloan étaient détruites. Elle n'était pas retournée sur la plage, ne l'avait pas revu, sans toutefois oublier, à sa propre honte, la sensation de leurs doigts emmêlés.

— Jack passe du bon temps, n'est-ce pas ? continua Carrie. Je savais que ça lui ferait du bien de sortir.

Elles le regardèrent dans son fauteuil roulant, une couverture sur les jambes malgré la chaleur. Anna s'étonna une fois de plus de l'aveuglement volontaire de sa belle-sœur.

— Tout le monde me demande ce que j'ai fait aux fruits, chuchota Carrie, mais je garde le secret. Laissons-les mourir de curiosité. Oh, excuse-moi, je vois la femme du maire et si je ne l'accueille pas personnellement, on va me crucifier aux *Ciseaux rapides*.

Là-dessus elle s'éclipsa, scintillante comme un néon. Anna soupira d'ennui autant que de fatigue ordinaire. Entre les incessantes requêtes de Jack et sa propre nervosité, elle dormait très peu. Pourquoi ne s'était-elle pas rendu compte que son amitié avec Sloan changeait de nature ? Au contraire de Carrie, elle ne se berçait pas d'illusions. Mais à quel moment, quel soupir, quel battement de cœur, rire et bavarder étaient-ils devenus moins importants qu'un simple effleurement ? Elle ne savait comment répondre et laissa la question de côté pour se concentrer sur le flot des invités. Elle vit l'épicière à l'allure de matrone, et l'entrepreneur des pompes funèbres qui essayait discrètement de libérer sa jambe de pantalon des crocs d'un caniche enrubanné, puis distingua Harper Fleming en conversation avec un autre homme. Celui-ci pivota vers elle ; malgré le soleil couchant, il portait des lunettes de soleil.

Elle crut d'abord qu'elle avait, telle une magicienne, fait naître Sloan de ses pensées ; son cœur se mit à battre plus fort. Elle se détourna vivement, certaine qu'il ne l'avait pas remarquée, et se réfugia derrière son mari et sa fille. Comment faire pour l'éviter ? Meg vint à son secours.

— Je crois que papa n'a pas envie de rester pour le feu d'artifice. Il paraît très fatigué.

— Tu veux partir tout de suite ? demanda Anna en saisissant cette chance de s'échapper. Meg, va prévenir ta tante que nous partons.

Jack émit un son qui pouvait passer pour un non ; elle sentit la panique l'envahir. Il fallait qu'ils s'en aillent, elle ne supporterait pas de revoir Sloan.

— Carrie ne nous en voudra pas, reprit-elle en tournant si vivement le fauteuil roulant qu'en d'autres circonstances cela aurait pu paraître comique.

Jack l'interrompit avec un grognement et gribouilla sur son carnet : *Encore un instant*. Anna, acculée, insista :

— Carrie n'y verra pas d'inconvénient.

— À quoi donc ? fit la voix de Carrie.

Anna virevolta, prête à se battre contre sa belle-sœur, à expliquer la fatigue de Jack et la nécessité de partir qui était en fait la sienne, car personne ne devait savoir qu'elle fuyait l'homme aux cheveux noirs, calme et séduisant, qui se tenait là-bas – non, qui se tenait là, près de Carrie. Elle se sentit alors comme une proie immobilisée. Meg, regardant sa mère, puis l'objet de son attention fascinée, dit enfin :

— Papa est fatigué.

— Oh non, Jack Ramey ! s'écria sa sœur. Tu dois assister au feu d'artifice. C'est la première fois que tu es là depuis notre enfance. Te souviens-tu comme nous nous amusions ?

Anna vit sa cause perdue. Elle était prise dans un piège de velours. Inconsciemment, elle porta la main à ses boucles d'un geste qu'un observateur aurait jugé primesautier.

— De plus, continua Carrie, je te présente quelqu'un dont je t'ai parlé, ton voisin, Sloan Marshall, qui vit dans la maison du phare. Sloan, voici ma belle-sœur...

— Anna et moi nous sommes déjà rencontrés, répondit-il d'une voix tranquille.

Il avait ôté ses lunettes et la regardait avec assurance et pénétration. Elle aurait préféré qu'il les garde, puis elle s'aperçut que tout le monde attendait sa réponse.

— Oui, sur la plage, confirma-t-elle en espérant n'avoir pas l'air trop stupide.

Pour couper court à toute question de Carrie, elle enchaîna :

— Je vous présente mon mari, Jack Ramey. Jack, Sloan Marshall.

Avec un naturel qu'elle lui envia, Sloan sourit.

— Ravi de vous rencontrer.

Jack hocha la tête.

— Et ma fille, Meg.

Le sourire de Sloan s'élargit.

— Bonjour.

Meg répondit avec une très légère hésitation.

— Voyez donc ça, remarqua Carrie, aucun de vous n'a à manger ou à boire.

— Nous avons déjà dîné.

— Ah, oui ! Alors essayez le punch, il est délicieux. Viens m'aider, Meg.

La jeune fille lui emboîta le pas après un regard aux trois adultes qui restaient ensemble. Jack aussi semblait l'observer. Pourtant ni l'un ni l'autre n'avait de raisons de soupçonner qu'elle et Sloan avaient autre chose en commun que ce qu'elle avait admis. Néanmoins, elle éprouva le besoin de combler le silence grandissant et le fit de la façon la plus banale qui soit :

— Charmante soirée, n'est-ce pas ?

Sloan songea qu'Anna était bien plus charmante que cette soirée, que jamais heure ne lui avait semblé si longue, et que malgré tout il appréciait et comprenait Jack Ramey. Quant à Anna, elle ne savait pas à quel point elle était jolie, dans sa tenue simple et sans maquillage, à peine un soupçon de rouge à lèvres. Comme il aurait voulu s'expliquer avec elle, s'excuser de ce qui était arrivé sur la plage !

En s'apercevant qu'il n'aurait pas l'occasion de lui parler, et que sa présence la gênait il tenta de s'esquiver mais à chaque fois, il en fut empêché, par Carrie, Harper ou Jack lui-même. Au moment du feu d'artifice, Carrie insista pour qu'on installe son frère à une meilleure place malgré ses dénégations, aussi Harper et Sloan transportèrent-ils son fauteuil roulant le plus discrètement possible. La compréhension et le respect que Sloan éprouvait à son égard grandirent. Jack était un homme fier, humilié ; plutôt que de protester, il s'était retranché en lui-même et Sloan s'imagina à sa place, obligé de composer avec sa maladie, de se comparer aux hommes en bonne santé. Il comprenait la froideur que devait supporter Anna et, du coup, il avait l'impression d'être le salaud dans cette histoire.

Les premières fusées explosèrent à l'heure dite et les invités poussèrent des oh ! et des ah ! d'admiration suivis d'un déploiement de couleurs dans le ciel nocturne. Carrie, près du fauteuil de son frère, se comportait plus en enfant qu'en adulte, et à chaque éclat de lumière, elle poussait des cris avec un enthousiasme contagieux.

Sloan et Anna se tenaient légèrement à l'écart.

— Anna ?

Elle leva les yeux sur lui – cheveux noirs, yeux noirs, tout en ombres dans le crépuscule. Même sa voix était assombrie, pressante et grave.

— Vous allez bien ?

— Oui. Et vous ?

Il haussa les épaules, avec un petit sourire forcé.

— Cela dépend de votre définition du terme.

Elle détourna les yeux, car son beau sourire, même forcé, la rendait nostalgique.

— Oui, sans doute.

Ce qui signifiait qu'elle n'allait pas mieux que lui.

— Écoutez, chuchota-t-il, j'ai beaucoup réfléchi et je voulais vous dire que ce n'était pas votre faute, mais la mienne. Je n'ai pas maîtrisé la situation. J'aurais dû voir où cela allait nous mener.

Le ciel s'éclaira violemment de jaune. Anna ne le remarqua pas, elle ne voyait que Sloan. Elle aurait dû se douter qu'il prendrait tout le blâme sur lui.

— Sachez bien une chose, dit-elle. Ce qui est arrivé n'est ni votre faute ni la mienne. Moi aussi, j'aurais dû voir où nous allions.

Il fut heureux qu'elle ne tente pas de nier le changement de leurs relations.

— Anna... Je vous avais dit que je désirais être votre ami. C'est vrai, je le jure.

— Je sais.

— Mais je ne peux plus m'en contenter.

— Pourtant vous savez qu'il ne peut pas y avoir autre chose entre nous. Jack et moi avons des problèmes, mais nous sommes mariés. Je...

— Jamais je ne vous demanderai de rompre vos liens ! s'exclama-t-il plus fort qu'il ne l'aurait voulu.

Harper se tourna vers eux et leur fit signe de se taire. Enfin, durant un tonnerre d'applaudissements, Anna trouva le courage de dire :

— Nous ne devons plus nous rencontrer.

Au-dessus d'eux, des fusées couleur cristal explosèrent puis retombèrent en pluie comme des diamants. Les silhouettes de Sloan et Anna se détachèrent sur le fond lumineux du final. C'était la conclusion des fêtes du 4 juillet... et d'une histoire qui n'avait pas eu le temps de vraiment commencer.

Meg sortit la ceinture du paquet cadeau et la mit à sa taille.

— Elle fera très bien avec le jean noir que tante Carrie m'a offert.

— Elle te va ?

— Très bien. Merci, vous deux !

Elle étreignit sa mère et sa tante, puis se tourna vers son père et posa un baiser sur sa joue.

— Et merci à toi, papa.

Contrairement à Carrie, toute fraîche malgré la veille, Jack semblait épuisé. Comme d'habitude, il avait mal dormi. Anna aussi, ce qui était surtout dû à sa rencontre avec Sloan. Elle s'obligea à le chasser de son esprit et regarda Jack écrire : *Joyeux anniversaire !* Meg l'étreignit plus fort et il glissa son bras gauche autour d'elle avec une vigueur qu'elle n'aurait pas soupçonnée. Se sentait-il lui aussi privé de contacts humains ? Pourquoi la repousser, alors ?

— Allons, s'exclama-t-elle, partageons ce gâteau.

— Oui, renchérit Carrie. Des petites mains agiles pétrissaient cette pâte à cinq heures ce matin.

— Étais-tu donc levée à cinq heures, tante Carrie ?

— Je n'ai pas dit cela. Quelqu'un de la pâtisserie l'était.

Chacun sourit.

— J'en veux un énorme morceau, dit Meg.

— Bien sûr, rétorqua Carrie. Tout le monde en veut.

Elle disposa trois parts sur leurs assiettes. Jack attira leur attention en raclant ses jointures sur la table et elles le regardèrent. Il fit un signe vers le gâteau.

— Tu sais que tu ne dois pas manger de sucreries, remarqua Anna.

Il hocha de nouveau la tête.

— Jack, s'il te plaît...

Cette fois il tapa sur la table par provocation envers elle, envers sa maladie. Un lourd silence s'éternisa, que rompit Meg d'une voix incertaine.

— Ne peut-il en avoir une part ?

— Non. Deux bouchées, pas plus.

Après un instant, Jack sourit et écrivit : *Oui, Dr.* La tension disparut – mais Anna se sentait brisée. Elle mangea en silence et dès qu'elle le put, elle se réfugia à la cuisine. Une douce solitude l'enveloppa. Elle contempla les coquillages alignés sur le rebord de la fenêtre. Au lieu de se retrancher dans son univers sans émotions comme d'habitude, elle éprouva de la colère et ce fut bon. Bigrement bon ! Soudain, elle eut envie de partager cette découverte avec Sloan.

— Maman ? Ça va ?

Elle pivota, coupable comme si on l'avait surprise à piocher dans la boîte à biscuits.

— Oui.

Elle prit un torchon et se mit à astiquer un plan de travail impeccable.

— Deux bouchées ne lui feront pas de mal.

— Ce n'est pas la question. Il sait très bien qu'il ne doit pas manger de sucreries.

— Je sais que c'est un peu dur en ce moment, mais laisse-lui du temps. D'accord ?

Anna aurait voulu répondre qu'elle était à bout de patience, qu'elle n'avait plus le temps – ne voyait-on pas qu'elle était en train de se désintégrer ? – mais son instinct maternel prit le dessus et elle sourit.

— Tout ira bien.

À la façon dont Meg évitait son regard, Anna savait qu'elle était troublée. Ce ne fut pas long à venir.

— Qui est ce type, Sloan Marshall ?

Anna s'était convaincue que seule sa paranoïa lui

avait fait penser que Meg soupçonnait quelque chose.
À présent, elle ne savait plus que croire.

— Que veux-tu dire ?

Meg se versa un verre de lait sans la regarder et
répéta brutalement :

— Qui est ce Sloan Marshall ?

— Ce que ta tante en a dit : l'homme qui habite la
maison du phare.

— Comment le connais-tu ?

— Je l'ai vu courir sur la plage.

— Combien de fois ?

Anna eut un rire assez convaincant.

— Je n'en sais rien ! Je n'ai pas compté. Pourquoi ?
C'est important ?

— Sans doute que non, mais vous aviez l'air de
vous connaître.

— Nous avons bavardé. Il est gentil. Pourquoi ces
questions ?

Cette fois, Meg la regarda en face et Anna ne vit
rien d'inhabituel dans son expression.

— Comme ça.

Bien après le départ de sa fille, elle s'interrogeait
encore sur les insinuations contenues dans sa voix,
puis se dit que ça n'avait pas d'importance puisqu'elle
ne verrait plus Sloan Marshall. Cette pensée la conso-
la, et l'attrista, bien qu'elle prétendît le contraire.

La semaine suivante fut un cauchemar. Le lendemain, alors que d'habitude il se réveillait tôt, Jack eut
du mal à reprendre conscience et fut dévoré par une
soif inextinguible toute la matinée. Il avait complètement perdu l'appétit ; à la demande d'Anna, Ken
accepta de rester plus longtemps. La respiration de
Jack devint difficile, son pouls s'accéléra. On appela
une ambulance. Anna se souvint surtout de la peur
reflétée dans ses yeux. Lui si fier, si provocant, n'était

plus qu'un animal pris dans le faisceau des phares d'une voiture. Allait-il être écrasé ? S'échapperait-il à la dernière seconde ? Ou allait-il sombrer dans le coma, cet état où l'on n'est ni mort ni vivant, et qu'il redoutait le plus ?

— Tout ira bien, Jack, murmura-t-elle en lui serrant la main.

Mais c'était faux. Cette fois peut-être, mais ensuite ? Il allait au-devant de l'affrontement final, ce qu'elle avait refusé de croire, ce qu'il savait déjà. Elle avait aussi peur que lui. Elle était piégée comme lui. Ils vivaient dans un monde sans échappatoire, dont les frontières rétrécissaient à chaque progression de la maladie, de plus en plus étroites, étouffantes jusqu'à ce que, tels des rats épuisés dans un labyrinthe, ils cessent leurs tentatives et se contentent de s'asseoir, consumés de désespoir.

Jack passa deux jours à l'hôpital, souffrant d'une infection rénale, puis rentra chez lui avec des doses plus élevées d'insuline. Anna respira, mais c'était prématuré. Il était devenu anxieux, voulait vérifier son taux de sucre plus que nécessaire, s'affolait au moindre symptôme, certain qu'il allait subir une nouvelle attaque. Quand il eut la migraine, il se persuada que c'était un signe annonciateur.

Anna le savait terrifié, mais elle supportait de moins en moins bien ses exigences. Le raisonnement de Jack devenait flou et illogique. Il avait besoin d'elle, puis il lui en voulait de répondre à ce besoin. Il la voulait tout près, mais refusait qu'elle soit témoin de sa vulnérabilité. Sa dépression empirait.

Anna s'affaiblissait de jour en jour. Le vendredi après-midi de cette semaine, la pire de toute sa vie, elle annonça à Ken qu'elle allait en ville faire des courses. Il fallait qu'elle quitte la maison ou elle deviendrait folle.

Le craquement du vieux parquet poli apaisa ses nerfs. Seul le jappement du caniche au collier incrusté de faux diamants troubla la quiétude du magasin. Inez Gouge hocha poliment la tête et s'enquit de la santé de Jack, dont elle ne se rappelait pas le nom. Apparemment, la nouvelle de son séjour à l'hôpital avait fait le tour de la ville. Elle avait l'air sincère et Anna la remercia puis se dirigea vers le rayon des cosmétiques. Même peu nombreux et tout simples, ils semblaient se moquer d'elle. Ces jours derniers, elle avait eu de la chance quand elle pouvait prendre un bain plutôt qu'une douche rapide, et un peu de rouge à lèvres était tout ce qu'elle pouvait se permettre. Elle n'avait personne à qui plaire. Elle sourit tristement en prenant un tube de mascara. Depuis combien de temps n'en avait-elle pas mis ? Elle ne s'en souvenait pas plus que du dernier jour où Jack lui avait dit qu'elle était jolie.

Sloan la trouvait-il jolie ?

Elle reposa le tube comme s'il était coupable de lui inspirer de telles idées, puis elle entendit une voix basse :

— Bonjour.

Elle se demanda si c'était encore un tour de son imagination, et pria pour qu'il en soit ainsi. Ainsi que pour le contraire. Puis elle implora le pardon en se retournant car elle se rendit compte qu'au long de cette terrible semaine, même si son mari avait été au premier rang de ses pensées, cet homme en avait constamment occupé l'arrière-plan.

14

— J E me demandais si c'était bien vous, dit Sloan qui n'en avait pas douté un seul instant.

Il n'avait qu'elle en tête, rêvait d'elle chaque nuit, du moins quand il parvenait à dormir ; bref, cette semaine avait été un cauchemar. Anna passa les doigts dans ses boucles blondes et il eut un pincement de jalousie. Comme il aurait aimé pouvoir se permettre un tel geste !

— Je... je suis venue faire des courses, dit Anna consciente aussitôt de la stupidité de cette déclaration.

— Oui, moi aussi. Je viens toujours le vendredi, vous savez, pour mes provisions de célibataire. De la bière et des bretzels, de la bière et des cacahuètes, de la bière et de la bière.

Elle sourit, se demandant comment un homme aussi séduisant avait fait pour rester célibataire.

— Cela me semble nourrissant. Surtout la bière.

Chacun redevint sérieux et fit face à son propre dilemme. Anna se demandait s'il valait mieux reconnaître qu'elle trouvait attirant un autre homme que son mari, ou le nier. Sloan aurait voulu savoir si l'on se sentait moins coupable de désirer la femme d'un autre une fois qu'on l'avait admis. À quel niveau tombait-on quand on mentait à son meilleur ami ? Après la soirée chez Carrie, Harper l'avait questionné sur ses relations avec Anna et il avait dit la connaître fort peu. Inez Gouge avait des yeux derrière la tête et il les sentit en effet dirigés sur lui ; mais ce n'était que ceux du chien.

— Ce n'est que le caniche, dit-il à Anna.

Cette remarque alourdit l'atmosphère, comme si chacun devait se montrer prudent. Il choisit les mots suivants avec soin.

— J'ai appris que votre mari a été souffrant. Carrie l'a dit à Harper. Comment va-t-il ?

— Pas très bien.

— Je suis désolé.

Une pause.

— Et vous, comment allez-vous ?

Elle aurait voulu répondre qu'elle n'allait pas bien, qu'elle se sentait piégée, effrayée et seule comme jamais, qu'elle avait l'impression de glisser dans le néant.

— Ça va.

— On ne le dirait pas. Vous paraissez exténuée.

Une autre femme aurait peut-être craqué, mais pas Anna. Les femmes comme elle courbent le dos jusqu'à ce que le vent de l'adversité glisse sur elles. Elle se surprit à sourire.

— Ce genre de compliment me va droit au cœur.

Il sentit qu'il l'avait vexée et regretta sa franchise.

— Je n'ai pas dit que vous n'étiez pas jolie, seulement très fatiguée.

Plusieurs pensées traversèrent l'esprit d'Anna. Lui aussi paraissait fatigué, comme s'il dormait mal. Que cherchait-elle ? à être flattée ?

— Est-ce que je le suis ? Jolie ?

Sloan se sentit désorienté. Il vit le désespoir au fond de ses yeux. Avant qu'il ait répondu elle se détourna en disant :

— Excusez-moi. C'est stupide de ma part.

Son profil, à l'exception de son menton finement dessiné, était perdu sous le moutonnement de ses boucles soyeuses. Sloan avait une envie folle de passer

168

le doigt sous ce menton pour attirer son visage vers lui, mais ils étaient en public. Non, ce n'était pas la vraie raison ; s'il la touchait, il craignait de se transformer en brasier.

— Anna, regardez-moi. S'il vous plaît.

Elle ne put résister et leva la tête. Elle vit ses yeux s'assombrir et l'entendit chuchoter :

— Vous êtes incroyablement jolie.

Elle se sentit belle pour la première fois depuis fort longtemps ; mais ce n'était pas cet homme-là qui avait le droit de le lui dire.

— Vous m'avez manqué, ajouta Sloan.

Il s'en voulait de la mettre sur la sellette, mais il fallait qu'il s'exprime.

— Taisez-vous. Pas ici.

Pas ici. Pas maintenant. Jamais. Parce que je ne suis pas à toi !

Sloan entendit ces mots aussi clairement que si elle les avait prononcés et ils le blessèrent profondément. Il s'éclaircit la gorge et ajouta :

— J'ai postulé pour un emploi, et si ça marche, je quitterai Cook's Bay.

Une sensation de vide s'abattit sur Anna.

— Où irez-vous ?

— Dans la mer du Nord.

— La mer du Nord ?

Sa voix monta d'un cran. Sans carte, elle n'aurait su dire où c'était exactement, sans doute à l'autre bout du monde.

— Oui. Il s'agit de plongée sous-marine pour une compagnie pétrolière. J'ai appris à plonger à l'armée. Je savais que ce poste était disponible mais..., j'ai attendu cette semaine pour les appeler.

Après m'être rendu fou à force de penser à vous, eut-il envie d'ajouter.

— Quand aurez-vous la réponse ?

— Dans quelques jours.

Demande-moi de ne pas partir ! suppliait Sloan en silence, sachant qu'il n'en avait pas le droit.

Ne pars pas ! voulait crier Anna, sachant qu'elle n'en avait aucun droit.

Le chien se mit à aboyer et ils sursautèrent. Ils virent Inez Gouge qui retenait le caniche en les scrutant avec intensité. Depuis combien de temps était-elle là ? Qu'avait-elle entendu ? Avaient-ils l'air aussi coupables qu'ils le croyaient ? Sloan revint à Anna et dit d'un ton concerné :

— Présentez mes amitiés à votre mari.

— Je n'y manquerai pas.

— J'ai été ravi de vous revoir.

— Moi aussi.

Il s'éloigna en la laissant le cœur lourd. Il se pouvait qu'elle ne le revoie jamais ; c'était souhaitable. Tout en prenant des boîtes sur les étagères, elle le regardait du coin de l'œil comme pour emmagasiner les dernières images de lui. Il n'acheta qu'un pack de bières en bavardant avec Inez Gouge d'un ton normal qu'elle lui envia. Puis il sortit du magasin, et peut-être de sa vie, sans se retourner.

Elle attendit de plonger dans son état de neutralité habituel mais n'y parvint pas. Au lieu de cela, elle souffrait cruellement. De quoi ? Du départ de Sloan, ou du fait qu'elle soit obligée de rester ? Il était parti vers son avenir tandis qu'elle demeurait là, prisonnière d'un monde qui serait demain exactement semblable à aujourd'hui.

Une froide terreur la saisit. Elle s'efforça de ne pas blâmer Jack pour cette prison où il l'avait enfermée, mais personne d'autre n'était responsable. Il y avait pourtant bien peu de consolation à accuser quelque chose d'aussi indifférent que le destin.

— Ce sera tout ? demanda Inez Gouge.

Anna considéra les articles qu'elle avait posés sur le comptoir sans même s'en apercevoir. Elle ne se souvenait que des paroles de Sloan. *La mer du Nord... Vous êtes incroyablement jolie...*

— Ce sera tout, madame Ramey ?

— Oui. Non ! J'ai oublié quelque chose.

Elle revint bientôt et posa l'article sur les autres.

— Ajoutez ceci, s'il vous plaît.

Si Inez Gouge trouva bizarre l'achat d'un mascara en dernière minute, elle n'en laissa rien paraître et fit le total des achats.

Au péril de sa vie, Anna n'aurait su expliquer pourquoi elle avait acquis ce tube. Elle n'avait pas eu le choix. Une pulsion aussi fondamentale que les battements de son cœur l'y avait poussée.

L'état physique de Jack s'améliora la semaine suivante, mais pas sa santé morale, oscillant constamment entre l'agressivité et la torpeur. Il restait des heures allongé face à la fenêtre par laquelle lui parvenait le bruit des vagues et des mouettes. Cela semblait la seule chose capable de l'apaiser. Pour Anna, la paix n'existait plus. Agitée, éreintée, elle parcourait la maison comme une prisonnière. Quand elle ne le supportait plus, elle s'échappait quelques instants à la plage, espérant contre toute logique y rencontrer Sloan. Il n'était jamais là. Avait-il obtenu le poste qu'il souhaitait et quitté la ville ? Elle se remettait à chercher des coquillages, mais il paraissait évident qu'elle ne trouverait plus jamais de bivalve entier.

— As-tu des nouvelles de ton voisin ? lui demanda Carrie passée voir Jack après son travail.

D'ailleurs, tout le monde était venu, ce jour-là, le père Santelices comme le Dr Goodman, qui s'était inquiété d'une plaie à la jambe de Jack. Anna s'était sentie mal à la pensée d'une éventuelle amputation ; jamais Jack ne le tolérerait.

— À quel propos ? répondit-elle d'un ton qu'elle espérait anodin alors qu'elle venait de verser un peu de café à côté de sa tasse.

— Il quitte Cook's Bay. Il a accepté un travail dans une compagnie de pétrole, je crois.

Il n'était pas encore parti ; Anna respira.

— Harper va le regretter. Quand s'en va-t-il ?

— Pas avant une semaine ou deux.

Elle se sentit soulagée, sans savoir pourquoi. Il aurait mieux valu qu'il parte le plus tôt possible, et puis elle n'avait pas l'intention de le revoir. Mais le savoir dans la maison du phare était un réconfort.

En dînant avec Jack, elle s'efforça de faire sortir Sloan de ses pensées, car elle avait l'impression de trahir son mari. Jack était tranquille, et elle avait renoncé à son bavardage.

— Veux-tu que je coupe ton poulet en plus petits morceaux ?

Sa question le mit en colère sans qu'elle comprenne pourquoi. Depuis son attaque, quelqu'un l'avait toujours aidé à découper sa viande. Elle n'insista pas. Elle s'aperçut qu'elle n'avait pas plus d'appétit que lui et se souvint d'un article qu'elle avait lu, disant que les animaux en cage refusent de manger. Sa prison n'avait pas de barreaux, mais elle n'en était que plus étouffante. Elle songea au tube de mascara sur sa table de nuit. Elle ne savait pas vraiment pourquoi elle l'avait acheté, mais sentait confusément qu'il avait un rapport avec l'aggravation de l'état de Jack ; il était comme la clé de sa prison. Au contraire de Sloan, elle n'avait nulle part où fuir, excepté dans le passé, alors qu'elle se savait jolie, intacte et femme.

Un tintement de couverts la fit sursauter et elle vit que Jack, embarrassé, furieux, venait de faire tomber son couteau après avoir essayé de couper sa viande. Aussi naturellement que possible, elle lui tendit le sien. Il le saisit, rageur, et se mit à hacher son morceau de poulet. Ainsi qu'elle le craignait, son assiette trop proche du bord de la table finit par basculer et s'écraser au sol.

Le cœur battant, elle se leva calmement et se pencha pour ramasser les débris en évitant le regard de son mari. Un grondement rompit le silence et elle leva la tête. Jack, rouge de fureur, secouait la tête avec véhémence.

— Il faut nettoyer ça, sois raisonnable.

Il attrapa son bloc et griffonna, d'une écriture presque illisible : *Laisse ça tranquille. Laisse-moi tranquille*. Calculé pour blesser, ce fut efficace et elle eut l'impression qu'il venait de la gifler. Elle se redressa lentement, dignement, sachant que quelque chose en elle venait de se briser. Mais en quittant la pièce, la douleur s'effaça derrière un voile d'indifférence. Elle monta dans sa chambre complètement transie.

Cet état dura si longtemps qu'elle prit peur. Elle avait l'impression que même ses mouvements étaient ralentis, et pire, qu'ils ne lui appartenaient pas, mais concernaient plutôt quelqu'un d'autre. Et elle avait froid, si froid. Deux heures plus tard, elle descendait et vit que Jack s'était débrouillé pour regagner seul son lit. Dormait-il réellement ? À sa propre surprise, elle s'aperçut qu'elle s'en moquait, tout comme des débris d'assiette et de poulet répandus sur le sol.

Dieu, comme elle avait froid.

Elle se fit couler une douche si brûlante que la salle de bains s'emplit de buée à suffoquer ; tant pis, elle avait enfin chaud. La tête ballottante comme une poupée de chiffon, elle laissa le flot couler sur son cou, son dos, ses hanches, la vrillant de mille aiguilles mais, anesthésiée, elle ne sentait pas la douleur.

À quoi bon ? Il n'y avait peut-être qu'avec Jack qu'elle ne ressentait plus rien, alors que les émotions l'assaillaient en présence de Sloan. Enveloppée d'une serviette, elle surprit son reflet dans le miroir de sa chambre. Il fallait bien qu'elle existe, puisqu'elle se voyait. Mais elle était piégée, comme son portrait dans la glace.

J'ai trouvé du travail...en mer du Nord...

As-tu des nouvelles de ton voisin ? Il quitte la ville.

Il s'en allait, libre comme un oiseau... Mais elle, elle était prise au piège.

Elle saisit le tube de mascara, le déboucha posément, et appliqua la pâte brune sur ses cils. Bientôt, ses yeux lui parurent mieux dessinés ; comme si le mascara était doué de magie, elle avait l'impression de se voir plus clairement et fit l'inventaire de ses traits. Ses boucles mouillées encadraient avantageusement son visage et son regard, quoique fatigué, brillait de sensualité. Un doigt sur la pommette, elle conclut que les années l'avaient bien traitée. Oui, elle était toujours belle.

La voix de Jack surgit du passé. *Hé, baby, tu es bien jolie.*

Aussitôt elle entendit sa propre voix : *Est-ce que je suis jolie ?*

Puis celle de Sloan, lente et sensuelle. *Vous êtes incroyablement jolie.*

Une sensation de chaleur l'envahit, qu'elle accueillit avec plaisir. Il y avait longtemps qu'elle n'avait ressenti le désir, enseveli avec l'incapacité de son mari à le satisfaire. Des images la bombardèrent – baisers et mains brûlantes, gémissements et extase. Sa serviette glissa et elle vit dans la glace ses seins hauts et fermes. Elle avait fait semblant de bannir le désir ; il était là, prêt à jaillir, et elle imagina la caresse d'un homme, n'essayant même pas de prétendre qu'il s'agissait de son mari.

La honte, le plaisir... Elle éprouvait enfin quelque chose.

Bouleversée, languissant après ce qu'elle ne pouvait avoir, elle enfila sa chemise de nuit et se coucha, mais le sommeil ne vint pas. Une question la hanta toute la nuit : à quel stade, pensée ou acte, une femme devenait-elle adultère ?

Il était étrange, songeait Sloan, les yeux ouverts dans l'obscurité, que sa venue à Cook's Bay ait préservé sa santé mentale pour mieux la menacer ensuite s'il ne s'en allait pas. Même Harper avait perçu son impatience grandissante.

— Pourquoi es-tu si pressé de partir ?

— Je ne suis pas pressé. Ou bien si, peut-être. Ne crois-tu pas qu'il est temps que je reprenne ma vie en mains ?

— Je crois plutôt que ce départ est en rapport avec Anna Ramey.

Sloan s'était immobilisé, stupéfait. Mais il est vrai que Harper était loin d'être idiot, et ne mâchait pas ses mots.

— Bon Dieu, Sloan, elle est mariée !

— Je le sais bien. Pourquoi penses-tu que je veuille m'esquiver ainsi ? Écoute, il ne s'est rien passé entre elle et moi, je le jure.

Rien d'autre que des fantasmes, aurait-il pu ajouter. Il ne comptait plus les douches froides qu'il avait prises.

— Évite-la.

Sloan était d'accord, ce qui ne l'empêchait pas de la désirer. À quoi ressemblerait son baiser ? Hésitant ? Sûr ? Terriblement doux ? Quelle amante serait-elle ? Se demandait-elle quel amant il ferait ?

Jack songea qu'il était allé trop loin cette fois-ci. Oui, murmurait la mer, *tu as été injuste, odieux*. Il le savait bien. Mais pourquoi ? Il était si las de se battre.

Si las d'avoir peur ? demanda la mer.

Oui, aussi. Il aurait voulu se montrer courageux, mais le courage s'épuise quand on lui en demande trop.

Je comprends, chuchota la mer. *Tu n'as rien à te reprocher.*

Il lui ferait ses excuses dès le lendemain matin. Il lui dirait à quel point il était désolé. La mer ne fit pas de commentaire, ce qu'il trouva éloquent.

Anna redoutait d'aller voir Jack, pourtant il le fallait. Elle avait laissé Ken s'occuper de l'assiette cassée, et n'avait pas expliqué pourquoi elle ne prendrait pas son petit déjeuner avec son mari. Mais elle ne pouvait repousser la confrontation plus longtemps. Quand elle entra dans sa chambre, Jack lui montra le mot qu'il avait préparé. Les épaules affaissées, il semblait avoir vieilli durant la nuit, tout en faisant preuve d'une vivacité juvénile. *Je suis désolé*. Elle n'en crut pas ses yeux. Il ajouta : *Pardonne-moi*. Elle vit ses yeux gris, attentifs. L'homme qui la regardait ainsi était celui qu'elle avait épousé, doux, aimant, celui dont elle attendait le retour depuis si longtemps sans plus y croire. Mais, dans un éclair de lucidité aveuglant, elle comprit qu'elle ne l'aimait plus. Quelque part au cours du chemin, à l'aube d'un jour désespérant, elle avait cessé de l'aimer. Le mur qu'il avait construit s'était élevé si haut qu'elle n'essayait plus de l'escalader. Elle se sentit à la fois soulagée – il ne la blesserait plus – et profondément triste.

Son attitude, son silence prolongé et la façon dont elle le regardait avertirent Jack qu'elle ne réagissait pas comme il l'espérait. La lumière dans ses yeux s'éteignit. Anna y lut une tristesse accordée à la sienne, et l'ombre d'une résignation, comme s'il n'était pas surpris.

Il écrivit, avec un sourire chagrin : *Trop peu, trop tard.*

— Jack...

Il l'arrêta en secouant la tête, avec gentillesse et d'autant plus de force. Anna ouvrait la bouche quand il reprit son bloc : *Divorce.* Elle considéra le mot. Simple, mais complexe ; direct, mais vague. Car si la loi peut défaire les liens qui unissent un homme et une femme, elle ne peut les relâcher complètement, ni de façon suffisamment satisfaisante pour qu'on les oublie tout à fait. Il était vrai qu'elle n'aimait plus Jack, mais il comptait toujours pour elle. Ils avaient partagé un même bonheur, il était le père de son enfant. Maintenant plus que jamais, et non sans ironie, elle lui restait loyale.

— Non, Jack. Je ne divorcerai pas.

Pourquoi ?

— Parce que tu es mon époux. Nous sommes mariés pour la vie, pour le meilleur et le pire. Jusqu'à ce que la mort nous sépare.

Elle se rendit compte qu'il avait dû y penser bien avant. Péniblement, il griffonna : *Aide-moi à mourir.* Il avait déjà effleuré le sujet, maintenant il le posait nettement.

— Jack, ne fais pas cela.

Facile. Overdose insuline. Personne ne saura.

Sa demande était si morbide, que malgré le choc, la crainte, Anna ne parvenait pas à enregistrer le véritable sens de ses mots. Jack sentit qu'elle s'éloignait. *Je suis pris au piège de ce corps. Libère-moi.*

Il était temps qu'elle s'enfuie, qu'elle s'échappe. À mi-chemin de la porte elle entendit la voix de Jack.

— An-na. Je-t'en-prie...

Elle se retourna. Cette voix était faible, brisée, les mots déformés, mais si éloquents, si dignes qu'ils la touchèrent au cœur. Cependant, leur signification lui revint aussitôt et elle s'enfuit.

15

EN entendant le coup frappé à sa porte, Sloan jura. Il n'avait pas la moindre envie de compagnie. Prêt à renvoyer l'importun en quelques mots bien sentis, il ouvrit. Rien ne l'avait préparé à ce qu'il vit sur le seuil. Ses lèvres bougèrent mais pas un son n'en sortit. Elle était à bout à de souffle, les cheveux collés sur le front, comme si elle avait couru tout le long du chemin.

— J'ai besoin... d'un ami, haleta Anna.

Il se souvint lui avoir dit qu'ils ne pouvaient rester de simples amis, mais ouvrit la porte en grand sans un mot. Elle entra. En dépit de sa confusion, elle nota la nudité sévère de la pièce. Elle était hors d'haleine et avait froid malgré la sueur qui coulait entre ses seins. Elle savait qu'elle n'aurait pas dû venir, mais tant pis. Il fallait qu'elle voie Sloan. Elle lui offrit la seule explication qu'elle pouvait :

— Je n'avais nulle part où aller.

En vérité, elle avait navigué en pilote automatique, inconsciente de sa direction jusqu'à ce qu'elle ait aperçu le phare. Sloan était heureux de sa venue, même s'il n'aurait pas dû l'être.

— Asseyez-vous, dit-il en la voyant au bord de l'épuisement.

Les jambes flageolantes, elle prit place sur le canapé. Ses mains aussi tremblaient. Elle renversa la tête contre le dossier et ferma les yeux.

— Tenez.

Elle aurait pu s'abandonner à la douceur de sa voix, mais elle se redressa et le vit debout devant elle, grand, mince, musclé, dans un jean délavé et un vieux tee-shirt, ni coiffé ni rasé, comme s'il venait à peine de se lever. Dût-elle rôtir en enfer, elle aussi se demandait quel amant il était.

Elle prit le verre d'eau qu'il lui tendait et il vit sa main trembler lorsqu'elle le porta à ses lèvres, dont il avait tant envie de connaître le goût. Sa respiration retrouvait un rythme régulier. Sous son pull, il vit la ligne pleine de sa poitrine qui se levait et s'abaissait, et n'essaya pas de censurer les pensées qui lui vinrent. Il voulait la toucher, qu'elle le touche. Qu'ils soient amants. Il recula d'un pas prudent.

— Que se passe-t-il ?

Anna but encore une gorgée, posa le verre et dit :

— Jack m'a demandé de l'aider à mourir.

Il cligna des yeux, incrédule.

— Comment ?

Avec calme, elle repoussa ses mèches humides en répétant :

— Mon mari m'a demandé de le tuer.

— Mon Dieu ! Ce n'est pas sérieux.

— Oh mais si.

Sloan se laissa tomber sur une chaise, puis demanda après un silence :

— Qu'avez-vous répondu ?

— Je ne m'en souviens pas. J'étais si stupéfaite, si choquée. Il y avait déjà fait allusion, mais pas aussi clairement. Il était sérieux, ce n'était pas de la comédie.

Elle soupira. Le silence retomba. Une idée se glissa dans l'esprit de Sloan, pour laquelle il se méprisa aussitôt. Si Jack Ramey disparaissait, Anna serait libre. Et dans ce cas... Il ne continua pas. Comment envisager pareille chose ?

Les pensées d'Anna suivaient un cours parallèle. *Je suis pris au piège dans ce corps. Libère-moi.* Durant sa course, elle s'était rendu compte qu'en le libérant, elle se libérerait elle-même de ce cauchemar persistant, de ce mariage sans amour. Comment pouvait-elle avoir de telles pensées ?

Elle s'approcha de la fenêtre. C'était une parfaite matinée d'été, un temps merveilleux pour vivre, pas pour parler de la mort. Sous un soleil si brillant, on ne pouvait se dissimuler la vérité.

— Ce qui m'a fait le plus peur dans sa demande, c'est que je n'en ai pas eu assez peur.

En même temps, elle s'était sentie proche de lui comme cela n'était pas arrivé depuis bien des années. Il s'était tourné vers elle au moment où il avait eu besoin de quelqu'un, il avait placé sa confiance en elle, comme au temps de leurs années heureuses. Jusqu'où serait-elle capable d'aller en hommage à cet amour jadis partagé ?

— Que voulez-vous dire ?

Malgré la chaleur du soleil sur ses épaules elle avait toujours froid, comme si la glace avait pénétré chaque cellule de son corps. Cet homme saurait-il faire fondre cette glace ? Elle s'obligea à répondre.

— Quand j'avais dix ans, ma chienne a été renversée par une voiture. C'était une superbe colley, très douce. Elle s'était échappée de la cour et une voiture l'a heurtée. Aujourd'hui encore j'entends l'horrible choc et les gémissements pitoyables qu'elle émettait, étendue au milieu de la rue.

Elle semblait perdue dans ses tristes souvenirs. Sloan avait envie de la consoler d'un événement survenu plus de trente ans auparavant ; il ne supportait pas de la savoir malheureuse.

— Le vétérinaire nous a dit qu'il valait mieux l'endormir, qu'elle ne guérirait pas et mourrait de toute façon.

— C'est ce que vous avez fait ?

— Oui. La même année, ma grand-mère est morte d'un cancer. À la fin, elle souffrait beaucoup. Je me souviens d'elle sur son lit d'hôpital, gémissant comme ma chienne. Avec la naïveté des enfants, j'ai demandé à ma mère pourquoi on ne la faisait pas dormir aussi, et elle m'a expliqué, bien sûr, qu'on ne fait pas cela aux êtres humains. Seulement aux animaux. Pour moi, cela n'avait pas de sens, ce n'était pas logique. Je ne suis pas sûre que devenue adulte, je le comprenne plus qu'avant.

— Beaucoup de gens sont de votre avis.

— Je crois qu'on a le droit de décider quand mettre fin à ses jours. Je ne blâmerais pas celui qui aurait aidé un être cher à le faire. C'est peut-être même notre devoir en certains cas. Est-ce que je vous choque ?

Sloan pensa aux intolérables souffrances qu'il avait endurées en prison. Combien de fois avait-il prié pour qu'on l'achève, n'ayant pas les moyens de le faire seul ? Après sa libération, quand il avait dû affronter sa propre lâcheté, il avait sérieusement envisagé de mettre un terme à sa torture morale.

— Non, vous ne me choquez pas. Parfois la mort peut être une amie.

Trop prise par ses émotions, elle ne remarqua pas la note personnelle dans cette réponse.

— Je ne suis pas sûre d'avoir le courage de donner la mort moi-même, mais je ne condamnerais pas celui qui le ferait par pitié. Si l'on est malade et sans espoir de guérison...

Elle n'acheva pas sa phrase.

Sloan se dit que de tous ceux qu'il connaissait, Anna serait celle qui aurait certainement ce courage. Elle avait de la force et des sentiments profonds, ce qu'il fallait pour trouver la conviction que requiert un acte aussi controversé.

— Et il n'y a pas d'espoir pour votre mari ?

— Il se peut qu'il aille un peu mieux, mais jamais bien. À la fin, le diabète le tuera. Demain. Le mois prochain, dans un an. On ne sait pas.

Le Dr Goodman, d'habitude optimiste, avait eu l'air soucieux et prudent, comme s'il voulait être certain qu'elle comprenait la gravité de l'état de Jack.

— Son infection rénale ne s'arrange pas. La plaie de sa jambe non plus. Et il a cessé tout faux-semblant concernant sa rééducation. D'ailleurs, il n'a jamais vraiment essayé. Il était las de se battre avant même son accident. On a le droit de décider soi-même de cesser la lutte.

Elle s'interrompit en passant la main dans ses cheveux puis ajouta :

— Mon Dieu, je n'arrive pas à croire que je parle de cela avec tant de calme, de logique.

La fêlure dans sa voix, le frémissement de sa main prouvaient à Sloan qu'elle n'était pas si calme que cela. Il avait envie de la prendre dans ses bras, de la consoler, la protéger. De lui faire l'amour jusqu'à ce que la laideur du monde disparaisse. Ce n'était pas uniquement charnel, parce que l'aimer semblait naturel – comme ce qui s'était passé entre eux depuis le début, naturel, normal, prédestiné.

Anna dut lire ses pensées car elle avoua :

— Je désire plus que tout au monde que vous me preniez dans vos bras, mais je ne peux pas vous le demander. Ce serait mal envers Jack. Envers vous, et moi.

Son honnêteté frappa Sloan.

— L'ironie dans tout cela, continua-t-elle, c'est que j'ai compris ce matin que je ne l'aimais plus.

Elle répéta, comme si elle s'adaptait aux mots :

— Je n'aime plus mon mari. Peut-être depuis longtemps. C'était juste une habitude.

Le souffle coupé, Sloan demanda :

— Comment cela ?

— Juste comme ça. La nuit dernière, il m'a tellement bafouée...

Elle lui raconta l'incident et ce qui s'était passé le matin puis se mit à rire d'une façon presque hystérique. La tension prenait peu à peu le pas sur son contrôle habituel et rendait le contraste saisissant.

— C'est drôle. Il n'y a qu'avec vous que j'éprouve encore des sentiments, des sentiments dont je dois me passer parce que je suis mariée. Je n'aime plus Jack, je lui reste dévouée mais je ne ressens plus rien en sa présence... seulement en la vôtre.

Son discours devenait incohérent et elle tremblait de plus en plus. Elle s'en rendit compte et serra ses bras contre elle.

— Je vous en prie...

Sloan ne savait pas de quoi il la priait, de ne pas s'effondrer, de se taire, de ne pas le désarmer plus encore. Comme il avait envie de la prendre contre lui !

— Je croyais que je voulais éprouver des sentiments, mais je me trompais.

— Ne vous faites pas...

— Pourquoi, Sloan ?

—... tant de mal.

— Pourquoi êtes-vous le seul à m'émouvoir ?

Palpitante, ses yeux brillaient, accusateurs et douloureux. C'était plus que Sloan n'en pouvait supporter. Il fit un pas vers elle, s'arrêta. S'il la touchait, il était perdu. Il aurait voulu lui dire de partir, qu'elle le bouleversait de façon intolérable, mais il n'en eut pas le courage.

Elle vit la peine dans son regard. Elle savait ce que sa présence lui coûtait, mais ne se résolvait pas à partir. Elle se détourna vers la fenêtre et le soleil, toujours aussi glacée, aussi tremblante.

Va-t'en, se disait Anna, *avant de le supplier de te serrer contre lui.*

Va-t'en, lui demandait Sloan en silence, *avant que je te prenne dans mes bras.*

Maintenant !

Lentement, sans regarder en arrière, Anna se dirigea vers la porte. Elle eut du mal à tourner la poignée, la secoua, réussit. Le battant s'entrouvrit de quelques centimètres. Une main sortie de nulle part le repoussa. Anna l'observa avec détachement. Masculine, large, avec de longs doigts souples. Un poignet à la fois mince et fort. Un avant-bras velu et musclé. Bien qu'il ne l'ait pas touchée, Anna percevait la présence de Sloan derrière elle, intimidante, tentante. *Prise au piège.* Mais cette fois, elle ne détesta pas l'idée. Elle était prisonnière par désir. Elle avait envie de sentir son corps contre le sien.

— Va-t'en, murmura Sloan d'une voix cassée.

— Je ne peux pas. Vous tenez la porte.

— Demande-moi de la lâcher.

Elle ferma les yeux, à l'écoute des battements désordonnés de son cœur qui emplissaient sa tête d'un tonnerre assourdissant.

— Demande-le-moi !

— Je ne peux pas ! cria-t-elle, submergée par le souvenir de tant de nuits solitaires.

— Alors dis-moi ce que tu veux.

— Ça ne compte pas.

— Si. Dis-le-moi.

Mais que voulait-elle au juste ? Retrouver des sensations, le plaisir d'être désirée, d'avoir chaud de nouveau ?

— Prends-moi contre toi, dit-elle enfin.

Il se rendit à l'inévitable et effleura son bras d'un geste léger, tel un papillon qui se pose sur une fleur. Doucement, il la fit pivoter vers lui et leurs regards se rencontrèrent brièvement mais avec intensité. Puis il l'attira dans ses bras. C'était si naturel qu'Anna se demanda pourquoi elle avait tant lutté pour s'en priver. Il n'y avait rien de mal à profiter de la forteresse que semblait être sa poitrine musclée. On ne pouvait lui reprocher de poser sa joue contre cette épaule, ni de passer ses bras autour de lui pour l'étreindre de toutes ses forces. Son corps glacé, tel un voleur, lui dérobait sa chaleur.

Sloan se sentait si bien à la tenir ainsi qu'il se demanda pourquoi il avait tant lutté pour s'en priver. Mais, à présent qu'il l'avait touchée, il était perdu. Il huma le parfum frais de ses boucles, sentit ses seins contre lui et aima le petit soupir qu'elle poussa en se nichant encore plus près.

— Anna, murmura-t-il pour le plaisir simple et vital de prononcer son nom.

Elle trouva qu'il n'avait jamais sonné si doux, si plein de vie et leva son visage vers lui tandis qu'il mêlait ses doigts aux boucles blondes comme il en avait eu si souvent envie. Il dégagea son front et y déposa un petit baiser. Elle gémit et soupira :

— Ne me donne pas d'émotions. Je n'en veux pas. Je ne dois pas.

— Non, je ne t'en donnerai pas.

Pourtant, elle frotta son nez contre le sien ; leurs lèvres étaient si proches que la tentation tambourinait à la porte de leur conscience.

— Non, chuchota-t-elle. Il ne faut pas.

En même temps elle lui tendait sa bouche dans l'attente du baiser auquel ni l'un ni l'autre ne pouvait échapper.

— Je sais, répondit-il tout en se penchant vers elle.

Leurs lèvres se rejoignirent et toutes sortes d'émotions la parcoururent. Comment pouvait-elle avoir oublié la simple beauté d'un baiser ? Elle en avait le vertige. Parmi l'étonnement et le plaisir, se glissa la crainte.

— Non, répéta-t-elle, je ne veux pas.

— Si, tu le veux, répondit Sloan en déposant de petits baisers le long de son cou jusqu'à sa gorge.

— Non ! s'exclama-t-elle encore.

Mais Sloan reprit ses lèvres et le monde explosa. Cette fois, nulle douceur dans cette étreinte, mais une sauvagerie née de trop de refus, de trop de désir. En elle quelque chose cria *Oui !* oui à tout ce qu'elle s'était refusé jusque là, à toutes les sensations délicieuses qui jaillissaient en elle. La tête lui tournait, son cœur palpitait, son sang bouillait. Elle se sentait brûlante et glacée, légère et lourde, comblée et vide. Elle se sentait femme. Humaine. Et mon Dieu, ce n'était pas désagréable !

Sloan aima la façon si franche dont elle lui répondit. Elle avait envie de lui et ne faisait pas semblant du contraire, ce qui mettait le feu à sa propre passion. Quand les genoux d'Anna se dérobèrent il l'appuya contre la porte et elle perçut son désir contre elle. Elle avait oublié ce que c'était. À quel point un corps d'homme était beau et impressionnant, et comme c'était excitant d'être la source de ce pouvoir. Faire l'amour avec Sloan serait le plus juste des actes qu'elle aurait jamais accompli. Soudain, cela même lui parut faux. Devenir la maîtresse de cet homme était la chose la plus facile du monde. Ne serait-ce pas une trahison non seulement vis-à-vis de Jack, mais aussi d'elle-même ?

Elle s'écarta de lui en disant :

— Je ne peux pas.

Ses yeux assombris de passion le suppliaient de la comprendre : elle voulait, mais ne le pouvait pas. Ils se regardèrent, haletants. Brusquement, il la lâcha et recula, lui tourna le dos. Elle vit ses épaules se contracter dans l'effort qu'il faisait pour reprendre son contrôle.

— Sloan, je...

Sans la regarder, il leva la main. Dans le silence, elle entendit le tic-tac de la pendule, le bruit d'une bouée heurtant un pilier.

— Je suis désolée.

Il se tourna vers elle et prit sa respiration avant de dire :

— Comprends-moi bien. Je te désire comme jamais je n'ai désiré.

— Moi aussi. Mais c'est mal.

— Non. Seul le moment tombe mal.

Avec une tendresse qui la fit fondre, il passa le doigt sur sa joue et elle ne put s'empêcher d'incliner la tête.

— Tu es à moi, reprit-il. Depuis la première fois que je t'ai vue sur la plage. Je n'en savais rien alors, mais maintenant j'en suis sûr. Peu m'importe que tu aies un mari, ou que tu en aies cent. Tu es à moi !

Sa propre ardeur le surprit. il n'avait jamais éprouvé de sentiments si passionnés. L'avait-elle donc ensorcelé ? Comment avait-elle fait pour compter tant à ses yeux, au point qu'il ne laisserait personne lui faire de mal, pas même lui ?

— Ah, Anna ! Je donnerais cher pour n'être qu'un salaud ordinaire et agir en sorte que tu deviennes ma maîtresse. Mais je n'en ferai rien, car tu me haïrais ensuite. On transgresse ses propres règles à ses risques et périls.

Anna n'eut pas conscience de la dureté de sa voix, elle n'entendit que la suite.

— Ne reviens pas, Anna. Sinon, je ne promets pas de ne pas me conduire en salaud.

Et il la renvoya ainsi, à sa maison, à un mari qu'elle n'aimait plus, mais auquel elle avait juré fidélité... jusqu'à ce que la mort les sépare.

Elle rentra encore plus bouleversée qu'elle n'était partie, s'efforçant d'effacer de son esprit ce qui venait de se passer. Pourtant elle se sentait différente et craignait que cela ne se remarque. Pourrait-elle dissimuler qu'elle venait d'être embrassée, qu'elle avait désiré un autre homme ?

Sachant qu'elle devait reprendre la routine, elle alla surveiller Jack. Elle s'attendait à le voir pratiquer ses exercices, mais il n'en était rien. Il était dans son fauteuil roulant près de la fenêtre, regardant dans la direction de la mer invisible. L'infirmier retapait son lit.

— Les exercices sont terminés ?

— Nous avons décidé de nous en passer aujourd'hui, répondit Ken avec hésitation.

Ce qui signifiait que Jack avait refusé de les faire.

— Manquer un jour, ce n'est pas grave, dit-elle.

Jack faisait mine de l'ignorer, ce qui était aussi bien. Elle agirait de même, et oublierait sa sinistre requête. Elle n'avait pas d'autre solution. Si seulement elle pouvait aussi oublier les mots et les gestes de Sloan !

— Votre fille a appelé, dit Ken.

Elle eut l'impression qu'on venait de lui jeter de l'eau froide à la figure et tout prit un sens différent. Jamais au grand jamais, Meg ne devrait soupçonner ce qui s'était passé dans la maison du phare.

— Elle a dit qu'elle viendrait ce week-end, certains de ses cours ayant été annulés.

— C'est bien qu'elle vienne, répondit Anna, sincère.

Elle regrettait pourtant de ne pouvoir rester seule et craignit que sa fille, après un seul regard, ne lui pose des questions auxquelles elle ne voudrait pas répondre.

— Vous voulez un café ? demanda Ken.

Jack ne répondit pas et demeura inerte tandis que l'infirmier faisait rouler son fauteuil en ajoutant :

— Allons dans la salle à manger, cela nous changera.

Sous entendu, j'espère que cela vous ragaillardira un peu.

— C'est une bonne idée, approuva Anna.

Jack ne la regarda pas. Elle entendit Ken monologuer sur le temps ; même si Jack avait pris son bloc, Ken aurait quand même bavardé à haute voix. Elle le vit alors sur la table et y lut ses réponses aux demandes de Ken : *Je ne veux pas. Fatigué. Pas bien.*

Soudain, elle fronça les sourcils et feuilleta les pages jusqu'au message qu'il avait écrit plus tôt. On pouvait facilement interpréter sa supplication de l'aider à mettre fin à ses jours. Ken l'avait-il vu ? Non, Jack le conservait toujours près de lui. Mais si Meg le découvrait ? Découvrir la profondeur du désespoir de son père la bouleverserait. Anna déchira la page et l'enfouit dans sa poche. Elle verrait plus tard qu'en faire.

Ken s'en alla peu après, en avertissant Anna que la dépression de Jack allait grandissant et qu'il aurait peut-être besoin d'une aide spécialisée. Elle se demanda de nouveau s'il avait lu la note, puis se dit que la conduite de Jack justifiait amplement cette remarque. Elle admit qu'appeler un psychologue était une bonne idée. À présent, il fallait qu'elle se débarrasse du message.

Au salon, elle s'agenouilla devant la cheminée. Brûler les mots effacerait la requête de Jack de son esprit. Elle craqua une allumette et les flammes avides s'emparèrent du fragile papier pour le transformer en cendres.

Elle s'obligea à ne penser à rien, ni prières ni promesses ou baisers passionnés. C'était mieux ainsi.

16

Septembre

DE l'avis d'Anna, la salle du tribunal ressemblait
à un cirque à trois pistes. Dans la première se
tenaient les jurés, sélectionnés après deux jours
de débats ardus. Le résultat, neuf hommes et trois
femmes, convenait à Harper qui préférait le moins possible de femmes dans le jury. Elles étaient, selon lui,
moins enclines à pardonner l'infidélité. Jusqu'à présent, leur performance s'était bornée à prêter serment.
Anna les regardait, partagée entre l'idée qu'ils étaient
des gens ordinaires, et celle qu'ils allaient décider de
son destin et de celui de Sloan.

La seconde arène contenait les spectateurs et les
journalistes. Ceux-là semblaient appartenir à une espè-
ce différente – *Homo chacalus* – largement représentée. Ils étaient même beaucoup trop nombreux et le
juge, craignant que la salle n'en soit exclusivement
emplie, avait limité leur présence aux cinq premiers
rangs côté accusation. Cela avait enchanté Hennessey,
plus près de son public, mais déplu aux reporters qui
s'estimaient brimés. S'ils quittaient leur siège, ils risquaient de ne pas le retrouver. Sauf Lugaric, qui apparaissait et disparaissait tel le vampire auquel l'avait
comparé Harper : sa place était aussitôt gardée par une
femme brune au teint cadavérique, ce qui entretenait
sa sinistre réputation.

Anna observa Lugaric qui entrait avec une aisance due à une longue pratique des tribunaux. Les cheveux noirs, vêtu d'un manteau de tweed froissé, il distribuait sourires éclatants et autographes. Il créait l'événement autant qu'il le rapportait. Le bruit courait en ville qu'il était arrivé juste à point pour le début de l'audience, son temps étant précieux.

— Je vois que Dracula est remonté de sa crypte, remarqua Harper.

Cela attira l'attention d'Anna sur la troisième piste, occupée par les avocats. Richard Hennessey et son assistant, un petit homme donnant l'impression de n'avoir jamais été excité par quoi que ce soit, avaient la tête penchée l'un vers l'autre, tandis que Harper et Sloan se donnaient un peu d'exercice, à savoir marcher de long en large.

— Je me demande comment il savait à quelle heure le jury serait sélectionné, remarqua Sloan.

— Oui, moi aussi. Peut-être par le cadavre ambulant qui lui garde son siège. Écoute, je sais que nous en avons déjà parlé, mais laisse-moi insister encore. Le juge a donné l'ordre de ne rien divulguer à la presse, mais cela ne doit pas t'empêcher de te montrer concerné. Tu dois apparaître humain.

Quant à Anna, elle ne savait comment lui avouer qu'elle ne pouvait pas montrer ce qu'elle ressentait. Elle avait l'impression de se mouvoir dans un nuage. Elle avait tenté d'éprouver des sentiments comme tout le monde, et découvert que cela n'en valait peut-être pas la peine. Cependant, lorsque le jury s'installa et que le juge fit irruption dans le tribunal, proclamant la séance ouverte, elle fut saisie de peur. Sloan lui murmura :

— Tout ira bien. Je te le promets.

Même si cette promesse était illusoire, la tentative la réconforta.

— L'accusation peut procéder à sa déposition.

Hennessey était déjà à demi levé quand le juge Waynon se pencha vers l'assistance.

— Avant de commencer, laissez-moi préciser une chose. La cour ne tolérera aucune interruption dans le déroulement de ce procès, pas même pour une activité aussi cruciale qu'un compte rendu à New York. Tous les contrevenants seront expulsés.

Sa voix résonna comme le tonnerre à travers la salle. Le greffier frappa un coup du bâton de police qui pendait à la ceinture de son uniforme. Après un silence, le juge Waynon ajouta :

— À vous, maître Hennessey.

Le procureur, sans un cheveu de travers, le costume impeccablement repassé, bondit sur ses pieds, ajusta l'un de ses boutons de manchette, puis l'autre. Il se tint exactement face au box des jurés, une main manucurée sur la rambarde, comme s'il allait avoir un entretien confidentiel avec des amis.

— Mesdames, messieurs, il est un fait que, lors de la nuit du 25 août Jack Ramey a trouvé la mort sous forme d'une overdose d'insuline.

Le mot « mort » ricocha comme une balle jusqu'à celui de « Justice » gravé sur le bois sombre des lambris. Anna se demanda si la justice serait respectée à la fin de ce procès. Mais quelle sorte de justice serait délivrée dans un cas tel que celui-ci ?

— Il est également un fait que trois personnes se trouvaient dans la maison cette nuit-là – la sœur de Jack Ramey, sa fille et son épouse. Bien que toutes les trois aient eu les moyens et l'opportunité d'administrer la dose mortelle, une seule en avait aussi le mobile.

Anna ne pouvait se convaincre que ces phrases brutales la concernaient.

— Je vais présenter des témoins qui certifieront que le couple Ramey n'était pas heureux, que Jack Ramey, dépressif et malade, a demandé à sa femme de l'aider à mourir, dans un mot qu'elle a brûlé afin de ne pas s'accuser elle-même, ni son amant.

Il obtint le résultat escompté : des expressions choquées et des rumeurs de dégoût.

— Oui, mesdames, messieurs, la propre fille de l'accusée témoignera de ce scandaleux adultère, et un autre témoin vous rendra compte du rôle qu'a joué l'amant sur la scène du crime.

Anna entendait les murmures, le claquement du marteau du juge, mais surtout la voix de Hennessey. Il était excellent, avec le genre de sincérité faisant croire qu'il regrettait ce qu'il avait à dire. Elle en fut terrifiée, mais se résolut à ne pas le lui laisser voir.

— Les personnes présentes cette nuit fatale n'avaient aucun bénéfice à tirer de la mort de Jack Ramey, sinon celles que vous voyez ici même, au banc des accusés. Ces deux-là avaient tout à gagner, leur liberté, leur avenir.

Il avertit ensuite les jurés de ne pas confondre ce meurtre avec une euthanasie, qu'Anna et Sloan ne devaient pas échapper à leur punition, et, satisfait, regagna sa place.

Le silence qui suivit mettait au défi l'avocat de la défense d'être aussi convaincant. Harper ne fit aucun mouvement malgré les regards de toute la cour fixés sur lui. Enfin le juge demanda :

— Maître Fleming, la défense désire-t-elle faire une déposition ?

Il se leva sans hâte.

— Oui, votre Honneur, la défense le souhaite.

Une main dans la poche, la veste non boutonnée, Harper s'approcha des jurés avec un regard troublé, semblant chercher ses mots. Enfin il parla.

— Eh bien ! Voilà une belle ouverture ! Émouvante, frappante. Pour vous dire la vérité, j'en étais presque à vouloir coudre moi-même le A de adultère sur la robe d'Anna Ramey.

Il y eut quelques petits rires. Hennessey demeura impassible.

— Et je vais vous confier autre chose. Mon premier mouvement a été de demander à la cour l'annulation de ce procès pour jeter ces deux assassins, ces deux adultères, au plus profond d'une prison.

Il agita la main vers ses clients et se tut, marchant de long en large devant les jurés attentifs. Puis il fixa l'un d'eux droit dans les yeux.

— Mon second mouvement a été de réaliser que je venais de me laisser rouler par un expert en manipulation. Heureusement, pour vous et pour mes clients, notre système judiciaire exige plus que les allégations émouvantes d'un procureur. Celui-ci doit d'abord prouver que mes clients sont coupables. En bref, mesdames et messieurs les jurés, il doit vous convaincre qu'Anna Ramey et Sloan Marshall sont des assassins. Ce qu'il ne peut faire, puisque c'est faux.

La salle s'emplit de murmures que le juge fit aussitôt taire. Anna attendit avec la même impatience que les autres la suite du discours de Harper.

— Sans la rhétorique exaltante de maître Hennessey je vais énoncer les faits. Je vais aussi vous dire que mes clients sont coupables, oui, coupables d'une seule chose. Primo, Jack Ramey est bien mort d'une overdose d'insuline, mais nous ne savons pas qui la lui a administrée. Secundo, il a bien demandé à sa femme de l'aider à mourir, et elle a détruit ce mot. Tertio, Anna Ramey et Sloan Marshall ont eu une liaison.

L'aveu était si inattendu que personne n'en crut ses oreilles. Une vague de commentaires enfla dans la salle et Hennessey parut vouloir le réfuter. Comment la défense osait-elle admettre si crûment ce que lui-même avait l'intention, avec délices, de les obliger à reconnaître ?

Anna, aussi stupéfaite que les autres, eut l'impression que Harper les trahissait. Elle savait bien que leur liaison serait dévoilée, mais pas dans les premières minutes du procès ! Elle devina l'étonnement égal de Sloan, qui lui chuchota cependant :

— Du calme.

Des douzaines de paires d'yeux la clouaient de curiosité, la condamnaient, la poussaient à baisser la tête, mais elle n'en fit rien. Au contraire, elle s'obligea à relever le menton.

— La vérité est qu'Anna Ramey et Sloan Marshall n'ont été amants qu'une seule fois, et, par ironie, la nuit même où Jack Ramey est mort.

Nouveaux bruissements de voix. Le juge déclara en abaissant son marteau.

— Si maître Fleming ne peut poursuivre dans le silence, je fais évacuer la salle.

— Je vous rappellerai, poursuivit Harper, que c'est l'identité du meurtrier qui doit être votre souci, et non la liaison de mes clients. C'est ici que réside le défaut du discours de maître Hennessey, quand il vous demande de conclure que cette liaison conduit nécessairement au crime. Nous savons que ce ne peut être vrai. Si tous ceux qui sont infidèles en venaient au meurtre, nos prisons et nos cimetières seraient pleins à craquer.

Il y eut des rires auxquels il ne se joignit pas plus que le procureur.

— Non, ni Anna Ramey ni Sloan Marshall n'ont commis d'assassinat cette nuit-là. Ce n'est pas à eux que profite le plus la mort de Jack Ramey. Restez attentifs et je vous donnerai une alternative valable – ce qu'on appelle un *doute raisonnable* – à ce qui s'est passé.

Il revint s'asseoir, laissant chacun, jurés, spectateurs et prévenus, se demander quelle était cette alternative. Hennessey était peut-être excellent, mais Harper était sacrément habile. Et extrêmement convaincant. Anna en était impressionnée ; il avait déjà semé les graines du doute concernant leur culpabilité, alors qu'il n'était pas lui-même certain de leur innocence. Entre ses dents il lui glissa ainsi qu'à Sloan :

— Il fallait lui couper l'herbe sous le pied.

— Appelez votre premier témoin, maître Hennessey, ordonna le juge.

— L'accusation appelle Kenneth Larsen.

Anna ne l'avait jamais vu en costume et il lui sembla d'autant plus étranger qu'il refusa de regarder dans sa direction. Hennessey se rengorgeait, comme s'il s'était rendu compte de la valeur de son adversaire et se délectait de la bataille à venir.

— Monsieur Larsen, voudriez-vous dire à cette cour comment vous avez connu la famille Ramey ?

Ken répondit avec précision ; Hennessey en vint à demander :

— À votre avis, pourquoi Jack Ramey se désintéressait-il de sa rééducation ?

— Il faisait une dépression.

Harper se leva.

— Objection, votre Honneur. Avec tout le respect que je dois à monsieur Larsen, rien dans ses références ne le qualifie pour juger de la santé mentale de ses patients.

— Mais il a l'habitude d'en reconnaître les symptômes, affirma Hennessey.

— Objection rejetée, dit le juge.

— Quand cette attitude a-t-elle commencé à vous inquiéter ?

— Le 16 juillet.

Hennessey feignit la surprise.

— Dites-nous pourquoi.

Ken Larsen raconta comment il avait découvert le sol de la chambre jonché de nourriture, qu'Anna Ramey n'avait pas déjeuné avec son mari contrairement à son habitude, qu'elle avait quitté la maison, apparemment bouleversée, et comment il avait trouvé le mot de Jack.

— Que disait ce mot ?

— Il demandait de le libérer, qu'il était pris au piège dans son corps. Ensuite venait le mot « facile » puis « overdose d'insuline ».

— Comment avez-vous interprété cela ?

— Comme une prière à sa femme pour qu'elle mette fin à ses jours.

— Votre Honneur, dit Harper sans se laisser interrompre, la défense stipule que cet mot était, effectivement, une demande de Jack Ramey à sa femme pour qu'elle l'aide à mettre fin à ses jours. Elle concède également qu'Anna Ramey l'a ensuite brûlé dans la cheminée. Peut-être pourrions-nous aller plus loin ?

— En effet.

Hennessey, qui aurait préféré tirer tout le jus possible de cette histoire de mot, tâcha d'en sauver le maximum.

— Jack ou Anna Ramey vous ont-ils parlé de cette requête ?

— Non, jamais. J'ai suggéré à madame Ramey de faire appel à un psychologue.

— L'a-t-elle fait ?

— À ma connaissance, non.

Harper, qui prenait des notes et chuchotait des commentaires à Marilyn Graber assise à ses côtés, passa un mot à Anna : Pourquoi n'avez-vous pas consulté un psychologue ? Elle prit le stylo et écrivit : Parce que sa santé physique se détériorait trop vite.

Suivirent des questions sur les doses et les piqûres

d'insuline, puis sur les relations de Jack et d'Anna. Harper fit objection.

— Votre Honneur, maintenant l'accusation voudrait nous faire croire que monsieur Larsen est un conseiller conjugal.

— Après trois mois passés dans la maison, il s'est certainement formé une opinion.

— Voilà bien mon avis. Tout ce qu'il peut donner à la cour, c'est une opinion. Mais après réflexion, votre Honneur, la défense retire son objection.

Bien qu'il ait obtenu ce qu'il voulait, Hennessey paraissait sceptique à présent, comme s'il n'avait plus tellement envie d'écouter un témoignage que la défense ne lui disputait pas.

— Alors, monsieur Larsen, comment qualifieriez-vous ces relations ?

— Tendues.

— Merci. L'accusation n'a plus de questions à poser à ce témoin.

Hennessey revint s'asseoir d'un pas vif, tout en mouvements brefs, tandis que Harper, qui se leva lentement, donnait l'impression de fluidité d'un homme qui a tout son temps et n'aime pas être bousculé. Il s'approcha en souriant de Ken Larsen comme s'il l'accueillait en visiteur.

— Monsieur Larsen, je n'ai que quelques questions à vous poser. Sans doute avez-vous vu un nombre significatif de patients au cours de votre carrière ?

— Oui, naturellement.

— Vous avez donc eu l'occasion d'observer un nombre tout aussi significatif de familles soumises à cette épreuve ?

— Oui.

— Estimez-vous que la situation entre Anna et Jack Ramey était unique ?

— Non, elle n'était pas unique.

— La vérité, monsieur Larsen, n'est-elle pas que la maladie provoque des tensions dans une famille ? Particulièrement un diabète compliqué d'une attaque d'apoplexie.

— Oui, c'est vrai.

— À votre avis, Anna Ramey était-elle une bonne épouse ?

La question avait semblé ni naturelle qu'il fallut un instant à Hennessey pour bondir.

— Objection.

Harper passa la main sur son crâne chauve.

— Votre Honneur, j'avoue ne pas comprendre l'objection de maître Hennessey. L'opinion du témoin semblait valable il y a quelques minutes seulement. Qu'est-ce qui l'a discréditée entre temps ?

— Objection rejetée.

Harper revint à son témoin.

— Anna Ramey était-elle une bonne épouse ? S'occupait-elle des soins de son mari ? Veillait-elle sur lui ?

— Oui.

— Partageait-elle ses repas ? L'encourageait-elle ? Agissait-elle avec attention et tendresse envers lui ?

À chaque demande, Larsen répondit oui.

— Oui, à mon avis, c'était une bonne épouse.

— N'est-ce pas vrai au point qu'elle ait été elle-même épuisée, autant moralement que physiquement ? Au point que sa belle-sœur, sa fille, le Dr Goodman et vous-même vous inquiétiez pour sa santé ?

— C'est vrai.

Harper l'entreprit ensuite sur les réactions d'Anna après avoir lu le mot de Jack.

— Vous avez bien dit qu'elle était bouleversée ? C'est une réaction surprenante pour quelqu'un qui n'aurait attendu que l'occasion de supprimer son mari.

— Objection ! La cour n'a rien à faire des réflexions personnelles de maître Fleming.

— Bien sûr, votre Honneur, et je retire mes... réflexions. Monsieur Larsen, avez-vous des enfants ?

— Oui, un petit garçon de quatre ans.

— Je suppose que vous faites tout votre possible pour lui éviter d'être en danger ?

— Oui, c'est le rôle des parents.

— Et jusqu'à quel âge les enfants doivent-ils être assurés de cette protection ?

— Je pense qu'il n'y a pas d'âge limite.

— Est-il pensable qu'Anna Ramey ait détruit ce mot dans le but de protéger son enfant ? Sachant que sa fille venait passer le week-end et qu'elle aurait été bouleversée, comme vous-même et elle, n'est-il pas raisonnable de penser qu'elle aurait tenté de l'épargner ?

Ken Larsen semblait n'y avoir jamais songé. Enfin il admit :

— Oui, c'est possible.

— Autre chose, monsieur Larsen. Vous paraissez attacher de l'importance au fait qu'Anna Ramey n'a pas appelé de psychologue à l'aide. Si vous étiez si inquiet, pourquoi n'avoir pas averti le Dr Goodman vous-même ?

— J'y ai pensé...

— Mais vous ne l'avez pas fait.

— Non, parce que la santé physique de Jack Ramey se détériorait au point de nécessiter un séjour à l'hôpital et en revenant, il n'était pas en forme du tout.

— Vous avez estimé que sa santé physique comptait plus que ses problèmes psychologiques ?

— Exactement, répondit Larsen avec soulagement.

— Est-il possible qu'Anna Ramey ait estimé la même chose ?

— Oui.

— Revenons sur cette mystérieuse seringue. Comment se fait-il que vous vous soyez présenté chez les Ramey le samedi matin, votre jour de congé ?

— Le médecin m'avait prévenu de la mort de Jack Ramey. Je suis venu présenter mes condoléances.

— Bien sûr. Mais je ne comprends toujours pas comment vous avez su que la seringue avait disparu.

— La famille prenait le café et m'a demandé de me joindre à elle. J'ai eu besoin d'une cuillère et en ouvrant le tiroir, j'ai vu que la seringue avait disparu.

— Malgré l'émotion ambiante, vous avez remarqué un tel détail ?

— Eh bien, en fait, je m'en suis aperçu plus tard.

Il jeta un regard de biais au procureur.

— Ne vous en seriez-vous pas rendu compte parce que monsieur Hennessey vous a posé des questions précises à ce propos ?

— La seringue n'était plus là !

— Vous en êtes certain à cent pour cent ?

— Oui !

— Votre Honneur, maître Fleming harcèle le témoin.

— Et pouvez-vous donner à cette cour avec la même certitude le nom de celui ou de celle qui l'avait enlevée du tiroir durant la nuit du 21 août ?

— Votre Honneur !

— Maître Fleming !

— Non !

— Pas d'autres questions, conclut Harper en s'éloignant avant de s'arrêter à mi-chemin.

— Désolé, votre Honneur, j'ai encore une question à poser. Monsieur Larsen, Jack Ramey connaissait-il la présence de cette seringue dans la maison ?

— Peut-être.

— Aurait-il pu l'enlever du tiroir ?

— Je vois mal comment. Il était en partie paralysé et ne pouvait faire rouler son fauteuil tout seul.

— Pas du tout ?

— Si, un peu.

— Vous est-il arrivé de l'emmener à la cuisine ?

— Oui, mais...

— Êtes-vous certain à cent pour cent que Jack Ramey n'a pu enlever la seringue du tiroir ?

Ken Larsen dut admettre que non.

— J'ai fini, votre Honneur.

Hennessey bondit.

— Une question, monsieur Larsen. Étant donné la difficulté du malade à se mouvoir, seriez-vous étonné d'apprendre que c'est lui qui avait enlevé l'aiguille du tiroir ?

— Oui.

Harper ne releva pas, sachant que chacun pensait à l'éventualité qu'il avait soulevée ; Jack Ramey avait pu se suicider.

Le juge leva la séance pour le dîner et la reporta à dix-neuf heures. Un concert de voix s'éleva tandis les spectateurs s'apprêtaient à sortir et que les journalistes se ruaient comme si la salle avait pris feu, tous sauf Lugaric.

— Le salaud, grommela Harper.

— On essaie une autre sortie ? demanda Marilyn.

— Non, nous ne lui donnerons pas cette satisfaction.

— J'aimerais lui casser la figure, fit Sloan.

— N'y pense pas. Ses collègues se feraient un plaisir de commenter la violence de ta nature. Ce qui ne signifie pas que je n'aimerais pas ça moi-même.

— Et si moi, je lui cassais la figure ? demanda Anna, réconfortée par le tour qu'avait pris l'interrogatoire de Larsen.

Harper se mit à rire et Sloan sourit. Elle sentait sa

large main posée dans son dos, et même si elle n'avait pas le droit de profiter de sa présence, elle s'en réjouissait néanmoins.

— Que pensez-vous de ce premier jour ? demanda Jake Lugaric tandis que le cadavre ambulant tendait un micro. Vous croyez leur faire avaler cette histoire de suicide ?

— Pas de commentaire, répondit Harper en poussant ses clients devant lui.

Anna avait conscience du bras possessif de Sloan à sa taille et aussi du fait que Lugaric n'était pas aussi séduisant vu de près. Il avait un beau sourire, mais le teint grêlé, ses vêtements étaient froissés comme s'il avait dormi dedans et ses cheveux graissés pour briller avaient besoin d'un shampooing.

— Comment le jury va-t-il prendre votre aveu d'infidélité ? continua-t-il, obligé de reculer devant eux.

— Pas de commentaires, répéta Harper. Laissez-nous passer.

Lugaric leva les mains et s'effaça.

— D'accord, d'accord.

Comme ils approchaient de la porte, il les héla.

— Vous n'imaginez quand même pas que les jurés vont croire que vous n'avez baisé qu'une seule fois ?

La main de Sloan se crispa à la taille d'Anna.

— Marchez, dit Harper. Il essaie de vous troubler.

— Il réussit.

— Hé, commandant...

Le groupe avait presque atteint la porte.

—... que s'est-il passé à Beyrouth ?

Sloan pivota pour faire face à un Lugaric froid et provocant. Il pâlit comme si le journaliste avait bu tout son sang pour le remplacer par la peur, une peur noire et glaçante.

17

L UGARIC tente le coup, c'est tout, affirma
Harper.
— Le trajet du tribunal à son bureau s'était
déroulé calmement. Harper avait de nouveau expliqué
pourquoi il avait admis d'emblée l'infidélité, et
Marilyn exprima l'opinion que le début du procès leur
était plutôt favorable. L'avocat, cependant, les mit en
garde contre toute réjouissance prématurée.

Dès que Marilyn et Anna se furent rendues à la cuisine pour préparer des sandwiches, Sloan et Harper se
concertèrent.

— Il doit savoir quelque chose, sinon il ne tenterait
pas le coup, comme tu dis, remarqua Sloan encore
secoué.

Harper ne le contredit pas.

— C'est ce que tu penses, n'est-ce pas ?

Harper secoua la tête et posa son manteau sur le
dossier d'une chaise.

— Non. Si Lugaric savait, ce serait déjà dans les
journaux. Réfléchis. Son talent est d'étaler au grand
jour le linge sale des gens. Il le sent probablement à
des kilomètres. Même s'il n'y a rien à renifler, il le
soupçonne et cherche. Il a dû entendre parler des
documents classés secrets et il voulait voir quelle
serait ta réaction.

Ayant l'impression d'étouffer, Sloan desserra sa cravate et défit le premier bouton de sa chemise.

— Eh bien, j'ai dû lui donner raison. Il m'a eu par surprise.

— Ta réaction a été normale. Ce qui est officiellement connu de ton passé la justifie. Qui aurait envie qu'on lui rappelle qu'il a été retenu en otage et torturé ?

— Pas si fort !

— Ne me dis pas qu'Anna n'est pas au courant ?

— Elle sait que j'ai été prisonnier et maltraité, mais rien de plus, et je ne le souhaite pas.

Le souvenir doux-amer des doigts d'Anna dessinant les cicatrices de son dos lui revint.

— Que crois-tu qu'elle ferait ?

— Je ne veux pas y penser.

Après un silence, Harper déclara :

— Ceci n'est qu'un cas de figure. Le dossier est top-secret.

— Tu as dit toi-même que Lugaric savait quelle patte graisser.

— Oui, mais il n'est pas si facile d'accéder aux dossiers gouvernementaux. Rien n'est impossible, et alors ? Les journaux en parleraient mais les jurés n'ont pas le droit de les écouter. Un témoignage doit provenir d'une source militaire – Nichols – pour avoir de la valeur, or Nichols ne peut parler de ce qui est classé secret. Donc quel mal y aurait-il à ce que ton passé rejaillisse ?

Sloan dit d'une voix basse et grave :

— Je ne veux pas qu'Anna le sache.

Harper, incrédule, mit les mains sur ses hanches.

— Tout se rapporte-t-il donc à Anna ?

Le silence de Sloan fut la plus éloquente des réponses.

Hennessey fulminait. Pour ajouter l'insulte au préjudice, le salaud qu'il attendait était en retard. En soupirant, il pianotait nerveusement sur le volant de sa Porsche d'occasion garée non loin de Cook's Bay, derrière la forêt qui étouffait tous les bruits. Richard Hennessey détestait ce silence ; quand il s'installerait à New York, il prendrait un appartement dans une rue bien bruyante pour profiter de la rumeur de la ville.

Le procès Ramey pouvait le conduire à ses fins et il avait l'intention de le gagner. L'interrogatoire de Larsen ne s'était pas déroulé comme il le prévoyait mais ce n'était pas un désastre non plus. Il renifla. Peu lui importait le talent de Fleming, il l'aurait. Anna Ramey et Sloan Marshall étaient coupables, et même s'ils ne l'étaient pas, jamais ils ne seraient en mesure de le prouver. Et lui, grâce à eux, obtiendrait son visa pour New York, pour la liberté, pour quelque chose de bien mieux que ce trou perdu. Et son premier geste serait de s'offrir une Porsche neuve et une vraie Rolex.

La fausse qu'il portait lui indiqua qu'il ne restait que trente-cinq minutes avant de retourner au tribunal.

— Merde ! Que fait-il ?

À ce moment une voiture arriva, occupée par un homme et une femme très pâle. Hennessey ouvrit sa portière en grand. Il se rendait compte qu'il n'aimait pas du tout cet homme. Ils étaient allés à la même université, avaient fait partie de la même fraternité, mais Hennessey l'avait toujours trouvé arrogant et égocentrique ; il n'admirait que son opportunisme.

— Qu'est-ce qui t'a pris d'appeler à mon bureau ?

— Bonsoir, monsieur le procureur, répondit Lugaric impassible.

— Nous étions convenus de ne pas nous rencontrer.

Lugaric s'appuya contre la Porsche, sachant que cela ennuierait Hennessey.

— Ouais, mais c'était avant que je découvre quelque chose qui pourrait t'intéresser, et je pense que tu pourrais montrer un peu de gratitude. Considérant le fait que l'accusation ne va pas si bien que ça.

Hennessey rougit comme si on l'avait giflé.

— Que veux-tu dire ?

— Rien, sinon que Fleming a réussi à désamorcer le coup de l'adultère et à semer l'idée que Ramey aurait pu se suicider.

— Le procès ne fait que commencer. L'adultère n'est pas oublié. Les jurés voudront les punir d'avoir pris du bon temps pendant que le mari souffrait. Quant au suicide, ça n'ira pas loin, crois-moi. Et vas-tu laisser ma voiture tranquille ?

— Mea culpa ! Je te prenais pour un homme qui aime retourner le couteau dans la plaie. Juste au cas où tu en aurais besoin. À bientôt, l'avocat.

Lugaric était à mi-chemin de sa voiture quand Hennessey le héla, dévoré de curiosité.

— Qu'est-ce que tu as appris ?

— Rien qui t'intéresse, répondit le journaliste sans même se retourner.

— Par tous les diables !

Il s'arrêta, considéra le procureur impeccablement vêtu et revint sur ses pas lui dire ce qu'il savait.

— Ce n'est pas grand chose, rétorqua Hennessey.

— Je ne peux rien prouver encore mais crois-moi, j'ai du flair. Il s'est passé quelque chose à Beyrouth et Marshall a eu une peur bleue que je sache. C'est en rapport avec ces documents top-secret dont j'ai appris l'existence.

— Tu ne peux y avoir accès, alors quelle preuve trouveras-tu ?

— On peut avoir accès à tout. Avec de l'argent.

Hennessey parut abasourdi.

— Tu ne crois quand même pas que moi, je vais te donner de l'argent ! Je pourrais être suspendu – et même interdit de barreau ! – pour ce genre de malhonnêteté.

Lugaric se mit à rire en découvrant ses dents bien blanches.

— Hennessey, tu es tordant ! Tu m'appelles pour faire de ce procès un événement public, à n'importe quel prix, ai-je cru comprendre, et maintenant tu parles de malhonnêteté.

— Je n'ai rien entendu jusqu'à présent qui vaille la peine de prendre le risque.

— Ça viendra. Je suis très doué pour être là au bon moment.

Hennessey le regarda partir en se répétant qu'il n'aimait décidément pas ce salaud arrogant. Mais il aimait encore moins la sinistre ville de Cook's Bay.

— Veuillez nous dire quand vous avez eu des soupçons concernant la mort de Jack Ramey.

Le shérif Tate, tenant son chapeau devant lui, répondit :

— Pour vous dire la vérité, je n'ai rien soupçonné de prime abord.

Ce n'était pas ce que voulait entendre Hennessey, qui cacha fort bien sa déception. Quant à Tate, malgré son habitude de témoigner, il n'avait pas l'air à son aise.

— Vous comprenez, cet homme était très souffrant. Je n'avais aucune raison de penser que sa mort n'était pas la conséquence de sa maladie.

— Et à quel moment avez-vous changé d'opinion ?

— Il n'y a pas de moment précis, mais une succession de faits.

La patience du procureur diminuait. Il semblait d'ailleurs énervé depuis son retour, pas si bien coiffé, la cravate desserrée et ses chaussures, auparavant étincelantes, maculées de traces de poussière.

— Expliquez-vous.

— Eh bien, Ken Larsen est venu me parler du mot

de Jack Ramey à sa femme, et du fait qu'elle l'avait brûlé. J'ai donc donné l'ordre d'interrompre l'inhumation pour procéder à une autopsie. J'étais sûr que c'était une perte de temps et je suis resté baba quand on m'a apporté les résultats.

— Vous avez donc arrêté Anna Ramey.

— Oui.

— Et Sloan Marshall ? Quand l'avez-vous soupçonné ?

— J'ai entendu parler d'une liaison éventuelle entre eux, puis Bendy Webber m'a dit l'avoir vu quitter la maison Ramey la nuit où Jack est mort et jeter quelque chose à la mer. Le Dr Goodman m'a rapporté l'histoire de la seringue manquante et j'ai fait le lien.

— Objection, dit Harper. Le shérif implique que tout cela mène au meurtre, alors que ce n'était qu'à une inculpation de meurtre.

— Objection retenue, répliqua le juge. Les membres du jury ne tiendront pas compte des déductions du shérif Tate.

— À quelle heure estime-t-on la mort de Jack Ramey ?

— Entre minuit et quatre heures du matin.

— Qui est la dernière personne à l'avoir vu vivant ?

— Carrie Douglas, sa sœur, qui lui a parlé vers minuit. Anna Ramey a trouvé son corps vers six heures, et le Dr Goodman était sur les lieux trente minutes plus tard.

Sloan se tourna vers Anna, qui mit ses mains sur la table sans le regarder.

— Mme Ramey a-t-elle dit s'être occupée de son mari durant la nuit ?

— Non, elle a dit ne pas s'en être occupé.

— Ce sera tout, shérif. Merci.

Tate se tourna d'un air soulagé vers Harper qui approchait.

— Comment avez-vous entendu parler de la liaison entre Mme Ramey et M. Marshall ?

Il hésita puis répondit :

— Par Inez Gouge. Elle m'a appelé.

— Aviez-vous un mandat de perquisition en vous rendant chez Anna Ramey ?

— Non, mais elle m'a laissé regarder ce que je voulais. C'était légal.

— Vous avez raison, shérif, mais n'avez-vous pas trouvé bizarre qu'une femme coupable de meurtre vous autorise à chercher des preuves ?

— Les gens se conduisent parfois bizarrement.

— Mais n'aurait-elle pas au moins tenté de remplacer ce qui manquait ? Elle en aurait eu largement le temps.

— Objection. Maître Fleming cherche à obtenir des réponses purement spéculatives.

— Objection retenue.

— Shérif, dites-nous pourquoi la seringue et le flacon d'insuline vide ne peuvent être présentés à la cour.

— Nous ne les avons pas.

— Vous ne savez pas ce qui leur est arrivé, c'est cela ?

— Non. Nous supposons que Sloan Marshall les a jetés à la mer.

— Votre Honneur, veuillez préciser au témoin que la cour s'intéresse aux faits, pas aux suppositions. Maintenant, shérif, dites-nous qui était présent la nuit du 21 août.

— Quatre personnes : Jack Ramey, Anna Ramey, leur fille Meg et Carrie Douglas.

— Une dernière question. Pourquoi le rapport d'autopsie vous a-t-il « laissé baba » ?

— Je n'aurais pas cru Anna Ramey capable de meurtre.

— Objection ! s'écria Hennessey.

— Je retire ma question. Merci, shérif.

Tandis que l'accusation appelait le Dr Goodman à la barre, Sloan jeta un regard à Anna. Dans son tailleur bleu foncé, elle semblait fatiguée, les traits tirés, plus mince encore que lors de leur rencontre. Il se demandait pourquoi elle ne l'avait pas interrogé sur la réflexion de Lugaric ; mais peut-être Harper avait-il raison en disant que sa réaction avait été normale. Après le témoignage du Dr Goodman, qui admit avec réticence que Jack aurait pu se donner la mort mais qu'il n'y croyait pas, l'accusation appela, malgré l'heure avancée, le Dr Buseik, médecin légiste de l'hôpital d'Augusta. Celui-ci confirma la dose mortelle d'insuline trouvée dans le corps de Jack Ramey, et expliqua qu'elle avait été injectée directement dans une veine afin de provoquer une mort plus rapide.

Ensuite Harper insista pour savoir si la haute technologie employée pour déterminer ces résultats était capable de dire qui avait administré la dose fatale, à quoi le médecin répondit, évidemment, par la négative. En revanche, il n'excluait pas la possibilité d'une auto-injection par le malade. Harper fit remarquer que, paralysé du bras droit, il se serait servi de la main gauche. Or, un hématome prouvait que c'était le bras droit qui avait été piqué.

La séance fut enfin levée, au soulagement général.

18

La fraîcheur de la nuit piqua les joues d'Anna. Exténuée, elle se laissa emmener dans des couloirs dérobés afin d'échapper aux journalistes, par ailleurs aussi fatigués que tout le monde. Quant à Lugaric, il avait disparu en milieu de séance.

— Attendez-moi ici, lui dit Harper, je vais chercher la voiture. Marilyn va te raccompagner, Sloan.

Ce changement d'habitude les étonna et, resté seul avec Anna, Sloan haussa les épaules avec un sourire forcé.

— Harper doit en avoir assez de ma compagnie.

— Marilyn a sans doute demandé à être débarrassée de la mienne.

Il eut un regard signifiant que, dans ce cas, Marilyn avait perdu l'esprit, et celui d'Anna dit que personne ne pouvait se fatiguer de la compagnie de Sloan. Puis tous deux détournèrent les yeux, le cœur lourd de souvenirs.

— Je me demande où est allé Lugaric, déclara-t-elle sans trop savoir pourquoi, bien que le journaliste n'ait pas quitté sa pensée depuis la réflexion qu'il avait faite à Sloan.

— Peu importe, tant que ce cloporte nous laisse tranquille.

Il y avait plus que de l'inimitié dans son intonation. Il craignait cet homme.

— Ça ne va pas ? demanda-t-elle. Tu as l'air bizarre depuis la scène avec Lugaric.

— C'est un con.

— Je sais, mais...

— Ça ira.

Elle répugnait à laisser tomber le sujet, même en sachant qu'il le désirait. Les phares des voitures de Harper et de Marilyn apparurent et elle le questionna en hâte :

— Il s'est passé quelque chose à Beyrouth dont tu ne m'as pas parlé ?

Il pâlit.

— Pourquoi cette question ?

— Lugaric t'a perturbé en te posant la même.

— Par Dieu, oui ! C'est une époque assez perturbante de ma vie, en effet ! Je n'aime pas qu'on me rappelle que j'ai été pris en otage et battu à en mourir. Excuse-moi, ajouta-t-il devant l'expression d'Anna. Nous sommes fatigués et sous pression. Laissons tomber, d'accord ?

Elle ne put faire autrement car la voiture de Harper s'arrêta près d'eux. Sloan ouvrit la portière et Anna monta.

— Bonne nuit.

— Bonne nuit, répondit Harper. Je viens te chercher demain.

Harper ne perdit pas de temps pour démarrer, craignant peut-être la présence d'un journaliste, et Marilyn les suivit avec Sloan. Tout cela semblait si théâtral qu'une fois de plus Anna eut l'impression que rien de ce qui arrivait n'était réel. Mais l'avocat la détrompa.

— Anna, je voudrais vous parler.

— Je sais, répliqua-t-elle en souriant. C'est pour cela que vous m'avez fait monter dans votre voiture.

— Meg va bientôt être appelée à la barre.

Son cœur se serra. Meg n'était pas loin de ses pensées, quelles qu'elles soient. Elle n'était jamais restée

214

si longtemps sans pouvoir lui parler et même si le but de sa visite était sinistre, elle se réjouit de la voir. Partageant la même maison, sa fille serait obligée de l'écouter.

— Quand arrive-t-elle ?

— Elle est arrivée cet après-midi.

— Elle est à la maison ?

Harper hésita.

— Non. Elle est allée chez Carrie.

— À votre demande ou à la sienne ?

Si Anna avait cru que rien ne pourrait plus la blesser, elle se trompait.

— Écoutez-moi. Depuis que le monde existe, mères et filles se disputent de temps à autre. Je ne nie pas votre chagrin, mais il faut qu'il passe au second plan. Vous vous battez pour votre avenir, Anna. Même s'il est vrai que les choses vont plutôt bien, nous ne sommes pas au bout de nos peines. Hennessey va mettre en relief votre désaccord au sujet de Sloan, et le fossé qui s'est creusé entre vous.

D'un geste né d'une longue habitude, elle leva le menton avec défi.

— Je m'en sortirai.

— Justement, Anna. Je ne veux pas que vous vous en sortiez trop bien. Les gens ne sont pas tous aussi forts que vous. J'admire votre contenance et votre réserve, mais il faut que les jurés puissent observer vos sentiments. Comme vous n'allez pas témoigner, tout ce qu'ils sauront de vous, c'est ce qu'en diront les autres et ce qu'ils constateront eux-mêmes. Je ne vous demande pas de tricher – un jury discerne très bien l'hypocrisie – mais ne les privez pas des émotions que vous ressentirez. Laissez-les voir le chagrin que vous cause la dissension avec votre fille.

— Vous ne comprenez pas. C'est en refoulant mes sentiments que je survis.

—- Non, Anna. Vous survivez en prétendant ne rien sentir.

Couché dans son lit, Hennessey réfléchissait au déroulement de la journée, s'efforçant d'oublier le robinet qui fuyait dans la salle de bains. Les choses ne s'étaient pas trop mal passées, certains témoignages s'étaient révélés plus faibles, d'autres meilleurs qu'il ne l'espérait, mais il en allait toujours ainsi.

Drip... drip... drip...

Le seul point qui le souciait était la méthode de défense adoptée par Harper. Jack Ramey ne s'était certainement pas suicidé, mais, comme de l'eau qui finit par creuser une pierre – drip... drip... – on pouvait retourner l'opinion des jurés à force d'obstination. Faute de preuve, Harper se contentait de suggérer la possibilité, mais certains jurés avaient si peur de se tromper qu'ils étaient capables d'opter pour le bénéfice du doute au lieu de suivre le chemin bien tracé du procureur.

Il renifla de mépris au souvenir des paroles de Lugaric. Il n'avait pas besoin de retourner le couteau dans la plaie et n'appréciait pas que le journaliste s'en mêle. En outre, bien que dépourvu de scrupules, il éprouvait une saine terreur d'être pris. Ce serait la fin de ses projets grandioses. D'un autre côté, se dit-il en s'habillant pour se rendre au motel voisin, il n'y avait pas de raison de se passer d'un élément risquant de le servir ; et puis il était trop malin pour se faire prendre.

La femme au visage pâle, Monique, était assise dans la chambre 105 en position du lotus. Elle était nue, d'une maigreur d'anorexique, ses longs cheveux noirs répandus sur ses épaules. Elle n'avait rien dit depuis la visite de Hennessey et finit par demander :

— Est-il vrai que tu puisses consulter ces dossiers ?

Lugaric, nu comme elle et l'air tout aussi débraillé que lorsqu'il était habillé, détourna les yeux de la télévision. Monique avait pris garde de se taire pendant les informations car il n'avait qu'une obsession : l'actualité. Ou plus exactement, celui qui la rapportait. Il allait d'un travail dangereux à l'autre avec passion. Monique savait qu'il restait avec elle pour deux raisons : elle était intelligente, et son père détenait des actions majoritaires dans une chaîne de télévision. On pouvait aisément inverser l'ordre de priorité de ces facteurs.

— Ouais, pour sûr.

— Tu avais l'air de dire que c'était presque impossible.

Il éteignit le poste et jeta la télécommande sur la table de nuit.

— Ce n'est pas facile, mais je peux le faire. J'ai déjà pris mes repères ; je veux savoir ce qu'il y a dans ces dossiers même si ça n'intéresse pas M. le procureur. Mais laissons-le cracher sa monnaie. Cet idiot est trop occupé à se trouver intelligent pour se rendre compte qu'on peut obtenir les renseignements pour bien moins que cela.

Monique gloussa.

— Tu l'as arnaqué ?

— J'ai jamais pu souffrir ce petit salaud. Où aimerais-tu aller en vacances ? Réfléchis pendant que je passe un coup de fil.

Il appela un collègue de Washington, ami d'un autre qui en connaissait un troisième au département d'État.

— Ça va marcher ?

— Ça en a l'air. Si le gars tient parole, j'aurai mes renseignements demain matin.

— Qu'allons-nous faire jusqu'à demain ? demanda-t-elle d'une voix tentatrice.

En riant, il revint se coucher et elle n'eut que le temps de lui susurrer :

— Acapulco.

Cette nuit-là, tandis qu'Anna et Sloan avaient du mal à trouver le sommeil, deux personnes qu'ils ne connaissaient pas et n'auraient jamais l'occasion de rencontrer changèrent le cours de leur vie. L'une, Georges Oberle, dont la femme attendait leur cinquième enfant, était fort mécontent de n'avoir toujours pas obtenu de promotion. Un peu avant minuit, tremblant, il prit un dossier classé secret, le parcourut des yeux et, soulagé qu'il ne contienne rien qui mette la sécurité de l'État en danger – il ne serait pas allé aussi loin – le photocopia et le remit en place.

La deuxième personne était Esther Wright, quatre-vingt-dix-huit ans, la plus âgée des citoyens de Cook's Bay, qui mourut paisiblement dans son sommeil. Rosa, sa fille de soixante-seize ans, fut avertie en Floride où elle résidait et convint avec le directeur des pompes funèbres Morganstern que le chauffeur de la limousine, Arty Watteau, viendrait la chercher à l'aéroport.

Le procès reprit dès neuf heures, avec comme premier témoin Inez Gouge. Elle relata les deux incidents survenus à son magasin entre Anna Ramey et Sloan Marshall, lesquels paraissaient amis, très amis en vérité. L'homme du phare parlait de quitter Cook's Bay et d'emmener Mme Ramey avec lui, qui en avait été bouleversée. Puis c'est lui qui avait paru troublé en se rendant compte qu'on les avait entendus, ajouta-t-elle avec un regard accusateur vers les prévenus. Ils avaient alors fait semblant de bavarder de tout et de rien, mais ils ne l'avaient pas dupée, ça non alors, pas du tout.

La deuxième fois, l'homme du phare avait carrément déclaré son amour à Mme Ramey, là, en plein milieu du magasin, tandis que son pauvre mari gisait malade comme un chien ! Une onde de choc parcourut l'assistance à cette déclaration et deux journalistes se levèrent pour téléphoner à leur rédaction, dont Lugaric. Le juge abaissa son marteau.

— Silence ! gronda-t-il.

Dans le calme revenu, Harper se leva sans hâte et s'approcha de la femme au chignon sévère et au regard moralisateur. En la questionnant avec prudence, il parvint à lui faire avouer qu'elle n'avait pas réellement entendu Sloan demander à Anna de fuir avec lui. Il ne fallut guère de temps à Harper pour révéler qu'elle en connaissait bien plus sur les habitants de Cook's Bay qu'eux-mêmes, tout en ne se souvenant pas de leur nom, et faire apparaître sa mesquinerie. Le jury finit par avoir plutôt pitié d'elle.

L'accusation appela Bendy Webber à la barre. Le marin à la peau tannée par les embruns témoigna qu'il avait vu Anna et Sloan sur la plage la nuit de la mort de Jack Ramey. Hennessey en tira tout ce qui était légalement possible, cherchant les détails les plus scabreux même après que Harper eut fait remarquer à la cour que la défense avait reconnu la liaison entre les prévenus. Le juge Waynon dut le presser de passer à autre chose.

En s'asseyant, Hennessey remarqua la place vide de Lugaric.

Harper procéda au contre-interrogatoire, d'où il ressortit que Bendy s'était trouvé sur la plage pour vérifier ses casiers à homard de façon tout à fait exceptionnelle, et que la curiosité l'avait poussé à observer la silhouette qui quittait la maison des Ramey vers une heure et demie du matin. Celle de Sloan Marshall.

— Il paraissait très agité, mais j'ignorais pourquoi.

— Vous n'avez pas pensé que c'est parce que lui et Anna Ramey venaient de tuer Jack ?

— Grands dieux, non.

— Cela aurait pu être à cause de l'adultère qu'il venait de commettre ?

— Oui, monsieur.

— Ou parce qu'Anna Ramey lui aurait demandé de partir ?

— Objection, votre Honneur. M. Webber a déjà dit qu'il ne connaissait pas la cause de l'agitation de M. Marshall.

— Une autre question. Qu'est-ce que M. Marshall a jeté à la mer ?

— Je n'en ai pas la moindre idée.

— Vous ne pouvez pas affirmer qu'il s'agissait d'une seringue et d'un flacon vide ?

— Non, monsieur.

— Est-ce que cela aurait pu être un coquillage ?

— Oui, c'est possible.

— Pas d'autre question, conclut Harper en souriant.

On appela ensuite Carrie Douglas. Elle entra accompagnée des murmures de la salle. Vêtue d'un ensemble rouge tomate, elle prêta serment et s'assit avec un regard d'excuse vers Anna, qui eut un pâle sourire en remarquant que l'un de ses peignes était plus haut que l'autre, sans doute remis à la hâte après être tombé.

À la question de Hennessey :

— Soupçonniez-vous que votre belle-sœur avait une liaison ?

Carrie redressa les épaules et déclara :

— Je sais depuis longtemps que les choses ne sont pas toujours telles qu'elles apparaissent.

— Bien qu'astucieuse, cette réponse n'éclaire pas ma demande. Je répète : soupçonniez-vous que votre belle-sœur avait une liaison ?

— J'en acceptais l'éventualité.

Cette fois Hennessey se mit à rire.

— Vous éludez ma question de nouveau.

— Non, maître Hennessey, c'est vous qui n'écoutez pas mes réponses. J'admets la possibilité qu'il pleuve cet après-midi, cela ne veut pas dire qu'il pleuvra ou qu'il ne pleuvra pas.

— Même si le ciel est chargé de nuages ?

— Comme je l'ai dit, les choses ne sont pas toujours telles qu'elles apparaissent.

— Votre Honneur, le procureur harcèle son propre témoin.

— Non, je veux une réponse à ma question.

— Et elle ne lui donne pas celle qu'il cherche.

— Maître Hennessey, reformulez votre demande.

— Madame Douglas, avez-vous été étonnée d'apprendre que votre belle-sœur avait une liaison ? Oui, ou non ?

Hésitation.

— Non.

— Merci, madame. Ce sera tout.

Plein d'importance, il regagna son siège et vit du coin de l'œil que Lugaric était revenu, appuyé contre le mur, avec un air suffisant. D'un geste imperceptible, il attira son attention sur le document qu'il tenait. L'autosatisfaction de Hennessey grandit.

Quand Harper s'approcha de Carrie, jamais l'on aurait pu deviner qu'ils se fréquentaient depuis plus d'un an.

— Madame Douglas, est-il vrai que vous avez été témoin de la lutte d'Anna Ramey pour sauver son mariage malgré les brimades que lui infligeait son époux – inconsciemment, s'entend, parce qu'il souffrait trop lui-même ?

— Votre Honneur, bien que la défense parle à la place du témoin, je ne ferais pas d'objection si cela ne devenait pas du mauvais roman-feuilleton.

— Ce n'est pas du roman, mais la vie que ma cliente a menée. En outre, Mme Douglas est à même d'en témoigner sur une longue période, et d'un point de vue objectif puisqu'elle aimait autant son frère que sa belle-sœur.

Le juge soupira.

— Je ne retiendrai pas votre objection, maître Hennessey, mais que maître Fleming veille à ne pas s'attarder là-dessus.

Harper répéta sa question et Anna retint son souffle. Carrie allait-elle abandonner ses lunettes roses ? Enfin, elle déclara :

— Oui, Anna s'est battue et, en effet, Jack ne lui épargnait pas les brimades.

— Merci de votre honnêteté. Une dernière question : croyez-vous qu'Anna Ramey a tué son mari ?

— Non !

Hennessey appela ensuite :

— Megan Elizabeth Ramey comme témoin à charge.

Le cœur battant, Anna se souvint des paroles de Harper : laissez les jurés voir ce que vous ressentez... Elle ignorait si elle en serait capable, fût-ce au prix de sa liberté et de celle de Sloan.

— Tout ira bien, lui glissa ce dernier.

Vraiment ? Le temps effacerait-il jamais ce qui avait résulté de cette nuit fatale ? Elle se blinda à l'idée de revoir sa fille mais cela ne suffit pas. Rien ne l'avait préparée à ce qu'elle découvrit de Meg à la barre.

Hostile était le mot. Malgré ses cheveux réunis en une tresse juvénile, elle avait l'air vieilli, mais pas forcément plus sage. Anna perçut sa confusion : elle avait dû admettre que ceux qu'elle aimait ne se comportaient pas forcément comme elle l'aurait voulu et cachait son étonnement peiné sous une rébellion apparente.

Après les questions préliminaires, Hennessey demanda :

— Est-il vrai que vos relations avec votre mère sont tendues au point que vous ne vous parlez plus, suite à votre découverte de sa liaison ?

— Oui.

— Comment l'avez-vous apprise ?

— Je l'ai su dès qu'elle est rentrée.

— Était-elle décoiffée ? Les vêtements chiffonnés ?

— Oui. Mais surtout, elle ne portait plus son alliance.

Le jury et la salle digérèrent cette déclaration, et la jugèrent.

— A-t-elle confirmé ?

— Elle n'a pas nié. Cela revient au même.

— Qu'avez-vous ressenti ?

— Que croyez-vous que j'ai pu ressentir !

— Mademoiselle Ramey, intervint le juge, répondez à la question, s'il vous plaît.

— J'ai été blessée et furieuse.

— Vous l'êtes toujours ?

— Oui. Je ne lui pardonnerai jamais.

Anna sentit son cœur sombrer dans sa poitrine. Elle ferma les yeux, comme si, de cette manière, elle pouvait aussi fermer ses oreilles aux paroles pénibles de sa fille. Elle perçut le geste de Sloan pour la consoler : il posa sa main contre la sienne aussi discrètement que possible. C'était peu, mais énorme pour elle ; elle but à cette source de force. Comment admettre qu'elle avait perdu sa fille, peut-être à jamais ? Et comment laisser le jury voir une douleur si dévastatrice ?

— Votre Honneur, intervint Harper, je souhaite rappeler à la cour que nous ne jugeons pas un cas affectif. La défense a déjà reconnu l'adultère et ne voit pas le rapport entre les relations tendues entre une mère et sa fille et le fait que sa cliente soit coupable ou innocente.

Anticipant la réaction du juge, Hennessey déclara :

— Pas d'autres questions.

— Mademoiselle Ramey, demanda Harper, croyez-vous votre mère capable de tuer ?

Hennessey bondit.

— Objection !

— Non ! s'écria Meg d'une voix claire et pleine de défi.

— Mademoiselle Ramey, la réprimanda le juge, veuillez attendre ma décision.

— Question annulée, dit Harper.

— Objection annulée, dit Hennessey.

— Messieurs, ne jouez pas avec la cour. Maître Hennessey, autre chose ?

— Oui, votre Honneur. Mademoiselle Ramey, croyez-vous votre mère capable d'adultère ?

Hésitation.

— Non.

La séance fut reportée après le déjeuner, à treize heures trente. Anna se leva comme tout le monde, à peine consciente. Elle ne voyait, n'entendait, ne percevait que l'hostilité de sa fille, qui n'avait pas une seule fois regardé dans sa direction mais avait affirmé bien haut qu'elle ne la croyait pas coupable de meurtre. Étrangement, c'était la dernière chose qu'elle aurait voulu entendre.

19

L ES nuages dérivaient dans le ciel gris. Hennessey, garé au même endroit isolé que la veille, attendait avec la même impatience. Il avait prétexté une course personnelle ; et c'était, en effet, très personnel, ainsi que le prouvait l'enveloppe pleine d'argent dans sa poche. Lugaric avait intérêt à lui fournir une information valable !

Celui-ci apparut bientôt et monta à bord de la Porsche. Sans un mot, il tendit son dossier au procureur qui le feuilleta d'un air tranquille.

— Alors, l'avocat, qu'en penses-tu ?

Pour l'instant, Hennessey pensait qu'il avait de la veine. L'information en soi ne gagnerait pas le procès, mais contribuerait grandement à démolir l'image de Sloan Marshall dans l'opinion des jurés, car on n'oubliait pas facilement ce genre de choses, même si on vous le demandait.

— Pas mal, répondit-il en dissimulant son excitation.

— Comment ça, pas mal ? Hé, mon vieux, mais ça va te faire gagner ton procès !

— Non, je l'aurais gagné de toute façon. Cela va juste m'aider à resserrer le nœud.

Lugaric eut l'air de s'amuser de son impudence.

— Sûr. Comme tu dis.

Une inquiétude soudaine troubla Hennessey.

— Ce n'est pas en train de faire la une pendant que nous discutons, n'est-ce pas ?

— J'en parlerai au journal de ce soir. Le déboulonnage d'un héros, les gens adorent ça. Mais à ta place, je m'inquiéterais de savoir comment communiquer au tribunal des informations classées secrètes.

Hennessey savait qu'il risquait l'outrage à la cour, or il avait un plan, que d'aucuns jugeraient trop hardi, mais pas lui. Quand sa petite bombe aurait explosé, on ne se souviendrait plus que d'elle. Et Nichols serait dans l'impossibilité de réfuter quoi que ce soit, incapable de lever le petit doigt pour la défense de Marshall. Cependant, il n'avait pas la moindre intention de dévoiler cela à Lugaric.

— Laisse-moi ce souci.

— Tu as le fric ?

Hennessey lui donna l'enveloppe ; plus tôt il en aurait fini avec ce type, mieux ça vaudrait. L'autre compta les billets un à un.

— J'espère que tu plaisantes, jeta Hennessey.

— On n'est jamais trop prudent.

Hennessey mit le moteur en route. Lugaric comprit l'allusion rien moins que subtile et ouvrit la portière.

— Ravi d'avoir fait affaire avec toi.

— Hé, Lugaric ! Ne me contacte plus.

— Sûr, l'avocat.

Il claqua la porte et en passant, donna un coup de poing sur le capot.

— Salopard, gronda Hennessey.

Il démarra et partit en laissant un nuage de poussière dans son sillage.

— Il va y avoir de l'orage, remarqua Anna en observant les nuages.

Son tailleur avait la même couleur grise que le ciel. Après un rapide déjeuner, ils avaient tous quatre regagné la salle du tribunal encore déserte. Estimant que l'accusation n'allait pas tarder à déposer ses conclusions, Harper réglait des détails de dernière minute avec Marilyn. Le tonnerre gronda doucement.

— Jack détestait les orages, dit Anna, mais pas moi. Jusqu'à aujourd'hui.

— Tu es en sécurité, dit Sloan.

Elle eut un petit rire.

— Nos vies tombent en morceaux, et tu me dis que je suis en sécurité ? Nous sommes jugés pour meurtre, ma fille bien aimée déclare en plein tribunal qu'elle me hait, Harper m'en veut parce que je ne sais pas montrer aux jurés à quel point je souffre, et tu dis que je suis en sécurité ?

Son ton mesuré était plus déroutant que des cris. Il se força à répondre :

— Le procès se déroule en notre faveur, le temps viendra où tu te réconcilieras avec ta fille, et Harper ne t'en veut pas.

— D'accord, disons que je le déçois. Il a probablement raison, et les jurés doivent me trouver froide et sans cœur. Je voudrais pleurer... Pour toi, pour moi, pour Jack, mais je ne peux pas. Pourquoi ?

Elle leva ses yeux interrogateurs vers lui. Il en fut déchiré. Il avait sa propre idée : cela l'aurait rendue trop humaine. Comment l'aurait-il encouragée à se laisser aller quand lui se refusait tout compromis ?

— Ça n'a pas d'importance, Anna. Tu t'en es bien tiré, aujourd'hui.

Quand elle plongeait dans son regard noir, c'était si facile de le croire, et même de se souvenir du jour où leurs mains s'étaient effleurées, de leur premier baiser, du moment où il lui avait dit qu'il l'aimait. Il le lui avait avoué dans le magasin d'Inez Gouge, non lorsqu'ils s'étaient retrouvés ; mais alors, cela aurait été bien inutile, puisque chaque geste le prouvait. Depuis, elle regrettait de lui avoir fait promettre de ne plus le lui dire ; c'était la pire punition qu'elle avait trouvé à s'infliger.

— J'ai peur, chuchota-t-elle. De ce procès, de perdre ma fille, de ne plus jamais ressentir ce que j'ai éprouvé avec toi.

À ces mots, il se sentit aussi solitaire qu'avant de la connaître.

— Moi aussi. J'ai peur de passer le reste de ma vie en prison, de ne plus jamais pouvoir te dire que je t'aime, ne jamais t'entendre me dire que tu m'aimes.

Il y eut un instant de silence.

— Ne t'inquiète pas, Anna. Tout ira bien, murmura-t-il enfin.

Une pensée la troubla. Jusqu'où irait Sloan pour la protéger si, au contraire, tout allait mal ?

Lorsque Jake Lugaric entra dans la salle, les cheveux de Sloan se hérissèrent. Il jeta un coup d'œil vers la galerie où se tenaient les journalistes ; Lugaric regardait droit vers lui, ses lèvres charnues retroussées de suffisance. Cela le déconcerta.

— On dirait que Dracula a trouvé une veine jugulaire bien juteuse, remarqua Harper.

Cela ne fit que renforcer la mauvaise impression de Sloan. La panique l'envahit mais il s'obligea à se maîtriser d'autant qu'Anna l'observait.

— Ce devait même être en Afrique, d'après son accoutrement, ironisa Harper.

Sloan observa la veste de safari froissée que portait Lugaric, le tee-shirt à l'emblème de sa chaîne de télévision et ses grosses chaussures. Elles étaient couvertes de poussière. Puis il se tourna vers Hennessey qui arrivait à ce moment ; contrairement à la veille, ses mocassins brillaient à vous éblouir. Il n'eut pas le temps de s'attarder sur les conclusions à en tirer, le juge entra dans la salle et commença sans perdre de temps.

— Maître Hennessey, l'accusation est-elle disposée à continuer ?

— Parfaitement, votre Honneur. L'accusation appelle le capitaine Sherwin Nichols à la barre.

Sloan s'était douté que son ancien officier en chef serait appelé à témoigner, mais il n'était pas prêt pour autant. Cet homme représentait une grande menace et il lutta contre le désir de trouver chez Harper l'assurance que tout irait bien. À la place, il observa la pluie qui tambourinait contre les vitres, la mine satisfaite du procureur – inutile de paniquer, il avait toujours cet air-là – et la silhouette familière, amicale, dans son uniforme de la marine, qui se préparait à prêter serment. Hennessey approcha d'un pas vif.

— Capitaine Nichols, veuillez dire à la cour qui vous êtes.

Grand, les traits burinés à la Clint Eastwood, il posa sa casquette sur la rambarde avant de répliquer avec autorité :

— Je suis officier de marine des États-Unis.

— Dans quel corps ?

— Les Navy Seals.

Un roulement de tonnerre surprit les spectateurs et Sloan sentit son estomac se contracter. Il savait bien pourtant que Hennessey mènerait des recherches dans cette partie de son passé.

— Veuillez parler à la cour de ce groupe dénommé « Navy Seals ».

— Il représente l'élite, non seulement de la marine, mais de toute l'armée des États-Unis. C'est même la meilleure force armée du monde.

— Un corps d'armée tout à fait particulier, alors ?

— Tout à fait.

— Quelle est sa mission ?

Fier de son appartenance, le capitaine se mit à dire « nous ».

— Nous avons deux types de mission : en temps de guerre, nous sommes les premiers sur place pour préparer le terrain aux autres unités. En d'autres temps, nous sommes appelés pour rétablir le calme dans les points chauds du globe.

— Dans ce dernier ordre d'idée, les Navy Seals peuvent-ils être appelés pour libérer des otages américains retenus à l'étranger ?

Sloan se contracta de nouveau. Oui, le salaud se dirigeait là où il s'y attendait.

— Exact.

— Décrivez le type d'homme appartenant à cette élite.

— C'est le combattant le mieux entraîné du monde. Il pense individuellement, mais agit en équipe. Il est capable d'exécuter n'importe quel travail requis.

— À n'importe quel prix ?

Bien que la question fût en soi innocente, Sloan connaissait ses implications. En apparence, le capitaine Nichols aussi.

— Au coût nécessaire.

— Ah, le coût nécessaire, répéta Hennessey en donnant un sous-entendu sinistre à l'expression. Et ils apprennent à tuer, évidemment ?

— Les militaires, en général, apprennent à tuer.

— Votre Honneur, intervint Harper, je ne vois pas bien où ces questions nous mènent.

Bien sûr, il le savait. Ainsi que Sloan. Et toutes les personnes moyennement intelligentes de la salle.

— Venez-en au fait, maître, ordonna le juge.

— Oui, votre Honneur. Capitaine Nichols, vous connaissez Sloan Marshall ?

— Oui. J'ai eu l'honneur et le plaisir de servir avec lui avant qu'il se retire. Il était l'un de nos meilleurs officiers.

— Le commandant Marshall était, je suppose, l'un de ces combattants bien entraînés, ayant appris à tuer et capable d'exécuter le travail requis ?

— Votre Honneur, le procureur s'exprime en lieu et place du témoin.

— Absolument pas, votre Honneur. Je ne fais que répéter les mots du capitaine Nichols. J'ai supposé que, en tant qu'officier, le commandant Marshall était entraîné à prendre des décisions. Si c'est une supposition incorrecte, que le capitaine Nichols la réfute.

— Objection rejetée. Cependant, capitaine, si vous désirez réfuter l'une ou l'autre des affirmations grandiloquentes du procureur, faites-le.

— Ce qu'il a dit est exact.

Hennessey resplendit d'aise.

— Il a également reçu des cours de médecine élémentaire, n'est-ce pas ?

— Les commandos sont souvent isolés de tout. Nous devons savoir nous soigner.

— Est-ce une réponse positive, capitaine ? Le commandant Marshall savait-il, disons... faire une piqûre ?

– C'est à la portée de tout le monde.

Hennessey insista et Nichols répondit :

— Oui.

Sans transition et avec emphase, le procureur demanda :

— Fut-il une époque, il y a deux ans environ, où un commando des Navy Seals a été envoyé à Beyrouth libérer deux Américains retenus en otage ?

— Oui.

— Qui était le chef de cette équipe ?

Comme s'il anticipait la réponse, le procureur, éclatant de suffisance, se tourna vers Sloan et durant cette brève confrontation, celui-ci fut certain que l'autre savait tout. Il avait eu accès au dossier secret. Il eut envie de hurler : « Ne faites pas ça ! » mais Harper avait affirmé que l'information ne pouvait être divulguée devant la cour. Il tenta de se détendre, sentit le regard d'Anna fixé sur lui. *Dieu, faites qu'elle n'apprenne rien !*

— Votre Honneur, dit Harper, je ne vois pas ce que le passé militaire de Sloan Marshall a à voir avec notre affaire.

— J'avoue que moi non plus.

— Cela vise à préciser la personnalité de Sloan Marshall, répondit Hennessey.

— En ce cas, rétorqua Harper, la défense peut établir certains faits éloquents sur la personnalité de Sloan Marshall. Il était à la tête du commando qui a libéré les otages, a été pris lui-même et retenu de nombreux mois, durant lesquels il a été sauvagement torturé. Après sa libération il a été récompensé par la médaille du Congrès pour faits héroïques.

Un murmure s'éleva dans la salle au moment où le tonnerre grondait sous les nuées. L'orage était imminent, à la fois hors et dans le tribunal. Au lieu d'être déconcerté par les paroles de Harper, Hennessey parut satisfait de l'avoir amené exactement là où il voulait.

— Capitaine, est-il exact que le commandant Marshall s'est retiré après sa libération ?

— Exact.

— Sans doute à cause du traumatisme subi ?

— Votre Honneur, commença Harper, interrompu par le capitaine Nichols.

— Je ne pourrais dire pourquoi il a choisi de se retirer.

— Peut-être était-ce parce qu'il estimait ne plus être digne de servir dans la marine.

Sloan le voyait venir, aussi inévitable que la mort. Harper aussi bien que le juge tentèrent d'interrompre le procureur qui ne se serait pas laissé faire par Dieu lui-même.

— Les lâches ne font pas carrière dans l'armée, n'est-ce pas ?

232

— Votre Honneur, s'exclama Harper, ceci n'est pas un interrogatoire, mais un soliloque.

— Maître Hennessey...

— N'est-il pas vrai, capitaine, que notre héroïque commandant a cédé sous la torture et révélé le nom d'un agent israélien, que cela...

— Il s'agit de documents top-secret, dit Nichols.

— Votre Honneur ! s'écria Harper tandis que l'orage éclatait alentours, tonnerre, éclairs et pluie battante.

— Maître Hennessey, je vous avertis...

Sloan écoutait les quatre hommes parler tous ensemble et songeait que ce n'était pas sa mort qui se jouait. La mort est une fin. Ceci était un début – le début de son déshonneur.

— En récompense de cette trahison, ses ravisseurs libanais l'ont libéré...

— Je ne ferai aucun commentaire sur des documents secrets sinon...

— Objection !

—... que vous risquez l'outrage à la cour.

Mais Hennessey, risquant le tout pour le tout, continuait :

— Et n'est-il pas vrai que cet agent israélien a trouvé la mort de façon suspecte dans un accident de la route une semaine après la libération de notre héros ?

— Je ne répondrai pas à propos de documents secrets.

— Objection !

— Maître Hennessey !

— Notre *héros* a sacrifié un autre homme quand cela servait son dessein, de même qu'il a sacrifié Jack Ramey.

Le capitaine Nichols ne réagit même pas, certainement le seul en cela de toute la salle. Il jeta seulement un regard d'excuse à Sloan.

— C'est assez, maître Hennessey !

Le juge abaissa avec force son marteau.

Bondissant sur ses pieds, presque en même temps que les journalistes, Sloan cria :

— Non !

— Votre Honneur, dit Harper, je demande un ajournement pour vice de procédure.

Le juge Waynon, rouge et sévère, parla.

— Monsieur Marshall, s'il vous plaît, asseyez-vous. Maître Fleming, Maître Hennessey, veuillez approcher.

Étonné de se voir debout, Sloan se rassit et d'instinct, s'obligea à penser au courant frais d'une rivière pour se calmer. Harper répéta sa demande et le juge Waynon soupira, réfléchit, soupira encore.

— Maître Hennessey, votre conduite est inqualifiable.

Celui-ci s'efforçait de paraître contrit, mais de toute évidence il s'y prenait mal.

— Cependant, je n'ai pas envie de demander un ajournement. La conduite du procureur est inexcusable et ne sera plus tolérée dans ce tribunal. Est-ce clair, maître Hennessey ?

— Oui, monsieur le juge.

Le procureur semblait plus éclatant de joie que jamais.

— Je vais demander au jury de ne tenir aucun compte des déclarations concernant les documents secrets. Messieurs, veuillez regagner vos sièges.

Harper, cachant sa déception, procéda au contre-interrogatoire en essayant de rattraper la situation.

— Capitaine Nichols, à votre avis, le commandant Marshall méritait-il la médaille du Congrès ?

— À mon avis, il en méritait une demi-douzaine.

En regardant Harper s'asseoir, Sloan estima que les jurés ne retiendraient rien de cette dernière phrase, mais chacune des allégations tapageuses de Hennessey. Malheureusement, ce n'était que trop vrai.

— À cause de l'orage, la séance reprendra demain matin à neuf heures.

Le juge disparut, les assistants se levèrent et sans un mot, sans un regard vers Harper ni Anna, Sloan se dirigea vers l'aile centrale ; malgré son trouble, il se demanda pourquoi Lugaric n'était pas sorti diffuser la nouvelle, et si c'était bien la voix d'Anna qui l'avait appelé. Mais de toute façon, cela ne comptait pas. En vérité, plus rien ne comptait.

La tempête faisait rage. Anna fit du feu, tandis que dans le ciel noir le vent tourbillonnait et que la pluie martelait le sol. Elle ne savait si elle avait plus envie de la lumière ou de la chaleur du feu. Devant les flammes dansantes, elle songea au tribunal, aux révélations du procureur, à la fuite précipitée de Sloan.

La découverte de son secret l'avait à la fois choquée, et... soulagée. Elle avait toujours su qu'il lui cachait quelque chose. Tout s'éclairait à présent, et surtout l'élan immédiat qu'elle avait ressenti envers lui. Tous deux avaient été blessés par la vie et partageaient la même solitude. L'image de Sloan quittant la salle, seul, portant sur ses épaules le fardeau de la culpabilité la hantait, la tourmentait. Elle avait même bravé l'interdit de Harper et téléphoné plusieurs fois au phare – sans réponse.

Où était-il ?

Bien sûr, il avait peut-être décidé de ne pas répondre pour couper court à la curiosité des journalistes. Mais alors pourquoi ne pas avoir simplement décroché ? Non, quelque chose lui disait qu'il n'était pas chez lui. Chez Harper ? Elle n'y croyait pas. À sa façon de fuir le tribunal, elle devinait que la dernière chose qu'il souhaitait était de la compagnie, même amicale.

Elle fit de nouveau son numéro et écouta la sonnerie persistante, puis raccrocha en soupirant. Les bras croisés, elle se dirigea vers la fenêtre de la cuisine, la seule d'où l'on apercevait la mer, qui battait son propre rythme sans repos.

Elle non plus ne trouvait pas le repos. Elle voulait être avec lui. Elle se l'était interdit, mais cela ne l'empêchait pas de le désirer par dessus tout. Furieuse de sa propre faiblesse, elle reprit le téléphone et appela Carrie. Quand la pensée de Sloan s'estompait un peu, c'était celle de Meg qui la torturait. Elle s'assura seulement que sa fille allait bien mais ne demanda pas à lui parler, sachant que c'était du temps perdu. Ensuite, contre sa volonté, elle fit de nouveau le numéro de Sloan. Pas de réponse.

Où était-il ?

20

Août

— **T**U as fait quoi ?

Carrie, assise au chevet de son frère, leva les yeux sur Anna.

— J'ai demandé à Sloan Marshall de vous aider, toi et Jack. Seulement pour quelque temps, bien sûr, le week-end. De quoi te reposer un peu.

Anna s'efforça de garder son calme.

— Je n'ai pas besoin de repos.

Elle mentait. Elle était sur le point de s'effondrer. Jack avait été hospitalisé une seconde fois car son infection rénale ne réagissait pas aux antibiotiques, l'escarre de sa jambe ne guérissait pas et le dosage d'insuline devait être modifié. Anna était demeurée à son côté nuit après nuit, ne rentrant chez elle que pour se changer. Il était sorti de l'hôpital depuis deux jours et elle n'avait pas dormi une seule heure d'affilée depuis. Elle regrettait la présence des infirmières et aurait bien aimé accepter l'aide que lui offrait Carrie, mais pas de la part de Sloan !

— C'est faux. Nous sommes tous épuisés. Ken a prolongé ses heures, Meg achève son trimestre et ne peut pas passer son temps en aller et retour. Quant à moi, je viens deux à trois fois par jour et je travaille. Nous sommes tous éreintés. Pour l'amour de Dieu, Anna, regarde-toi !

Non, songea Anna. Elle avait cessé de consulter les miroirs. Ils étaient trop honnêtes, trop crus, soulignant à plaisir l'atonie de son regard, les cercles sombres sous ses yeux, la pâleur de son teint.

— Bien sûr, Ken et toi avez besoin d'une coupure. Je suis désolée, je n'y ai pas pensé.

— Toi aussi, insista Carrie.

Se rendant compte soudain que Jack entendait tout, elle se tourna vers lui et prit sa main. Par contraste avec le rose vif de la robe de sa sœur, il paraissait encore plus blême.

— Nous ne nous plaignons pas, mon chéri, ce n'est pas ta faute. En réalité, tu fais de tels progrès que cette aide ne sera que temporaire.

La vision sélective de Carrie étonna Anna une fois de plus ; loin d'aller mieux, l'état de Jack empirait avec régularité. Même le Dr Goodman émettait des réserves ; sa santé morale aussi bien que physique restait au plus bas. Il s'était retranché en lui-même et refusait d'exécuter ses exercices depuis juillet. Ken pratiquait sur lui des mouvements passifs comme on en fait faire aux malades inconscients. Comme on pouvait s'y attendre, il ne répondit pas à Carrie.

— Si je peux me permettre, intervint Ken, je pense que Mme Douglas a raison. Vous êtes fatiguée. Vous avez réellement besoin d'aide.

— Tu vois ? Et Ken et moi n'en avons même pas discuté ensemble.

Anna sentit qu'elle perdait la bataille ; mais il n'était pas question de perdre la guerre, pas question que Sloan mette le pied chez elle. Elle ne devait pas le revoir, tout simplement parce que c'était la chose qu'elle désirait le plus. Elle ne l'avait plus rencontré, ne lui avait plus parlé depuis cet après-midi de juillet où elle s'était retrouvée dans ses bras, au phare.

— Bien, donc nous… j'ai besoin d'aide, mais pourquoi Sloan Marshall ?

— Pourquoi pas ? Je suis tombée sur lui à l'épicerie hier, nous avons bavardé et il a paru intéressé.

Elle n'en crut rien. Sloan lui avait fait clairement comprendre qu'il ne désirait pas la revoir. Carrie avait dû interpréter ses réponses.

— D'abord, il quitte Cook's Bay, sans doute à la fin du mois. Je l'ai entendu dire chez la coiffeuse.

Elle ne précisa pas qu'elle avait, discrètement s'entend, orienté la conversation.

— Alors pourquoi ne pas engager quelqu'un qui restera aussi longtemps que j'en aurai besoin ?

— Qui d'autre ?

— Il y a une agence de personnel médical en ville.

— Il te faut quelqu'un capable de soulever Jack, donc un homme. Ken est le seul infirmier de Cook's Bay.

— Mais ce pourrait être une autre personne. Sloan Marshall n'est pas infirmier.

— C'est juste, dit Ken. Il y a aussi un service de garde, mais ce sont toutes des femmes.

— Oui, cinq vieilles dames qui complètent leur retraite. Et pas une capable de discerner une crise d'hypoglycémie d'une rage de dents.

— Il y a sûrement quelqu'un qui puisse m'aider ! s'écria Anna proche du désespoir.

— Oui, répliqua Carrie. Sloan Marshall.

Ken en profita pour intervenir.

— Madame Ramey, nous sommes dans une toute petite ville. Je suis d'accord avec Mme Douglas. Et puis votre mari se sentirait sans doute mieux en présence d'un autre homme.

— Je ne te comprends pas, reprit Carrie. Je croyais que tu appréciais Sloan. Je veux dire, c'est un chic type.

239

— Bien sûr, mais...

Un grognement de Jack l'interrompit. Tous eurent l'air presque surpris de sa présence et de son intervention dans la conversation. Lentement, il écrivit sur son carnet : *Appelez-le*.

Carrie lut à haute voix et Anna se dirigea aussitôt vers lui, qui l'arrêta d'un bref hochement de tête. Il écrivit : *Tu dois te reposer*.

— Je vais bien. Vraiment.

Il tapota le premier message, d'une façon qui rendait la conclusion inévitable. Elle l'observa et eut l'étrange sentiment que, tout comme Meg, il devinait quelque chose entre elle et Sloan et les poussait l'un vers l'autre. Mais c'était absurde et elle abandonna cette idée. En soupirant, elle admit que protester plus longtemps ferait naître des soupçons.

— D'accord. Je l'appelle.

— Maintenant, dit Carrie, ravie. J'ai son numéro dans mon sac.

Anna jeta un dernier regard à son mari et la suivit à la cuisine. Carrie, fouillant dans son sac, finit par trouver ce qu'elle cherchait. La simple vue du numéro troubla Anna ; elle espéra, sans y croire, que sa belle-sœur la laisserait appeler en privé. Appuyée à la table, elle attendait, les yeux brillants. Anna composa le numéro, le cœur battant. Une sonnerie, deux, trois... les dieux l'avaient peut-être entendue, Sloan n'était pas chez lui. Mais il décrocha.

— Allô ?

Il n'y a qu'avec vous que j'éprouve encore des sentiments... des sentiments dont je dois me passer parce que je suis mariée.

Ne reviens pas, Anna. Sinon, je ne promets pas de ne pas faire tout mon possible pour que tu sois à moi.

— Allô ? répéta la voix avec impatience.

Elle s'éclaircit la gorge.

— Monsieur Marshall ?

Il la reconnut. Il y eut un silence. Elle percevait son souffle rauque.

— C'est Anna Ramey. Ma belle-sœur m'a donné votre numéro en disant que vous seriez disposé à nous aider, Jack et moi, de façon temporaire.

Son intonation alerta Sloan.

— Elle est là ?

— Oui.

— Anna, je n'ai pas réussi à lui ôter cela de la tête. J'ai pourtant essayé, je le jure.

Il avait prononcé son nom avec un tel désespoir qu'elle eut envie de pleurer, là, devant Carrie. Mais elle répondit :

— Je comprends ça.

— Je ne savais pas quoi faire, elle insistait tellement ! J'ai eu peur que refuser encore n'éveille ses soupçons.

— Je vois, mais je suis étonnée que vous soyez intéressé. Je croyais que vous deviez partir bientôt.

— Je ne sais pas encore quand exactement. Écoute, elle disait que tu avais terriblement besoin d'aide, que tu étais épuisée.

— Je suis fatiguée, c'est vrai, mais je pense que Carrie a exagéré.

— Pas du tout ! s'exclama Carrie en s'emparant du téléphone. Monsieur Marshall ? Elle est à deux doigts de craquer. Pourriez-vous rester samedi et dimanche soir ? Cela lui permettrait de tenir le coup pour la semaine à venir.

Que répondait-il ? Il trouverait sûrement un moyen élégant de les sortir de là.

— Super ! s'exclama Carrie, anéantissant les espoirs d'Anna, avant de lui tendre le téléphone : Tu vois, il n'y avait qu'à demander.

Elle quitta la cuisine, rayonnante. Anna ne savait si elle devait rire ou pleurer.

— Nous n'avons pas le choix, dit Sloan.
Elle l'avait compris dès le début.

Quand elle lui ouvrit le samedi soir, Sloan songea que s'il avait su dans quel état elle était, il n'aurait pas tergiversé pour venir. Ses yeux avaient perdu leur éclat, son visage était sculpté de fatigue, et elle était si maigre qu'elle paraissait perdue dans son pull gris. Mais la beauté ne l'avait pas totalement désertée, ni la force. Il aurait voulu la décharger de son fardeau en la prenant dans ses bras ; en même temps, une sorte de colère le saisit.

Il s'était demandé quel tour prendrait leur rencontre. Anna donna rapidement le ton – poli, froid, formel, ce qui semblait pour le mieux. Il voulait bien l'aider – Dieu sait si elle en avait besoin ! – mais aussi garder ses distances. C'était la seule façon de ne pas devenir fou.

Il aida Jack à s'installer pour la nuit puis Anna, au pied de l'escalier, déclara sans le regarder :

— Je vais me coucher.

— Bonne idée.

— Si vous avez besoin de moi durant la nuit...

Elle n'acheva pas sa phrase, chargée de sous-entendus. Il se demanda ce qu'elle répondrait s'il lui avouait qu'il avait besoin d'elle là, tout de suite, et peut-être pour le restant de ses jours.

— Je sais où vous trouver. Allez dormir.

Il la regarda monter. Elle devait sentir ses yeux fixés sur elle mais ne se retourna pas. Il admira et regretta sa détermination, chose qui lui manquait cruellement, ces derniers temps, puis retourna auprès de Jack. Quoique distant, celui-ci n'était pas inamical et l'avait même remercié d'être venu aider Anna, ajoutant qu'elle était du genre à prendre ses responsabilités à cœur, mais que Sloan l'avait sans doute compris. Il trouva ce commentaire étrange ; Jack n'avait aucune raison d'avoir deviné cela et il se demanda s'il soupçonnait quelque chose.

— Puis-je faire quelque chose pour vous ?

Jack désigna le pichet et Sloan lui versa un verre d'eau. Il but puis se renversa lentement sur l'oreiller immaculé de son lit, à la fois pitoyable et fier. Sloan songea à la cruauté d'un destin qui détruisait cet homme bien avant son heure, réclamait le sacrifice de sa femme et l'obligeait lui-même à y participer, dans une moindre mesure, mais douloureusement aussi.

Il s'aperçut avec malaise que Jack l'observait. Devinait-il ses pensées ? Il lui demanda de nouveau ce qu'il pouvait faire. Jack hocha la tête vers la porte.

— Je la ferme ?

Jack secoua la tête.

— Oh, vous voulez dire, Anna ?

Il regretta aussitôt d'avoir employé son prénom et ajouta :

— Votre femme est montée se coucher.

Jack hocha de nouveau la tête et indiqua la lampe, que Sloan éteignit. Il souhaita bonne nuit au malade et s'installa dans un fauteuil bien rembourré et assez confortable. Anna s'asseyait-elle à cette place ? Pensait-elle à lui ? Il se reprocha aussitôt cette question. Comment aurait-elle pu penser à lui tout en veillant sur son mari ? Mais en ce moment même il aurait voulu que là-haut, dans son lit, elle rêve de lui.

Elle se tournait et se retournait en essayant d'oublier que Sloan était en bas. Depuis le moment où elle lui avait ouvert, sa présence avait empli la maison tout entière et elle s'était efforcée de garder une attitude froide et distante alors que dès qu'il était là elle se sentait revivre. Son regard posé sur elle tandis qu'elle montait l'escalier, au lieu de lui faire honte, l'avait emplie de chaleur. Quelle sorte de créature amorale était-elle donc pour ne penser qu'à cet homme alors que son mari malade gisait tout près ?

Pas de réponse. Rien qu'un sommeil troublé.

Elle s'éveilla en sursaut et vit qu'il n'était que trois heures du matin. À peine rassurée, elle se souvint que Sloan était là et son cœur s'affola de nouveau.

Dors et ne te lève pas, je répète, ne te lève pas !

Là était la sagesse, mais cela ne suffisait pas. Elle rejeta ses couvertures et enfila sa robe de chambre, avec l'intention de vérifier si tout allait bien en bas. Sloan n'avait pas l'habitude de veiller sur un diabétique. Et Jack était peut-être trop fier pour demander ce dont il avait besoin.

Mon Dieu, Anna, ne peux-tu donc être honnête avec toi-même ?

Elle s'arrêta à mi-chemin. Ce n'était pas Jack qui la préoccupait, mais Sloan. C'est lui qu'elle voulait voir. Mais les prétextes précédents étaient justifiés aussi… Elle s'arrêta au seuil de la chambre, éclairée d'une seule veilleuse, et dans laquelle régnait un silence attentif. Elle distingua la forme immobile de Jack suggérant qu'il dormait, puis, lentement, tourna son regard vers le fauteuil où Sloan s'était assoupi dans une position qui lui assurerait des crampes au réveil, ses longues jambes croisées devant lui et la tête penchée de côté. Une mèche de cheveux noirs lui barrait le front, ses bras étaient croisés sur sa large poitrine, là où elle se souvenait trop bien avoir posé sa tête.

Elle tenta de se remémorer la sensation des bras de son mari autour d'elle, mais c'était trop loin. Une vie entière. Elle allait partir quand Sloan soupira, très doucement. Elle en fut touchée droit au cœur. Une impression à la fois exaltante et douloureuse l'envahit. Elle s'ordonna de partir et allait tourner les talons quand elle se rendit compte qu'il la regardait. Le poids qui l'oppressait se fit plus lourd.

Sloan aussi était mal à l'aise. En s'éveillant d'un coup, il avait su qu'Anna était là. À la porte de la chambre, pas à l'intérieur, comme si franchir le seuil était interdit. C'était juste, puisque tout dans leurs relations subissait cet interdit. Mais il pouvait la regarder, non ?

Dans la pénombre, il la voyait à peine, douce silhouette, fantôme sensuel. Dans sa tête, il discernait très bien ses boucles blondes et son visage délicat. Il sentait sa poitrine contre la sienne, ses battements de cœur, ses lèvres de miel.

Te souviens-tu ? aurait-il voulu crier.

Des vibrations à la fois charnelles et chastes parcoururent la pièce, enveloppèrent Anna, faisant naître des souvenirs qui ne s'éteindraient pas. Inconsciemment, elle fit un pas dans la chambre. Un rayon de lumière illumina sa robe de chambre, révélant plus qu'elle ne cachait et il dut rassembler toute sa volonté pour ne pas se lever.

Va t'en, je t'en prie !

Elle entendit les mots aussi clairement que s'il les avait prononcés, et ressentit toute sa douleur. Elle s'enfuit jusqu'à sa chambre, vers son lit solitaire. Il lui avait fallu mobiliser toutes ses forces pour ne pas le rejoindre malgré la présence de Jack. Comment allait-elle supporter le lendemain ?

En bas, Sloan se posait la même question, mais avec colère. Pourquoi étaient-ils ainsi piégés, pourquoi restait-elle liée moralement et légalement à un autre homme alors que c'est à lui qu'elle appartenait ?

Anna s'éveilla pour la deuxième fois à six heures, humant l'arôme de café et de bacon grillé qui montait jusqu'à elle. Bien qu'elle n'ait pas faim, et cela depuis fort longtemps, son estomac grogna. Elle enfila un jean, un chemisier noir puis descendit. Du seuil elle observa Sloan debout devant la cuisinière, en train de faire frire des œufs. Ses muscles roulaient sous sa chemise dont les manches relevées laissaient apparaître ses avant-bras velus. On voyait qu'il avait dormi tout habillé.

Elle mit de côté ses observations et pénétra dans la cuisine, sans pour autant oublier cette sorte d'exaltation douloureuse de le savoir là.

— Vous n'aviez pas à préparer le petit déjeuner, dit-elle en essayant de masquer sa nervosité.

Elle s'était répété qu'elle n'aurait pas dû descendre durant la nuit. Sloan pivota vers elle. Lui aussi avait la tête pleine des images de son apparition nocturne, mais à la voir ainsi devant lui le souvenir en fut encore plus vivace. Elle remarqua qu'il portait les lunettes aux verres argentés qui lui servaient de protection contre le monde. Et contre elle ? Elle vit aussi la barbe naissante sur ses joues et l'expression maussade de ses lèvres. Pourquoi cela ?

Il abandonna sa contemplation pour revenir à ses œufs.

— Quelqu'un doit prendre soin de vous, puisque vous ne le faites pas vous-même.

— Qu'est-ce que ça veut dire ?

Sans se retourner, en mettant deux tranches de pain à griller il répliqua :

— Rien d'autre que ce que j'ai dit. Vous avez une mine épouvantable. Vous avez beaucoup trop maigri.

Sa brutalité la peina et la mit en colère. Ce qui lui fit plutôt plaisir, car la colère allait bien avec son état d'esprit.

— Désolée, dit-elle en versant un verre de jus d'orange. Je n'ai pas eu beaucoup de temps pour me pomponner.

Il se tourna vers elle, qui ne pouvait percer l'écran argent qui dérobait son regard. Il l'avait blessée, tout en se faisant mal lui-même. C'est vrai qu'elle était trop mince, mais pas épouvantable, avec ses yeux encore embués de songes. Avait-elle rêvé de lui ?

Les toasts jaillirent hors du grille-pain. Il les beurra, les posa sur une assiette avec les œufs et le bacon, puis la tendit à Anna.

— Mangez tout.

— Je ne déjeune pas beaucoup.

— Ce matin, si. Je vous apporte du lait et du café.

— Seulement du café. Il faut que je m'occupe de Jack.

— Il va bien. Je l'ai baigné, rasé, et j'ai changé son lit. Il a dit que vous preniez votre petit déjeuner avant de venir lui faire sa piqûre.

— Vous n'aviez pas à faire tout cela.

— C'est pour ça que je suis payé.

De nouveau, son ton brusque. La vérité, c'est qu'il avait envie d'aider Jack, parce qu'il l'aimait bien, en dépit de ce qu'il faisait subir à Anna. Il vivait un enfer et conservait sa dignité, ce qui commandait le respect. Sloan avait vécu cela lui-même, avec beaucoup moins d'honneur. Plus surprenante était l'impression que Jack l'aimait bien aussi, à sa façon réservée. Ce matin encore, il avait eu le sentiment que Jack se doutait de ce qui se passait entre Anna et lui ; avait-il été témoin de la scène cette nuit ?

— Allez, mangez.

Il avait mis le couvert pour une personne ; c'était une vision réconfortante, malgré la mauvaise humeur de Sloan. Pourquoi était-il en colère ? Il est vrai qu'elle l'était aussi. Il apporta un verre de lait et deux tasses de café.

— Je ne veux que du café.

— Buvez le lait. Mangez.

— On dirait un disque rayé.

La tension de sa voix trahissait bien le trouble qu'elle ressentait et mettait en pièces sa contenance habituelle.

— Mangez, cela me fera taire.

— Vous êtes payé pour prendre soin de mon mari, pas de moi.

Mon mari. Le choix de l'expression n'échappa pas à Sloan.

— En fait, je ne suis pas payé. Nous n'avons pas discuté de salaire.

Elle n'en crut pas ses oreilles ; elle savait que l'argent était le cadet de ses soucis. Pourtant, la pensée de l'affronter – lui ou n'importe qui – lui faisait du bien. Quand avait-elle élevé la voix, crié pour la dernière fois ? Cela faisait trop longtemps. Il était peut-être temps de lâcher la bride à ses bonnes manières. Elle pencha la tête et dit :

— Tiens donc, on devient mercenaire ?

— Je travaille assez dur.

— Je vous paierai comme Ken.

— Très bien.

— Vous ne savez même pas combien je lui donne.

— Peu importe, ça ira.

Ils se dévisagèrent avec intensité tandis que le soleil montait à l'horizon. Anna détourna les yeux la première et picora un morceau de bacon. Il but une gorgée de café. Ils avaient la même envie de se chamailler.

— Vous êtes toujours comme ça le matin ? demanda-t-elle.

— Non, quelquefois je suis grognon.

Ils eurent en tête une image similaire : un homme et une femme se levant au matin après une nuit de passion, et marchant main dans la main au bord de la mer, dont ils percevaient au même instant le bruit des vagues sur la plage. Elle préféra changer le cours de ses idées en l'attaquant sur autre chose.

— Je croyais que vous aviez renoncé aux lunettes noires ?

— J'aime les porter.

— À l'intérieur ?

— À l'intérieur. À l'extérieur.

— C'est-à-dire vous cacher derrière.

— Peu importe, du moment que ça m'aide à passer la journée, ou même la nuit. À propos, que croyiez-vous donc faire la nuit dernière ?

Déconcertée, elle n'eut pas envie d'en parler.

— Je venais voir si tout allait bien pour mon mari.

— Mon œil !

Sa colère redoubla quand elle se vit démasquée. Cela avait été tellement stupide de sa part, effronté. Quelle effrontée devenait-elle ?

— Qu'imaginez vous donc ?

— Je n'imagine rien, je sais. Vous aussi. Vous couriez au désastre.

— N'est-ce pas un peu mélodramatique ?

— Non, réaliste. Ce que vous étiez avant. Même la nuit dernière.

Avant qu'elle ne réplique il ajouta sur un ton clinique :

— Je te désire. Tu me désires. Si tu ne passes pas au large, la nature reprendra ses droits.

Avait-il raison ? Était-ce pour cela qu'elle se sentait si furieuse ? Pour éteindre le feu que sa présence allumait en elle ? Elle y réfléchirait plus tard, quand son cœur ne battrait plus si fort. Elle repoussa sa chaise.

— Je vais faire la piqûre de Jack.

Comme elle passait près de lui, il la saisit par le poignet. Elle ne vit que l'écran argent devant son regard. Durant d'interminables secondes, il perçut le battement affolé de son pouls tandis qu'elle écoutait son souffle précipité.

— Évite-moi, dit-il sans cacher son désespoir. Je t'aiderai, mais évite-moi. Sinon, je jure que je te prendrai ici même, dans cette maison, sous le toit de ton mari. Et ensuite nous nous haïrons.

Anna comprit qu'elle devait prendre au sérieux la menace de Sloan. Pour la simple raison qu'elle souhaitait qu'il s'y tienne.

21

ELLE fut soulagée quand, à sept heures, Sloan déclara sa mission terminée et s'en alla. Elle passa le restant de la journée à s'endurcir pour son retour. Peu à peu, elle retrouva sa contenance, chassa toute idée de regard enflammé, de gestes sensuels et de tendres menaces. À la fin du jour elle était revenue dans un monde qu'elle connaissait trop bien, celui où les sentiments n'étaient pas autorisés. Elle supporterait la présence de Sloan à condition de rester loin de lui et de ne rien éprouver.

Quand il revint vers dix-huit heures, il trouva une Anna fermée, dont les yeux ne rencontraient pas les siens, et qui, pour la première fois, lui parut plus une étrangère qu'une amie. Sa première impulsion fut de se contredire et de crier : *Ne reste pas ainsi ! Je ne le supporte pas !* mais il se retint. Lui aussi devait passer la nuit.

— Carrie vient dîner, annonça-t-elle en le suivant dans la chambre de Jack.

— Tant mieux. Je pourrai lui annoncer que je démissionne.

Le soulagement d'Anna fut presque perceptible.

— Je lui dirai que je n'ai pas le temps de m'occuper de Jack, que je dois préparer mon départ.

Si le prétexte était aussi fallacieux pour elle que pour lui-même, elle n'en dit rien. Aussi désespérée que lui, elle était prête à accepter n'importe quoi, même le moins plausible. Le plus difficile serait de le faire admettre à Carrie.

— Elle reste aussi pour la nuit, reprit-elle.

À son brusque coup d'œil elle ajouta :

— Je ne l'ai pas priée de nous chaperonner, si c'est ce que vous croyez. Elle a demandé si elle pouvait rester, ou plutôt, elle a déclaré qu'elle resterait. Elle le fait souvent, quand Harper s'absente.

Sloan avait déjeuné avec lui et Harper n'avait pas mentionné cette absence. Il est vrai qu'il n'en avait guère eu le temps, trop occupé à faire remarquer à son ami qu'il jouait avec le feu. Que dirait-il en apprenant qu'un baiser inoubliable l'avait déjà enflammé ?

— Un chaperon n'est pas une mauvaise idée, remarqua Sloan.

— Vous n'avez rien à craindre de moi.

— Mais vous ?

Elle ne répondit pas, attentive au sang chaud qui courait plus vite dans ses veines.

Carrie arriva, d'humeur aussi resplendissante que son pantalon bouton d'or. Anna était en train de faire la piqûre de Jack. Évitant de regarder l'aiguille, Carrie embrassa son frère sur la joue.

— Tu as l'air en forme. Et toi, Anna, ne t'avais-je pas dit que tu avais besoin d'une bonne nuit de repos ?

Soudain Sloan se sentit rassuré quant à son prétexte. Quiconque trouvant Jack en meilleure forme et Anna reposée goberait sans problème son histoire de préparatifs.

— Ça sent bon, dit Anna.

— Des scampi, annonça Carrie avec fierté. Une recette du *Magazine du Gourmet*. Ne me dites pas que vous avez déjà dîné, Sloan.

— Si.

— Alors il faudra recommencer.

Finalement Carrie, à sa manière irrésistible, orchestra toute la soirée, d'ailleurs soigneusement préparée. Elle avait apporté le dîner, mais aussi des bougies et un vase avec une rose qu'elle disposa sur la petite table de la chambre. Elle insista pour que tous, y compris Jack, s'y installent.

— Voilà, c'est parfait !

Personne ne répondit. Jack était affalé dans son fauteuil, Anna à côté de lui. Sloan, après une dernière tentative pour s'en aller, s'assit face à elle. Elle ne le regarda pas. Elle avait la tête vide. Cela allait bien avec l'absence de sentiments qu'elle éprouvait, car elle les refoulait dès qu'ils se présentaient. Elle se souvint brièvement de sa conversation avec Meg ; elle n'avait pas mentionné la présence de Sloan, craignant sa désapprobation. D'ailleurs, dès le lendemain il ne serait plus là ; cela ébrécha l'armure dans laquelle elle s'enfermait. *Ne pense pas*, se répéta-t-elle. *N'éprouve rien.*

Le dîner se déroula entre trois convives silencieux et une quatrième bavardant sans arrêt. Carrie parlait du passé et de leur enfance heureuse, du présent et des scampi, du futur quand Anna et Jack quitteraient Cook's Bay.

Comme c'est curieux, songea Jack en observant le reflet de la flamme sur le visage d'Anna. Il n'envisageait pas de quitter Cook's Bay, comme s'il avait passé un contrat muet avec un pouvoir inconnu qui le garderait ici à jamais. Et pourtant, il voyait Anna s'en aller. Qu'est-ce que cela signifiait ? Pourquoi cela le rendait-il heureux et triste à la fois ?

Sloan essayait de se représenter le jour pas si lointain où Anna et son mari rentreraient chez eux dans le Connecticut. Avec prudence, il leva les yeux sur le beau visage d'Anna baigné de lumière. Il ne l'imaginait pas là-bas, seulement ici, sur la plage, leur plage.

Anna aussi pensait à son retour à la maison, sans

Sloan. Elle lui jeta un coup d'œil. Comment vivre en le sachant à l'autre bout du monde ?

— Où est-ce, la mer du Nord ?

La question de Carrie avait suivi la même direction que ses pensées et elle rencontra le regard de Sloan. Sans les lunettes de soleil qu'il avait bien été obligé d'enlever, son visage paraissait nu. Malgré elle, elle attendait sa réponse avec impatience.

— Elle fait partie de l'Atlantique, entre la Grande-Bretagne et le nord de l'Europe.

— Harper a dit que vous deviez faire de la plongée pour une compagnie pétrolière. Est-il vrai que vous êtes retiré de la marine ?

— Oui, répondit-il d'un ton bref.

Mais il en fallait plus pour décourager Carrie.

— Vous êtes d'ici ?

L'intérêt d'Anna était vif, elle en savait si peu sur lui, excepté la chaleur de ses bras, la douceur de son baiser – et elle n'en connaîtrait jamais plus.

— J'ai tellement voyagé de par le monde qu'il m'est difficile de me rappeler d'où je viens.

— Et y a-t-il quelqu'un qui vous attend dans l'un de ces ports lointains ?

Anna frémit, lui aussi, ils évitèrent de se regarder.

— Non.

— J'ai du mal à le croire, pas toi, Anna ?

N'ayant pas le choix, elle releva la tête. Trois paires d'yeux étaient fixés sur elle : ceux de Carrie avec sa bonne humeur coutumière, ceux de Sloan qui aurait visiblement préféré se cacher derrière ses lunettes, et ceux de Jack... Difficile de dire ce qu'ils exprimaient, allant d'Anna à Sloan. Calmement, elle répondit :

— Je pense que tu embarrasses notre ami.

À la fin du repas, chacun complimenta Carrie sur sa recette, bien que les assiettes fussent loin d'être vides.

Jack, surtout, avait très peu mangé et semblait s'écrouler de fatigue. On l'aida à se mettre au lit et Anna déclara qu'elle montait se coucher. Carrie rassembla les plats dans l'évier et, fatiguée elle aussi, souhaita le bonsoir à son frère. Avec un soupir de soulagement, Sloan éteignit et s'installa dans le fauteuil.

Cependant le sommeil le fuyait. Il se sentait de moins en moins confortable dans son siège, étirait ses jambes, tendait ses mains, tournait la tête sans trouver la bonne position. Il écouta la maisonnée s'endormir, humant son parfum de rose et de cire. Tout lui rappelait Anna et il se mit à espérer, contre toute logique, qu'elle se montrerait à la porte comme la veille. À chaque soupir de la maison il levait la tête, plein d'espoir, furieux après lui-même. À trois heures, ne tenant plus en place, il se rendit à la cuisine.

Au même moment Anna donna un coup de poing dans son oreiller, incapable de trouver le sommeil. Elle n'était pas la seule ; elle avait entendu un peu plus tôt Carrie se lever. En était-il de même pour Sloan ? Rejetant les couvertures, elle enfila sa robe de chambre et descendit. Boire un verre de lait chaud serait peut-être la solution ; elle était prête à tout essayer. Elle fronça les sourcils en voyant la cuisine allumée ; Carrie devait s'y trouver. Mais c'est Sloan qui se tourna vers elle. Il observa la façon dont ses boucles d'or s'emmêlaient, la façon dont elle serrait son peignoir de coton contre elle, ses pieds nus. Elle, elle regardait ses cheveux noirs qui retombaient sur son front, ses pieds en chaussettes bien plantés sur le sol, sa chemise sortie du pantalon. Elle recula d'un pas.

— Désolée. J'ignorais que vous étiez là.

Il lui avait dit de rester loin de lui, alors que c'était la dernière chose qu'il souhaitait.

— Ne t'en va pas... Je veux dire, vous êtes chez vous ici.

— Je... je ne pouvais pas dormir. J'ai pensé que du lait chaud...

Il désigna un pot de café instantané sur la table.

— Moi non plus, mais j'y ai renoncé.

Le choix de ses mots recélaient une sensualité infuse que nul d'entre eux n'ignora.

Retourne te coucher, s'ordonna Anna.

Sors d'ici ! se répétait Sloan.

— Je n'ai pas besoin de café, après tout. Il me faut quelque chose de bien plus fort.

— Regardez sur la dernière étagère du placard, dit Anna en sachant bien qu'elle jouait avec le feu. Je ne sais pas ce que ça vaut, c'est une liqueur que Carrie a apportée.

— Êtes-vous en train de me dire de rester ?

— Je ne sais pas. Qu'en pensez-vous ?

Elle lui avait relancé la balle. Après tout, c'est lui qui avait demandé qu'elle garde ses distances. Il se faisait la même réflexion, mais il n'était plus sûr de rien, sinon que le feu avec lequel ils jouaient lui brûlait les mains.

— D'ailleurs, je crois que je devrais mettre quelque chose dans mon lait, ajouta Anna en se demandant si c'était bien elle qui participait à cette imprudente conversation.

— J'ai une idée, répondit Sloan. Je laisse tomber le café au profit du lait. Vous le faites chauffer pendant que je cherche la liqueur, puis nous irons chacun de notre côté.

— Cela me paraît avisé.

— C'est cela. Avisé.

Ils se regardèrent. Elle répéta :

— Sur l'étagère du haut.

Il se dressa sur la pointe des pieds. Si elle ne détournait pas de lui ces yeux bleu océan, il allait perdre la raison. Ou alors boire de cet alcool à longues

256

gorgées brûlantes, mais pourrait-il se saouler à la liqueur ? Il repéra la bouteille, au fond du placard. Il tendit le bras et sentit sa chemise remonter.

Anna retint son souffle en voyant ses reins dénudés.

Il sut qu'il venait de commettre une erreur avant même de se retourner. Elle le regardait avec de grands yeux incrédules. Elle songea à quel point elle avait été naïve – ou plutôt non. Elle avait préféré croire sa version quand il affirmait que sa détention n'avait pas été si grave que cela. À présent, tous les films de guerre qu'elle avait pu voir lui revenaient en tête, et elle oublia qu'elle ne devait ni penser ni éprouver de sentiments envers lui.

— Pourquoi ne m'as-tu rien dit ? demanda-t-elle d'une voix presque inaudible, mais chargée de colère, de douleur, de mille autres émotions.

— C'est fini. Je ne veux plus qu'on m'en parle.

— Mais je t'ai demandé si tu avais été maltraité. Tu m'as répondu que j'avais vu trop de films. Tu m'as menti.

D'un geste vif, elle repoussa ses cheveux en arrière.

— N'est-ce pas ce que tu préférais ? Que je mente ? Tu ne voulais pas la vérité. Personne ne la veut. Écoute, Anna, je ne veux plus en parler, pas plus que tu n'as envie de m'entendre. Je ne peux pas raconter à tout le monde ce qui m'est arrivé.

— Même à moi ?

Le ton blessé de sa voix le surprit.

— Surtout à toi. Je ne veux pas de ta pitié.

Elle secoua la tête en approchant.

— Qui parle de pitié ? Et la compassion ? N'est-ce pas normal que je veuille partager cette douleur avec toi ? Est-ce que je ne le mérite pas ?

— Il n'y a aucune raison. Nous sommes deux étrangers qui nous sommes rencontrés sur la plage un été.

Elle n'aurait pas eu plus mal s'il l'avait frappée au

visage. Pourquoi voulait-il lui faire tant de peine ? Parce qu'il souffrait trop lui-même ? Il soupira en s'appuyant contre le placard, mais sans s'excuser.

— Raconte-moi ce qui s'est passé à Beyrouth.

— Je t'en prie. Je t'ai déjà dit que je ne voulais plus en parler. Je ne trouve pas les mots.

— Était-ce terrible ?

C'était une question stupide, mais elle espérait encore que d'un mot, il effacerait les images horribles qui tournaient dans sa tête.

— Tu veux que je te mente encore, jurant qu'être torturé n'est pas si abominable que cela, que je n'ai pas souhaité mourir plutôt que vivre ?

— Non ! Oui ! Oui, je veux que tu me dises cela.

Il envisagea de lui mentir, ce serait facile.

— Je sais ce que tu préfères, mais ce n'est pas ce que je vais te dire. J'ai vécu l'enfer.

— Je veux voir ce qu'ils t'ont fait.

— Non, tu ne veux pas. Ne m'oblige pas à cela, je t'en prie.

— Si.

Il ne comprit pas de quelle façon elle avait gagné, mais elle toucha son bras, fit glisser sa chemise tandis qu'un silence pesant emplissait la pièce. Peut-être lui permit-il une telle intimité parce qu'il avait réellement envie de partager son passé avec elle ; si elle constatait l'horreur de ce qu'il avait enduré, peut-être comprendrait-elle l'horreur des émotions avec lesquelles il devait continuer à vivre.

Lorsqu'elle effleura ses cicatrices il retint son souffle et son cœur. Il ferma les yeux, s'agrippa au bord de la table en pensant qu'il croyait tout savoir de la torture, mais que ce n'était rien à côté de celle-ci, si douce, venant d'une femme qui ne pourrait jamais être sienne. Était-ce l'ultime pénitence qu'il devait endurer pour sa lâcheté ?

Elle suivit du bout des doigts les innombrables cicatrices sur son dos. Qu'était-il advenu de sa résolution ? Elle n'était plus qu'émotions et sensations. Comment un être humain pouvait-il infliger une telle douleur ? Comment pouvait-on y survivre ? Sloan avait raison : elle ne voulait pas connaître les détails. Elle ne les supporterait pas. Elle avait déjà le cœur si lourd... mais c'était peut-être également dû au retour de cette chaleur qu'elle ressentait en sa présence et à laquelle elle refusait de donner un nom car c'était trop dangereux.

Lui aussi percevait le danger – et toute son ampleur quand il sentit les lèvres d'Anna remplacer ses doigts. Il la saisit par le poignet, d'une pression aussi tendre que ses caresses et ses baisers.

— Non ! supplia-t-il, le regard embué de passion.

— Dis encore que nous sommes deux étrangers qui se sont rencontrés sur une plage.

— Est-ce que ça compte vraiment, ce que nous sommes ?

— Pour moi, oui.

Ses yeux s'assombrirent.

— Tu veux la vérité, Anna, ou un autre joli mensonge ?

— La vérité.

Sans cela, jamais elle ne pourrait reprendre sa vie ordinaire.

— Nous sommes bien plus que deux étrangers sur une plage.

La sensualité de sa voix l'enveloppa tout entière. Ils étaient condamnés au purgatoire des amants, toujours affamés et jamais comblés. Elle allait répondre quand il y eut du bruit à la porte. Elle ôta vivement sa main de celle de Sloan et virevolta, le cœur battant. Carrie entra.

— Je vois que je ne suis pas la seule à ne pas dormir.

Anna eut un faible sourire, espérant contre toute logique qu'elle n'avait rien vu.

— Je... nous ne pouvions pas dormir. Sloan... M. Marshall voulait du café. Moi du lait. Nous allions juste en faire chauffer. Du lait, je veux dire.

Sloan, malgré son trouble, parvint à dire avec calme :

— Anna me persuadait que du lait avec une goutte d'alcool serait plus approprié que du café. Vous en voulez ?

— Ma foi, oui.

Au bout de quelques minutes, durant lesquelles Carrie bavarda sans arrêt, Anna se retrouva avec une tasse de lait chaud dans les mains. Elle annonça qu'elle la boirait au lit et s'en alla. Elle ferma la porte de sa chambre et but rapidement, comme un médicament. Mais au lieu de s'endormir, elle voyait Sloan, ses terribles cicatrices, entendait sa voix douce et sensuelle, et songeait que Carrie en avait probablement vu plus qu'elle ne le prétendait.

Pendant ce temps, Sloan fournissait à Carrie son fallacieux prétexte pour ne pas revenir chez les Ramey.

— Je comprends. D'ailleurs, je crois qu'Anna peut se débrouiller maintenant. Elle s'est reposée et Jack va mieux.

Il ne trouva pas de réponse sensée à faire.

Au matin, Anna fut soulagée de constater qu'il était déjà parti. Elle s'était demandé tout le restant de la nuit comment lui dire adieu, puisqu'elle ne le reverrait sans doute pas. Elle finirait bien par l'oublier. Mais la pensée de Sloan, tel un refrain obsédant, ne cessait de la hanter et elle songea que l'oublier prendrait plus de temps qu'elle ne l'avait escompté. Elle avait l'impression que Jack l'observait, mais elle se trompait peut-être. Elle s'efforçait de paraître normale, de bavarder comme avant, pour rien. Une nuit elle rêva que Jack était mort et se réveilla mal à l'aise – elle avait ressenti un tel soulagement à s'imaginer libre. La semaine s'écoula sans qu'elle ait pu chasser Sloan de son esprit. Elle s'avoua qu'elle s'en était douté.

— Du café ?

Sloan, assis face à Harper, leva les yeux sur Tammie, la serveuse du *Chat'N'Chew*. Chaque fois qu'il venait, ses cheveux étaient d'une nouvelle couleur. Aujourd'hui ils étaient auburn, ce qui allait joliment bien avec son teint clair et ses yeux verts. Malgré sa jeunesse, elle avait l'air usé, mais son corps restait ferme et Sloan devinait qu'il lui en fallait peu pour répondre aux désirs d'un homme.

— Non merci, répondit-il, sa tasse étant aux trois quarts pleine.

Dès qu'il était là, elle ne cessait de tourbillonner autour de lui avec des attentions embarrassantes.

— Tu lui plais fort, remarqua Harper.

— C'est une gosse.

— Mais elle est célibataire, elle.

Il porta la tasse à ses lèvres et but sans hâte.

— Je m'en vais, rappelle-toi.

— Même si tu restais elle ne t'intéresserait pas.

Sloan songea que pas une femme au monde ne retiendrait son attention à moins qu'elle n'ait les cheveux blonds, les yeux bleus, et l'air si fatigué et si doux en même temps qu'il avait mal rien qu'à l'imaginer. Et plus mal encore en se souvenant de la façon dont elle avait caressé et baisé ses cicatrices, avec tant de douceur et de tendresse... Avec le temps, aurait-elle guéri aussi les blessures de son âme ? Mais le temps, c'était précisément ce qui leur manquait.

— Quand pars-tu ?

— Lundi.

— Ça va aller ?

— Bien sûr ! C'est un bon boulot.

— Tu sais de quoi je parle.

— Ça ira, assura Sloan avec une toute petite hésitation.

Quelques secondes s'écoulèrent.

— C'est mieux ainsi, Sloan.

Harper avait raison. De cette façon, Anna et lui continueraient à vivre comme avant. Elle ne saurait rien de Beyrouth, et il aurait sauvé la face.

— Sortons demain soir, dit Harper. Juste toi, moi, et une bouteille de Jack Daniel, histoire de te souhaiter bon voyage.

— Ouais, peut-être.

Mais il cherchait déjà une excuse. Il n'avait pas envie de compagnie, ni celle de Harper ni encore moins celle de Tammie, qui s'apprêtait à revenir à la charge.

— Allons-y, dit Sloan en se levant.

En se dirigeant vers la porte, Harper remarqua :

— Tu lui brises le cœur.

Il ne répondit pas. On ne meurt pas d'amour. Sinon, il serait déjà en train de manger les pissenlits par la racine.

Les pas d'Anna résonnaient avec un bruit caverneux sur le parquet ciré du magasin d'Inez Gouge. Elle aussi se sentait caverneuse. Cette semaine l'avait vidée de toute émotion, la laissant creuse et démunie de tout, ce qui était à la fois inespéré et effrayant. Cependant, quelque chose allait bouleverser ce néant, elle le pressentait. Même Carrie avait abandonné son éternel optimisme.

Les pattes du caniche cliquetèrent derrière elle. Le chien, tout comme sa propriétaire, ne l'avait pas quittée du coin de l'œil. Le tintement de la clochette signala l'arrivée d'un autre client mais elle ne s'en soucia pas. Du lait, du pain, du beurre... avaient-ils besoin d'œufs ? Elle l'ignorait et s'en moquait.

Elle venait de quitter le rayon crémerie quand elle le vit. Ce qui l'effraya le plus, c'est qu'elle ne ressentit rien non plus en sa présence. Pas de battements de cœur accélérés, rien. Elle le reconnaissait, c'est tout. Il avança vers elle. Il avait vu sa voiture devant le magasin et s'était ordonné de continuer sa route mais n'en avait pas eu la force. Il vit alors ses yeux vides. Un vide total et terrifiant.

— Tu vas bien ? chuchota-t-il.

— Non.

C'était la première fois qu'elle l'admettait. Il comprit qu'elle avait atteint la limite.

— Oh, Anna ! Je suis tellement désolé de t'avoir fait ça, dit-il d'une voix lourde de regrets.

— Tu ne m'as rien fait.

— C'est faux. J'ai compliqué ta vie déjà si difficile.

— Tu ne l'as pas fait exprès.

Il s'apprêta à prononcer la phrase la plus pénible de son existence.

— Je m'en vais.

— Je sais.

Elle l'avait compris en le voyant. Mais ce qu'elle avait tellement redouté ne lui faisait plus aucun effet.

— Quand ?

Il le lui dit : lundi matin il partrait, pour toujours.

— C'est mieux ainsi, ajouta-t-il. Tu vas pouvoir reprendre ta vie normale.

— Je ne suis pas certaine d'avoir une vie à reprendre.

— Ne dis pas ça !

Il s'aperçut qu'il avait parlé trop fort. Elle eut un sourire mécanique.

— Quelquefois, il est simplement trop tard. Je ne sens plus rien. Je ne veux plus rien sentir. Du moins, c'est ce que je voulais, mais maintenant ça me fait peur.

Il en eut la gorge serrée. Lui avait le pouvoir, mais pas le droit, de la faire revivre.

— Je t'aime, Anna, dit-il d'une voix plus douce qu'une nuit de pleine lune. Je suis tombé amoureux de toi le premier jour sur la plage. Et un peu plus chaque fois que je t'ai vue. Je t'aimerai pour le restant de ma vie, je le sais.

Elle n'avait pas entendu ces mots depuis si longtemps qu'elle avait oublié comme ils étaient précieux, pleins de poésie et de promesses. Comme ils tombaient doucement sur le cœur d'une femme. Malgré le néant qui l'emplissait, elle les chérit et leva la main pour caresser la joue de Sloan, avant de se souvenir qu'ils étaient dans un lieu public.

Il eut l'impression qu'elle l'avait touché.

— Je ne peux pas prononcer ces mots, Sloan. Comprends-le, je t'en prie.

— Je le comprends, répondit-il en admirant sa loyauté malgré la déception. Promets-moi une chose : que tu ne m'oublieras pas.

— Je crois qu'il n'y a pas le moindre risque.

Cette réponse était tout ce qu'il pouvait espérer.

— Ne me dis pas adieu, demanda Anna. Éloigne-toi seulement.

Ils se dévisagèrent, engrangeant des souvenirs pour toute une vie. Puis brusquement, comme s'il ne pouvait en supporter plus, Sloan fit demi-tour et marcha d'un pas vif. Au bout de la travée il s'arrêta. *Non, ne te retourne pas !* supplia-t-elle, et après un instant il poursuivit son chemin. Elle le regarda disparaître, entendit la clochette de la porte. Comme un glas sonnant la fin de tout ce qui aurait pu être.

— Allez, prends ça et vas-y, dit Carrie le même soir en jetant les clés de voiture sur les genoux d'Anna.

Celle-ci se tourna vers son mari qui hocha lentement la tête.

— Mais où irais-je ?

— N'importe où. Tu as besoin de sortir un peu.

Que Carrie se rendît compte de son état lamentable ennuyait Anna. Elle ne devait pas être loin de la camisole pour que sa belle-sœur en prenne conscience. Sloan lui avait dit qu'il l'aimait, puis il était parti à jamais, et pourtant elle ne ressentait toujours rien. Cela signifiait probablement un trouble psychique grave.

Carrie fit le geste de chasser une nuée d'oiseaux.

— Va au cinéma, par exemple. Allez, allez ! Et ne te presse pas pour rentrer, on se débrouillera tous les deux, pas vrai Jack ?

Il se contenta de fixer sa femme. Elle obéit car elle n'avait pas la force de résister. Dans la voiture, elle mit le contact et écouta le bruit du moteur. Sloan faisait-il ses bagages ? Elle envia sa nouvelle installation, sa nouvelle vie. Elle embraya et se dirigea vers la ville, dépassa le cinéma aux néons brillants. Elle continua de rouler dans la campagne, jusqu'au village suivant. Elle ne pensait qu'à Sloan et à leurs conversations.

La déception fait partie de la vie... Non, de la mort... Avez-vous réellement les yeux noirs sous ces lunettes de soleil ?... Oui, je vous montrerai demain... Avez-vous un prénom ?... Oui, je vous le dirai demain... Être humain est intolérable... Pourquoi des coquillages intacts ?...Je respecte les survivants... Quel était le nom du bateau ?... La Mary Jane... et pour une nuit, chaque mois, les amants se retrouvent sur la plage... Je vous aimerai pour le restant de ma vie.

Elle fit demi-tour et reprit la direction de Cook's Bay. Non pas de sa maison, de son mariage en lambeaux, mais de la mer. Là où elle avait rencontré Sloan. Les vagues, douces et provocantes, l'appelèrent par son nom, lui promirent d'être ses amies, son amant, de combler le vide qui s'était creusé au plus profond d'elle-même.

22

ANS le ciel de satin, la pleine lune déversait sa splendeur sur la mer. Tels des surfeurs, des éclats de lumière chevauchaient les vagues, dansaient sur leur crête puis venaient s'échouer en soupirant. Les étoiles semblaient retenir leur souffle éclatant pour un événement sur le point de se produire.

Le sable était froid et humide sous les pieds de Sloan qui, lui aussi, percevait cette attente inexplicable. Par une ironie amère, ce jour-là, il avait trouvé le bivalve qu'Anna avait cherché tout l'été. Il était là, à ses pieds, à demi enfoui dans le sable. Il avait rassemblé toute sa volonté pour ne pas l'écraser. Il ne symbolisait plus rien. L'amour ne survit pas. Anna et lui allaient suivre des chemins séparés, et elle s'accrocherait à un mariage qui ne signifiait plus rien non plus.

Tant d'injustice le mit en colère et l'empêcha de trouver le repos. Chaque fois qu'il tentait de se calmer son visage lui apparaissait en gros plan. Le vide de son regard le hantait. Mon Dieu, que lui avait-il donc fait ? Pourquoi avait-il fallu qu'il tombe amoureux d'une femme mariée ?

Et que faisait-il là, marchant sur cette plage comme si cela allait l'aider à conjurer son image ? Le clair de lune et les étoiles se moquaient de lui, la faisant apparaître derrière chaque rocher, chaque vague. Quand il vit la silhouette qui remontait la plage, il crut l'imaginer. En la reconnaissant, il se dit qu'il planait haut dans un monde de fantasmes. Ce n'est que lorsqu'elle se dirigea vers lui, ses boucles voletant dans le vent, qu'il osa y croire.

En arrivant sur la plage, Anna avait ressenti l'étrange magie qui baignait la nuit. Elle n'aurait pas été surprise d'apercevoir les amants de la légende de Sloan ; et quand elle distingua la silhouette, elle se dit qu'il s'agissait sûrement du capitaine au cœur brisé. Sloan s'arrêta à sa vue ; alors seulement elle comprit que c'était lui.

L'impression qu'il allait se passer quelque chose grandit en elle, mais elle n'éprouvait toujours aucune émotion. La mer, les étoiles, la lune semblaient retenir leur souffle et attendre, attendre... Un dialogue insensé s'éleva en elle.

Ce moment ne reviendra pas, murmuraient les vagues.

Bientôt il s'en ira à jamais, chuchotaient les étoiles.

Est-il si mal de vouloir vivre cette nuit pour vous-mêmes ? ajouta la lune.

Mal. Bien. C'étaient des concepts trop civilisés pour le désir essentiel, primitif, qu'elle ressentit alors. Elle avança vers Sloan. Sans doute la mer bienveillante les avait-elle réunis sur la plage pour combler ce désir, le satisfaire enfin. Elle lui offrait cet homme, et chacun sait qu'on ne refuse pas les cadeaux de la mer. Surtout quand on les convoite si violemment.

— Anna ?

Que voulait-elle de lui ? Que lui permettrait-elle ?

— Fais-moi vivre, implora-t-elle doucement, intensément, comme si elle ne pouvait supporter une minute de plus dans ce néant qu'était devenue son existence.

Sa prière pulvérisa le peu de contenance qu'il avait

gardée et il sut jusqu'où elle voulait aller. Il n'eut plus qu'un désir, répondre à son besoin, leur besoin. Bien ou mal, cela ne comptait pas, quand son âme explosait d'amour pour cette femme.

Il la prit dans ses bras, l'écrasa contre sa poitrine. Elle lui rendit son étreinte avec une force égale. Unis, ils se tinrent devant la mer, au milieu des vagues qui léchaient leurs pieds nus, contre le vent qui s'engouffrait dans leurs vêtements. La magie de la nuit entra en eux. Quand il l'embrassa, elle éprouva la plus pure des émotions qu'elle ait jamais éprouvées. Elle dit tout bas :

— Aime-moi.

— Es-tu certaine de ce que tu me demandes ?

— Oui. Plus que jamais.

— Anna...

— Ne dis plus rien. Aime-moi. Ici. Maintenant.

Elle se haussa sur la pointe des pieds et effleura ses lèvres.

— Je t'appartiens. Je le sais, je le sens ici.

Elle prit sa main et la guida contre sa poitrine.

— J'ai essayé de prétendre le contraire, mais à présent j'en suis sûre.

— Moi aussi j'ai essayé, fit-il d'une voix grave. Mais je t'appartiens.

Il porta la main fine à ses lèvres et baisa chaque doigt. Quand il effleura son alliance, il s'arrêta. Leurs yeux se rencontrèrent.

— Enlève-la, murmura-t-il.

Elle la glissa dans sa poche. Elle se sentit bizarre sans son alliance, libre.

— Je t'en ferai une, avec les diamants et les émeraudes cachés dans le sable.

— Cette nuit, nous serons ces amants-là.

Il fit semblant de glisser un anneau à son doigt.

— Je t'épouse, Anna. Sois mon amour, ma femme, pour cette nuit.

Son geste, la façon de prononcer son nom, l'émurent et elle murmura son prénom en retour, douce incantation.

— Viens au phare avec moi.

— Non, ici, sur la plage.

— Anna, c'est impossible. Pas ici. Nous...

Elle posa ses lèvres sur les siennes et il se sentit de nouveau perdu. Prenant sa main, il dit :

— Viens.

Il l'emmena dans la crique bien abritée, silencieuse et tranquille telle une cathédrale. Ici, rien de mal ne pouvait advenir. Il l'attira contre lui, sentit ses seins, ses hanches. Elle répondit avec tant d'ardeur qu'elle en fut surprise elle-même. Elle aima cette sensation. Beaucoup. Elle se pressa plus fort contre lui, perçut son désir intense. La franchise de sa réaction enflamma Sloan. Elle était son amour, sa femme.

Elle avait la sensation de brûler, de bientôt perdre tout contrôle de ses sens et en même temps, tout cela était naturel et juste. Il aima la façon dont elle le regarda droit dans les yeux tandis que des vagues de plaisir la parcouraient tout entière. Ensuite, elle n'exprima pas la moindre gêne en lui avouant :

— Je n'avais pas imaginé cela.

Il crut se noyer dans le bleu profond de ses yeux.

— Je sais. J'ai trouvé cela plutôt... sexy.

— En vérité, moi aussi.

Elle sourit, et il se mit à rire doucement. Puis il eut envie de pleurer, parce que les sourires d'Anna étaient si rares.

— Maintenant, prends-moi, murmura-t-elle.

Il gémit, baisa son cou, ses lèvres. Chacun se perdit en l'autre et le temps s'immobilisa. Elle entendait la mer qui montait et descendait dans l'air salé. Elle s'aperçut que Sloan l'aimait au rythme des vagues qui s'écrasaient sur la plage chaque fois un peu plus fortes, plus sauvages, avides d'explorer une terre inconnue. Leurs baisers se firent moins doux, leurs caresses plus brûlantes. Il déboutonna son corsage, baisa ses seins, revint à sa bouche. Anna gémissait de désir. Il la dénuda jusqu'à la taille et la serra contre lui, puis elle embrassa chacune des cicatrices de son dos. Quand il glissa ses mains sous sa jupe, elle se mordit les lèvres pour ne pas crier, mais de nouveau il s'arrêta.

— Donne-moi toute la nuit, Anna. C'est tout ce que j'aurai jamais de toi.

Enfin lui-même perdit patience et la coucha sur un lit de sable tandis que la lune baignait leurs corps nus de lumière, et que la mer murmurait ses mots d'amour. Anna se sentit sombrer dans un océan d'extase, de sensations, non, d'une sensation unique qui l'emplissait tout entière. C'était assez, c'était pour toujours, et elle se cambra pour la laisser entrer car les images qu'elle garderait de cette nuit-là devraient durer toute une vie.

Il est des souvenirs assez puissants, assez magiques, pour cela.

Il l'avait perdue. Il le sut à l'instant même. Jamais on ne fit l'amour avec tant d'abandon, de sensualité et de perfection. Leurs corps étaient encore enlacés, leurs battements de cœur tellement à l'unisson qu'on n'aurait pu les séparer, mais il sut que c'était la fin quand elle caressa doucement sa joue, le regarda en murmurant son nom. Une seule fois

Il aurait voulu hurler *Non !* en la voyant redescendre à l'intérieur d'elle-même, mais il la laissa rouler loin de lui. Elle épousseta le sable comme elle put, enfila ses vêtements, calme et lointaine. Il la regarda quitter la crique sans se retourner. Il l'appela mais elle ne répondit pas. Il s'assit et écouta la mer, la nuit. Il n'avait pas seulement perdu Anna, mais il s'était perdu lui-même.

Elle ouvrit la porte en priant pour que Carrie soit allée se coucher ! La maison était sombre, excepté la lueur de la veilleuse chez Jack. Elle alla jeter un coup d'œil. Il était seul et dormait. Elle n'éprouvait aucune culpabilité, comme si une autre femme avait aimé Sloan, celle qui lui appartenait. Comme c'était étrange ! Mais le salon s'éclaira brusquement tandis qu'elle posait le pied sur la première marche. Personne ne venant, elle se sentit obligée d'aller voir. Elle ajusta ses vêtements, passa la main dans ses cheveux emmêlés et entra.

— Meg !

La jeune femme se tenait devant la cheminée, rigide et sévère. Elle attendait le retour de sa mère depuis longtemps. La froideur de son regard emplit Anna de crainte.

— Je... je croyais que tu devais réviser tes examens.

— J'étais inquiète pour papa. Où étais-tu ?

Cela sonnait comme une accusation.

— Je suis sortie. Ta tante et ton père m'ont suggéré d'aller au cinéma. Pourquoi ces questions ?

— Tu y es allée ?

— Non. J'ai roulé.

— Et où as-tu oublié tes chaussures ?

Anna réussit à ne pas baisser les yeux.

– Dans la voiture. Je suis allée me promener sur la plage.

Du sable était-il resté dans ses cheveux ? Ses lèvres étaient-elles marquées des baisers de son amant ?

— Ton alliance aussi ?

De nouveau, elle parvint à ne pas baisser les yeux vers son doigt nu. Elle sentait encore le poids de l'anneau imaginaire que Sloan y avait glissé. Elle le sentirait toujours.

— Non. Elle est dans ma poche.

— Parfait. Loin des yeux, loin du cœur.

— Meg...

— Tu étais avec lui, c'est ça ? Mon Dieu, maman, comment est-ce possible ? Avec papa qui gît dans son lit, qui se débat pour vivre...

D'instinct, Anna fit un pas vers elle.

— Meg...

— Je l'ai vu venir. À la soirée du 4 juillet, vous ne vous quittiez pas des yeux, c'en était gênant.

— Meg, vas-tu m'écouter ?

— Non ! Je n'écouterai pas tes explications de chatte en chaleur !

La gifle qui claqua sur la joue de Meg résonna dans toute la pièce. Elles en furent toutes deux sidérées. Anna avait l'air incrédule tandis que des larmes jaillissaient des yeux de Meg et elle eut soudain mal au cœur. Meg, comme une petite fille, recula quand sa mère approcha pour la consoler.

— Meg, mon poussin, je suis désolée.

La jeune fille s'élança vers la porte.

— Meg, attends ! Nous devons parler !

Elle la rattrapa par le bras. Meg cria sur un ton plein de suffisance :

— Je n'ai rien à te dire ! Plus jamais !

Elle se dégagea et sur le seuil, les yeux secs, elle déclara :

— Je préférerais voir papa mort que le laisser apprendre que tu l'as trahi.

Anna fut incapable de répondre. Il était difficile de parler alors que son cœur venait de lui être arraché de la poitrine et jeté à ses pieds.

Sous la douche, elle se dit que toute l'eau du monde ne la laverait pas de son péché. Avec la terrible phrase de Meg résonnant dans sa tête, elle se rendait compte de la gravité de son acte, jusque là occulté par la magie née de sa rencontre avec Sloan, le feu de leur passion.

La réalité glacée représentée par Meg la forçait à voir ce qu'elle était devenue : une femme adultère.

Pourtant, ce n'est pas ainsi qu'elle se voyait. Une femme adultère est celle qui se glisse dans l'ombre, que les autres méprisent et insultent, pas celle qui songe à ce qu'elle va faire pour le dîner, s'inquiète du coût des études de sa fille qu'elle aime par-dessus tout, qui s'est efforcée de rester amoureuse de son mari et a combattu jusqu'au bout son attirance vers un autre.

En soupirant, elle s'enveloppa dans sa serviette et essuya le miroir embué. Avec son visage dépourvu de tout maquillage et ses boucles mouillées, elle n'avait rien d'une femme fatale. Elle avait lu un jour que la pensée valait l'action. Dans ce cas, elle avait trompé Jack bien avant cette nuit. Son péché ne résidait que dans son manque de repentir. Être avec Sloan était la chose la plus juste qu'elle eût jamais accomplie. Elle s'était sentie vivante, comblée. Il l'avait éveillée à la vraie vie. Il lui avait fait éprouver des émotions réelles.

Non, cela ne se reproduirait jamais mais elle ne regrettait rien. Elle trouverait le moyen de rentrer dans les bonnes grâces de Meg, de lui faire comprendre tout cela.

Dormir était hors de question, mais elle demeura allongée sur son lit. Avec quelques heures de repos, peut-être trouverait-elle la force d'affronter le jour à venir. Meg serait peut-être plus raisonnable. Elle se tourna sur le côté. Contre sa volonté, la pensée de Sloan ne la quittait pas.

Je t'épouse, Anna. Sois mon amour, ma femme, Anna... pour cette nuit... cette nuit seulement...

Son gémissement se confondit avec un bruit perçant. Elle s'assit, devina qu'un caillou avait heurté sa fenêtre. Et qui l'avait lancé. Elle écarta les rideaux et le vit, dans l'ombre d'un arbre. Elle enfila un survêtement et descendit très doucement. Brusquement, une porte s'ouvrit – celle de Carrie. Elle s'aplatit contre le mur et retint son souffle jusqu'à ce que sa belle-sœur soit entrée dans la salle de bains.

Sloan l'attendait à la porte de derrière, caché dans un coin sombre car la lumière extérieure était allumée.

— Tu ne devrais pas être là, chuchota-t-elle.

— Je sais.

Oh oui ! Il le savait bien. Il avait arpenté la maison du phare en se promettant de ne pas aller la voir, et pourtant il était venu, parce qu'il le fallait. Il avait fait d'elle ce qu'il était, un traître à ses principes, et il savait à quel point ce pouvait être dévastateur.

— Il fallait que je sache si tu allais bien.

— Je vais bien, répondit-elle, bien qu'elle n'en soit pas sûre.

Malgré sa résolution de ne plus le voir, elle mourait d'envie de se jeter dans ses bras, de se perdre dans sa force, sa sensualité, de l'aimer encore.

— Je devrais peut-être te demander de m'excuser pour ce qui est arrivé, mais je ne peux pas, parce que je ne le regrette pas.

— Moi non plus.

Il fut frappé par la beauté de ces mots. Il voulut la toucher – mais à la place passa la main dans ses cheveux d'un geste nerveux.

— Je t'en prie, Sloan, rentre chez toi. On ne doit pas te trouver ici. Meg sait ce qui s'est passé. Elle l'a très mal pris. Je l'ai giflée.

— Je suis désolé, Anna. Je ne veux pas être la cause de tes ennuis...

— Alors, pars.

— Mais nous devons parler !

— Non, nous n'avons rien à nous dire.

Soudain son calme fit enrager Sloan. Il tombait en morceaux et elle restait là, si froide !

— Ne me dis pas que cette nuit ne compte pas pour toi. Je sais que c'est faux !

— Je ne dis pas cela. Cette nuit a été tout pour moi. Mais c'est fini. Ce qui s'est passé ne change rien à l'avenir.

— Bien sûr que si !

— Baisse la voix ! Qu'est-ce qui change ? Je suis toujours mariée, et mon mari a plus que jamais besoin de moi.

— Moi aussi.

La rigueur d'Anna l'abandonna.

— Et que veux-tu que je fasse ? Que je le quitte ? Que je tourne le dos à mes responsabilités comme je l'ai fait pour ma fidélité ? Que je parte avec toi en faisant comme si cela n'allait blesser personne ?

— Oui, par Dieu, c'est ce que je veux !

— Eh bien, c'est peut-être ce que je veux aussi mais ce que je veux ne compte pas !

Il fit un pas vers elle mais elle recula. Il aurait voulu mourir là, sur-le-champ.

— Ne me touche pas ! J'ai trop besoin de toi.

— Comment est-ce possible ? Comment ai-je pu te trouver et te perdre dans le même été ? Qu'on me pardonne, mais la mort de ton mari serait bien la meilleure solution pour tout le monde.

Stupéfaite, effrayée, elle s'exclama :

— Mon Dieu, Sloan, que veux-tu dire ?

— Rien, rien du tout. Seulement que nous sommes pris au piège de la plus amère des ironies.

À cela elle ne pouvait qu'acquiescer et reconnaître que la remarque de Sloan reflétait ses propres pensées.

— Anna, je ne voulais pas dire...

— Je sais.

C'était vrai. Il était incapable d'un acte pareil. Elle revit l'amant si tendre qu'elle ne connaîtrait jamais plus.

— Pars, le supplia-t-elle, pendant que j'ai la force de te laisser aller.

Il la quitta, sans un mot de plus, parce qu'elle commençait à trembler et qu'il ne pouvait la laisser souffrir plus longtemps à cause de lui.

De retour dans sa chambre, elle se demanda si Sloan avait été vu, si la douleur s'effacerait jamais de son âme, si elle avait raison de penser que la pensée valait l'action. Car dans ce cas, elle venait de se rendre coupable en souhaitant la mort de son mari.

Sloan se tenait à la limite des vagues, regardant le coquillage dans sa main. Dans l'émotion de sa conversation avec Anna, il avait oublié de le lui donner. Or plus rien n'avait d'importance, sauf le fait qu'il ne la reverrait jamais. Il aurait voulu arracher les deux parties du bivalve à la manière dont Anna et lui s'étaient arrachés l'un à l'autre, mais ne put s'y résoudre. Il le jeta dans l'eau et la mer le reçut. Il adressa un dernier coup d'œil à la maison. Aussi effrayante, horrifiante qu'elle soit, la vérité était que la mort de Jack Ramey serait une libération pour tout le monde.

Il était parti, songea Jack, refusant de l'appeler par son nom. Il avait entendu Anna descendre et savait qu'elle allait le rejoindre. Au début, il avait souffert de les savoir ensemble, mais plus maintenant. Cette nuit, rien ne lui faisait mal. Il avait le cœur léger, l'esprit lucide. La mer lui avait parlé. Il percevait le doux murmure des vagues l'attirant dans leurs paisibles profondeurs.

Rejoins-moi, susurrait la mer, *et je te ferai partager ma sagesse.*

Jack soupira. Pour la première fois, il voyait son existence en perspective. Il avait porté un lourd fardeau ; la maladie avait sapé les fondations de sa vie. Trop souvent, il avait reporté ses frustrations sur Anna, mais il avait toujours réagi en être humain, se battant sans répit, parfois avec succès, parfois sans.

Oui, murmurait la mer, *tu as appris ma sagesse. Les choses ne sont que ce qu'elles sont. Les êtres humains ne sont qu'humains. Tout comme moi, la mer, je ne suis ni plus, ni moins que la mer.*

Une impression de sérénité l'enveloppa, accompagnée d'une émotion chaleureuse et intense : le pardon.

La maisonnée ne dormait pas. Anna guettait les bruits provenant des chambres de Carrie et de Meg. Pensant qu'elle pourrait peut-être parler à Meg tout de suite au lieu d'attendre le matin, elle ouvrit sa porte, et perdit courage. Elle la vit descendre et disparaître dans la chambre de son père. Elle se recoucha et tomba dans un sommeil léger, ne pouvant abandonner l'idée que la mort de Jack libérerait tout le monde et lui en premier. C'est ce qu'il désirait. Et ce serait si simple d'accéder à sa prière.

Au matin, Jack Ramey était mort. Carrie et Meg pleuraient doucement et Anna ne pouvait verser une seule larme. Quand Sloan apprit la nouvelle par Harper, il annula son voyage. Harper employa le mot « obsession » à son égard. Sloan ne le nia pas.

23

Où était-il ?

Anna avait composé le numéro du phare jusqu'à en avoir mal aux doigts, en vain. Pour ne pas devenir folle, elle se prépara une tasse de thé qu'elle apporta dans le salon, près du feu, et l'oublia. Elle se mit à marcher de long en large, puis regarda le journal télévisé ; elle éteignit dès que survint Jake Lugaric rapportant avec jubilation les paroles du procureur. Mais les mots résonnaient dans sa tête : *Lâche... a cédé sous la torture... ne mérite pas de servir dans la marine... lâche...*

Un bruit léger interrompit ses pensées ; non, ce n'était que le vent, la pluie. Elle soupira... et l'entendit de nouveau, plus fort, venant de l'arrière de la maison. Elle l'identifiait à présent, celui d'un poing qui martelait la porte et ébranlait la vitre. Elle courut à la cuisine. Malgré la tempête au-dehors, elle reconnut aussitôt la silhouette imposante et ouvrit la porte en grand. Le vent s'engouffra mais Sloan ne fit pas mine d'entrer. Illuminé de façon fantastique par un éclair, il resta là à la regarder, puis dit avec un désespoir tranquille :

— Ne me renvoie pas.

Les pensées d'Anna s'affolèrent. Elle recula et lui fit signe d'entrer. Il portait un ciré jaune ; son jean dégoulinait sur le carrelage, ses cheveux ruisselaient sur son visage tout en crevasses et en rides qui semblaient avoir été forgées dans les heures précédentes. Il semblait vieilli, perdu, inconscient d'être trempé et frissonnant. Elle tendit la main.

— Donne-moi ton ciré.

Il la regarda comme si elle avait parlé une langue étrangère et elle se rendit compte qu'il était encore plus égaré qu'elle ne l'avait cru. Elle serait là pour lui, comme il l'avait été pour elle si souvent au cours de l'été. Sa vulnérabilité la rendait forte, si forte qu'elle se sentait prête à lutter contre n'importe qui pour le consoler.

— Donne-moi ton ciré, Sloan. Tu es trempé.

Il commença à le déboutonner en disant comme s'il venait de s'en apercevoir :

— Il pleut.

— Je sais.

Elle lui tendit une serviette.

— J'ai fait du feu dans le salon. Viens te réchauffer.

Elle prit le temps de préparer une autre tasse de thé et le rejoignit. Il était debout devant les flammes, les mains appuyées au manteau de la cheminée ; il avait ôté ses chaussures et jeté la serviette autour de son cou. Son tee-shirt, mouillé malgré le ciré, collait à ses épaules.

— Tiens, bois cela.

Bien que le thé soit bouillant, il en avala une grande gorgée, puis la regarda prendre un plaid aux couleurs criardes, assorti aux meubles de la maison, pour le draper autour de lui. Il frissonna quand elle l'effleura. Elle contempla son menton volontaire, ses joues envahies de barbe, ses lèvres humides de pluie. Elle s'aperçut que, malgré le prix à payer, malgré sa volonté, elle avait envie de l'embrasser. Elle s'éloigna.

— Où étais-tu ? Je t'ai appelé une douzaine de fois.

Depuis que Richard Hennessey avait étalé au grand jour les événements sordides de son passé, Sloan n'avait plus rien perçu, ni la pluie ni le froid, ni même le fait que ses pieds l'entraînaient chez Anna, ni le feu devant lui ni le thé brûlant – mais il avait senti son corps l'effleurer comme en rêve. Pourtant sa question et ce qu'elle impliquait pénétrèrent dans son cerveau.

— Tu m'as appelé ?

— Oui. j'étais inquiète. Où étais-tu ?

— Dans le Colorado. Les murs du phare m'écrasaient, alors je suis allé à la crique, j'ai écouté la pluie et imaginé des choses. Je suis bon, non, excellent, à ce genre d'exercice. Tout ce que tu voudras – marcher sur la lune, voyager en ballon autour du monde, faire sauter la banque à Monte Carlo, bronzer sur la Riviera... N'importe quoi pour échapper à la réalité.

Elle songea à la légende qu'il avait élaborée pour elle avec tant d'aisance ; cela prenait un sens si poignant à présent. Il avait survécu aux outrages infligés à son corps en faisant de son esprit un sanctuaire.

— Pourtant tous ces délires n'avaient qu'un but : te faire comprendre ce qui s'est passé à Beyrouth. Mais là, je ne suis pas assez bon ! Comment t'expliquer ce que je ne comprends pas moi-même ?

— Essaie.

Quelque chose dans la douceur de sa voix l'irrita.

— Je ne demande pas l'indulgence. Je n'en veux pas, je ne la mérite pas, alors ne me l'offre pas.

Anna songea que tous deux méritaient et avaient besoin d'indulgence, mais elle répondit simplement :

— D'accord. Dis-moi seulement ce qui s'est passé. Mais avant, sache que j'aurais pu le demander à Harper et que je n'en ai rien fait. J'attendais la vérité de ta bouche, pour avoir le droit de partager ton passé. Tout ton passé.

Il termina le thé, posa la tasse sur la cheminée et resserra le plaid autour de lui.

— La vérité est simple. Je suis un lâche, un traître, et un menteur. Je t'ai menti, à toi aussi. J'ai délibérément évité de te dire la vérité sur Beyrouth. Mensonge par omission, le pire.

Elle attendit un instant, puis demanda :

— Est-ce là ta façon de t'expliquer ?

Il soupira.

— Harper me tuerait s'il me savait là.

— Sans doute. Mais tu ne me réponds pas.

— Non, parce que je ne trouve pas les mots !

— Dis-les sans détour.

— Sans détour ? J'ai conspiré avec l'ennemi, ce que j'avais juré par serment de ne jamais faire. Ils voulaient le nom d'un agent israélien, je le leur ai donné, ils m'ont libéré et l'ont tué. C'est assez pour me traiter de lâche, ne trouves-tu pas ? Peu importe le nombre de médailles qu'on a pu me décerner.

— Oui, en effet, cela suffirait. Mais est-ce vraiment tout ? Les gens de Beyrouth ont-ils organisé une petite réception avec thé et biscuits en te demandant gentiment de leur donner ce nom ? Leur as-tu répondu, oui, bien sûr, que rien ne te ferait plus plaisir, sauf peut-être une seconde tasse de thé ?

Elle le laissa imaginer son absurde scénario.

— Cela ne s'est pas passé ainsi, n'est-ce pas, Sloan ? J'ai toujours été frappée par la façon dont tu minimisais l'importance de toute cette affaire. Comme s'il arrivait à tout le monde d'être pris en otage. Même lorsque j'ai découvert tes cicatrices, nous n'en avons pas réellement parlé. Et sais-tu pourquoi, Sloan ? Parce que ce qu'ils t'ont fait est innommable.

Elle prononça ces mots doucement, tranquillement, mettant en évidence leur sens profond.

— Ils – pas n'importe quels *ils* – t'ont maltraité de la pire des façons, au point que je me refuse, que je ne peux imaginer avec quelle sauvagerie, comme aucun être humain n'a le droit d'être traité. Tu dois le reconnaître, Sloan.

Une centaine de souvenirs hideux l'assaillirent, ces souvenirs autour desquels il avait construit un mur d'oubli et que les mots d'Anna faisaient ressurgir. Les genoux flageolants, il s'assit, la tête dans les mains. Elle se refusa à le rejoindre. Elle s'assit également, en silence, jusqu'à ce qu'il relève la tête, les yeux noyés.

— Son nom était Ezra Eshkol. Il avait trente-cinq ans, une femme et trois petites filles. Il était agent du Mossad. Nous n'avions travaillé que deux fois ensemble, mais je l'avais trouvé bien. Je l'appréciais. Dès l'instant où mes ravisseurs m'ont capturé, ils ont cherché à découvrir son identité. Ils ne connaissaient que son nom de code mais savaient que je pouvais l'identifier. Ils l'estimaient responsable – ils avaient peut-être raison – d'un raid de représailles contre des terroristes libanais qui avaient fait sauter un car d'enfants israéliens.

— Des gens très bien, en somme.

— Ouais. Je voulais qu'ils me tuent. J'ai prié pour cela. Quand j'ai compris qu'ils n'en feraient rien, j'ai fait mes plans pour me supprimer moi-même à la première occasion – me pendre, manger du verre, me taillader les poignets, tout ce que mon imagination me suggérait. Il n'y avait qu'un seul problème : ils me protégeaient fort bien contre moi-même.

Il se mit à rire.

— J'ai même essayé de m'obliger à mourir, mais ça n'a pas marché.

Elle sentit sa gorge se nouer à la manière indifférente dont il parlait du suicide. S'il avait réussi, elle ne l'aurait jamais connu. Ni la chaleur de ses bras, la tendresse de ses baisers, sa passion. Il reprit, d'une voix moins assurée :

— Je n'aurais jamais cru que... que l'on puisse survivre à pareils supplices. Mais si. Et encore, et encore.

Agité, il se leva et revint devant la cheminée.

— Je ne sais pas comment c'est arrivé. Un jour, j'ai craqué. Je me suis entendu prononcer le nom d'Ezra. Non, c'est faux. J'ai entendu quelqu'un hurler le nom d'Ezra et j'ai compris que c'était moi.

« Hurler » en disait plus long que ce qu'Anna avait envie d'entendre. Elle hésita de nouveau à le rejoindre, plus certaine maintenant d'avoir encore envie de le réconforter. Elle, elle en avait besoin, c'était sûr.

— J'ai cru qu'ils allaient me tuer après ça. Je veux dire, je ne leur servais plus à rien. Plus que jamais, je voulais mourir, pour ne pas avoir à vivre avec ce que j'avais fait. Mais ces salauds m'ont laissé partir et la première chose que j'ai apprise, c'est qu'Ezra était mort. Sa voiture avait plongé du haut d'une falaise. Cela avait l'air d'un accident, mais je savais à quoi m'en tenir.

— Tu n'es donc pas sûr d'être responsable de sa mort ?

Il se tourna vers elle, le visage sculpté de colère.

— Toi et Harper, vous ne comprenez donc pas que peu importe que ce soit un accident ou pas ? J'ai trahi Ezra. Je me suis trahi moi-même et j'ai trahi le devoir le plus élémentaire d'un soldat. J'ai été lâche, Anna, un lâche puant !

Les mots roulèrent dans la pièce de concert avec le tonnerre. Comme si cela l'avait calmé, Sloan se passa la main dans les cheveux tout en retenant le plaid autour de lui.

— Désolé. Je n'ai aucun droit de te faire subir cela.

— Seulement à toi, c'est ça ?

— Cela me semble évident, non ?

Elle n'insista pas.

— Et ensuite tu es rentré aux États-Unis, tu as voyagé puis tu t'es fixé ici ?

— Je suis d'abord allé voir la veuve d'Ezra.

Il ne précisa pas que c'était contre l'avis formel des

médecins parce qu'il n'était pas en état de se déplacer, mais qu'il les avait tous envoyés au diable. Il ne dit pas non plus que la femme d'Ezra et lui avaient pleuré dans les bras l'un de l'autre.

— Je lui ai tout raconté, et avoué que j'étais probablement responsable de la mort de son mari.

— Elle te l'a reproché ?

— Non.

— Ce qui t'a culpabilisé encore plus.

— Oui, répondit-il entre colère et angoisse.

Le feu craqua, une bûche glissa en envoyant une gerbe d'étincelles. La pluie tambourinait sur le toit de la maison.

— Dis-moi quelque chose, reprit Anna. Si les circonstances étaient différentes, si c'était Ezra qui avait donné ton nom sous la torture, lui en voudrais-tu ?

Il ne répondit pas.

— Non, je ne crois pas, continua-t-elle. Tu saurais qu'aucun être humain au monde n'aurait résisté à ce traitement.

Il garda le silence.

— Et pourtant, tu continues à vouloir te montrer surhumain.

Elle s'aperçut qu'on pouvait l'accuser de la même chose ; elle se débarrassa de cette pensée gênante parce que ce n'était pas d'elle qu'ils parlaient.

— Pourquoi cela, Sloan ?

— Non, Anna. N'essaie pas de me pardonner.

— Peu importe que je te pardonne ou pas. La rédemption ne réside que dans le pardon que tu t'accorderas à toi-même.

De nouveau, elle refusa de penser que cela s'appliquait aussi bien à elle.

— En ce cas, je ne serai jamais absous.

Son ton était sec, froid, définitif. Cela ajouté à ses yeux pleins de larmes et à la façon dont ses épaules s'affaissaient, émut profondément Anna. Ce n'était peut-être qu'un seul et même chagrin qu'ils partageaient. Elle aurait pu endurer le sien, pas celui de Sloan. Aussi, sans réfléchir plus longtemps, elle se leva et marcha vers lui. Il la supplia en silence de ne pas le toucher. Que deviendrait-il sinon ? Quand elle parla, sa voix le caressa mieux que ses mains n'auraient su.

— Tu n'es pas un lâche.

— Ne fais pas cela, Anna.

— Un lâche ne serait pas allé voir la femme d'Ezra.

— Non, je ne mérite pas...

— Un lâche ne serait pas venu ici ce soir. Ne le vois-tu donc pas ?

De nouveau ses mots, comme des doigts légers, apaisèrent son âme martyrisée. Il vit devant lui ce qu'il avait toujours vu en elle : une femme, une amie, une amante, lui-même. Et en cet instant il distingua autre chose encore – la possibilité, lointaine mais réelle, de trouver dans la compassion d'Anna la force de se pardonner à lui-même.

— Je vois une femme si semblable à moi qu'elle pourrait être mon reflet dans un miroir, qui sait ce que refuser d'être un simple humain veut dire, mais qui n'a pas la moindre idée de la façon dont elle pourrait se pardonner à elle-même. Nous faisons une belle paire, Anna.

Il eut un sourire triste.

— Oui. Une belle paire.

Une larme coula du coin de son œil. Gêné, il détourna le regard. Anna prit sa joue au creux de sa main pour le ramener à elle. Puisque ses mots avaient échoué, elle essaierait de faire parler son cœur. Levant la tête, elle posa ses lèvres contre les siennes, doucement, tendrement. Elles étaient tièdes, avec un goût de miel. Et elles tremblaient. Ou peut-être étaient-ce les siennes, ou bien tout son corps, repris par cette soif d'être réconforté ? Par le besoin de se pardonner comme elle lui pardonnait ?

Leur baiser se fit profond, et de passionné devint désespéré. Il se termina brusquement et Sloan attira Anna à lui. Le plaid glissa, tomba, comme leurs entraves, et ils s'accrochèrent l'un à l'autre avec force, comme des amants qui ont peur de l'avenir.

L'avenir. Anna ne pouvait le laisser croire que cette nuit engageait le futur.

— Ce soir ne change rien.

Mais tous deux savaient que c'était faux. Il était venu à elle avec le pire de ses secrets, et au lieu de les séparer, il avait forgé entre eux un lien plus puissant encore. Et chacun avait commencé à croire en la rédemption.

Le lendemain tout s'écroula. Le journal télévisé du matin rapporta la visite de Sloan à Anna la nuit précédente. Lugaric, subodorant que Sloan chercherait du réconfort auprès d'elle, les avait guettés. Ils s'en voulurent de s'être montrés si stupides, et plus encore d'avoir déçu Harper. Celui-ci ne dit pas un mot, ne fit pas une remarque. Sloan et Anna croyaient avoir connu le pire du procès. Ils se trompaient.

Toujours aussi fanfaron, Hennessey annonça son dernier témoin : Arty Watteau, le chauffeur un peu simplet des pompes funèbres. Harper objecta que ce nom ne figurait pas sur la liste proposée, le procureur s'excusa en arguant de la découverte d'un nouvel élément. Arty Watteau raconta donc, en bafouillant, qu'on l'avait envoyé à l'aéroport chercher la fille de la défunte Esther Wright, mais qu'il avait oublié en route où il devait aller. Il déclara sans honte que cela lui arrivait quelquefois. Il s'était retrouvé sur la plage où il avait trouvé une chose bizarre ; c'est sa mère qui avait deviné de quoi il s'agissait et averti le shérif Tate.

Jubilant de malveillance, Hennessey produisit alors la découverte : un flacon d'insuline vide, une grosse seringue, une ceinture de cuir noir, le tout enveloppé dans une écharpe jaune. Il fit appeler deux témoins, Meg et Carrie, qui certifièrent que l'écharpe appartenait à Anna.

Le tribunal sombra dans le chaos.

Anna et Sloan restèrent figés sous le choc.

— Maître Fleming, la défense est-elle prête à continuer ?

— Oui, votre Honneur.

Malgré sa stupeur, Anna décela la feinte dans l'enthousiasme de Harper. Durant les dix minutes qui avaient suivi le témoignage d'Arty Watteau, ni lui, ni Sloan ni elle n'avaient prononcé un mot.

— La défense appelle le Dr Philip Goodman.

Harper s'approcha de lui en souriant.

— Docteur, j'aimerais rafraîchir la mémoire des jurés concernant votre témoignage précédent. Affirmez-vous toujours que la santé de Jack Ramey aurait continué à se détériorer ?

— Oui.

— Vous avez déclaré que Jack Ramey était au courant de son état et qu'il craignait plus de ne pas mourir que le contraire. Est-ce toujours valable ?

— Oui.

— Vous avez également déclaré que vous n'aviez pas été surpris d'apprendre que Jack Ramey avait demandé qu'on l'aide à mourir.

— C'est exact.

— Une dernière question. Pouvez-vous affirmer que Jack Ramey ne s'est pas administré lui-même la piqûre fatale ?

— Non, je ne le peux pas.

— Pas d'autres questions, dit Harper en revenant au banc de la défense.

Richard Hennessey, toujours triomphant, se leva.

— Vous avez déclaré que vous estimiez que Jack Ramey était incapable de s'injecter lui-même l'insuline fatale directement dans la veine de son bras. Le pensez-vous toujours ?

— Oui.

— Pas d'autres questions.

Anna et Sloan, toujours en état de choc, se regardèrent. Pourtant il lui sourit légèrement, pour la rassurer. Elle ferma les yeux dans l'espoir de se rappeler leur baiser, mais seule lui vint l'image d'un flacon et d'une seringue, d'une ceinture et d'une écharpe.

— La défense appelle Mme Alice Gay.

Ce nom ne dit rien à Anna, pourtant elle avait vu la jeune femme quelque part. Mais où ?

— Où travaillez-vous ? demanda Harper.

— Au *Bon Pasteur*.

Elle la reconnut alors : c'était l'une des infirmières de nuit de l'hôpital.

— Parlez-nous de la conversation que vous avez eue avec Jack Ramey durant son dernier séjour.

— Je ne me souviens plus de la date exacte. Sa femme était allée à la cafétéria et je lui faisais sa piqûre d'insuline. Je plaisante souvent avec les malades, vous savez. J'aime bien les faire sourire. J'ai dit que j'allais lui donner une dose propre à le faire planer et que nous danserions un boogie tous les deux.

— Qu'a-t-il répondu ?

— Il m'a demandé s'il m'était déjà arrivé de donner une overdose de médicament pour planer. J'ai ri et répondu « Bien sûr que non ! » Il a dit alors : « Cinquante unités d'insuline me suffirait pour planer définitivement ». J'ai répondu qu'il en faudrait probablement bien moins que ça. Je croyais qu'il plaisantait.

— Avez-vous eu l'occasion de réviser votre jugement ?

— Oui, en lisant les rapports du procès dans le journal. J'ai pensé que peut-être M. Ramey avait attenté à sa propre vie. C'est pourquoi je vous ai contacté.

— Merci de votre témoignage.

— Contre-interrogatoire, maître Hennessey ?

— Oui, votre Honneur. Madame Gay, Jack Ramey a-t-il formellement indiqué qu'il avait l'intention de mettre fin à ses jours ?

— Non.

La défense appela ensuite le père Santelices, ce qui surprit Anna.

— Vous est-il arrivé de rendre visite à Jack Ramey ?

— Oui, plusieurs fois.

— De quoi parliez-vous ?

— Du temps, du base-ball, de sa santé, de sa femme et de sa fille.

— Et du catholicisme ?

— Une fois. Enfant, il avait été élevé dans la foi catholique, mais adulte il s'en était éloigné, sans toutefois renier les doctrines de l'Église.

— Avez-vous parlé du suicide ?

— Non.

Hennessey se pencha vers son assistant avec un sourire supérieur, qui s'effaça lorsque le prêtre ajouta :

— Du moins pas ouvertement.

Le rictus de Hennessey disparut.

— C'est-à-dire, mon père ?

— Il m'a dit que ce qui l'avait détourné d'aller à la messe, c'est la rigidité de certaines prises de position de l'Église catholique. Sur le contrôle des naissances, l'avortement et le suicide. À cette époque, je ne pensais pas qu'il envisageait de mettre fin à ses jours.

— Quelle est la position de l'Église catholique concernant le suicide ?

Hennessey voulut faire objection, mais le juge Waynon autorisa la question et le père Santelices expliqua que dans le passé, le suicide était considéré comme un péché absolu. Or, le Vatican avait assoupli la règle et jugé qu'on ne pouvait refuser de sépulture chrétienne à celui qui avait mis fin à ses jours, supposant qu'il avait pu se repentir au dernier moment.

— Cependant, il y a toujours un ostracisme attaché à cet acte ?

— Oui, en effet. J'ai connu plusieurs cas où les êtres aimés dissimulaient le fait que la personne décédée s'était donné la mort.

— Avez-vous remarqué certains traits communs à ces différentes familles ?

— Oui. Elles se sentaient blessées, déconcertées, et en quelque sorte, responsables. Comme si elles auraient dû prévoir la chose.

— Une dernière question, mon père. L'idée que Jack Ramey ait pu se suicider vous a-t-elle surpris ?

Le prêtre fit une pause.

— Au début, je n'ai rien soupçonné. Puis je me suis rendu compte qu'il était très perturbé et que son état de santé empirait. Finalement, je crois que je n'ai pas été surpris.

— Pas d'autres questions.

— Moi non plus, fit Hennessey en réponse à l'interrogation muette du juge.

Bien que les témoignages de l'infirmière et du prêtre lui aient été favorables, Anna songeait que ce devait être peu de choses à en juger par l'expression toujours aussi avantageuse du procureur, qui avait l'air d'un chat ayant lapé tout un bol de crème.

— Votre prochain témoin, maître Fleming ?

— La défense appelle Carrie Douglas.

Comme précédemment, personne n'aurait pu soupçonner Carrie et Harper d'être autre chose que témoin
et avocat.

— Madame Douglas, vous êtes la dernière personne
à avoir vu votre frère vivant, c'est bien cela ?

— Oui. Il était minuit.

— Vous ne veilliez pas votre frère lorsque vous passiez la nuit chez les Ramey ?

— Si, mais entendant du bruit dans la maison j'ai
pensé qu'Anna ou Meg s'en chargeaient.

— Vous assurez que cette écharpe jaune appartient
à Mme Ramey ?

— Oui. Elle la mettait quelquefois pour se rendre à
la plage.

— Et quand elle ne la portait pas ?

— Elle la laissait ici ou là.

— Si bien que n'importe qui dans la maison aurait
pu s'en servir ? Par exemple, la nuit où Jack Ramey
est mort ?

Elle hésita puis déclara :

— Oui, bien sûr.

— Madame Douglas, aimiez-vous votre frère ?

La question prit Carrie au dépourvu et elle parut
soudain vieillie.

— Oui, beaucoup.

— Assez pour le protéger du blâme public ?

— Je ne comprends pas.

— Si vous aviez découvert – je dis bien si – que
votre frère s'était donné la mort, sachant à quel point
cela peut être traumatisant pour votre famille, affirme-
riez-vous sans équivoque que vous n'auriez pas supprimé les preuves de son acte afin de le protéger, lui et
sa famille ?

Hennessey bondit.

— Objection, votre Honneur. Une question aussi hypothétique appartient à un procès hypothétique.

— J'incline à partager votre avis.

— Votre Honneur, insista Harper, au cours de ce procès l'accusation a maintenu que si Jack Ramey s'était suicidé on aurait retrouvé les instruments de sa mort à son côté. J'expose au jury des possibilités, non des certitudes, expliquant leur absence.

— L'accusation retire son objection.

Il répéta la question à Carrie.

— Non, je ne peux pas dire sans équivoque que je ne l'aurais pas fait.

Harper sourit.

— Merci, madame Douglas.

Hennessey sauta sur ses pieds.

— Madame Douglas, avez-vous supprimé ces preuves ?

Sans la moindre hésitation, Carrie répondit :

— Non.

Le procureur ne put retenir un sourire. Harper, sans se lever, demanda :

— Madame Douglas, si vous aviez pris la peine de protéger votre frère et sa famille à ce point, est-il vraisemblable que vous cesseriez de le faire maintenant ?

Avant que Carrie ait répondu, il ajouta en hâte.

— La défense retire sa question.

Le jury ne manqua pas ce point ; c'était le premier de la journée en faveur des accusés. L'interrogatoire de Meg par Harper reprit presque mot pour mot celui de Carrie ; oui, n'importe qui aurait pu se servir de l'écharpe de sa mère ; oui, elle avait pensé que quelqu'un s'occupait de son père. Comme toujours, l'attitude de sa fille emplit Anna de tristesse et elle remarqua son hésitation quand le procureur lui demanda si elle avait ôté les preuves. Meg ne lui jeta pas un seul regard.

— Appelez le témoin suivant, maître Fleming.

— La défense va conclure...

— Non ! s'écria Sloan.

Calmement, Harper demanda au juge :

— Votre Honneur, puis-je m'entretenir un instant avec mon client ?

— Puisque nous approchons de midi, arrêtons-nous et reprenons à une heure.

La salle résonna comme si une horde de buffles la traversait au galop. La foule des spectateurs et des journalistes venaient de s'apercevoir que le procès tirait à sa fin et, comme pour ajouter une note supplémentaire au drame, l'un des accusés n'était pas d'accord pour conclure.

Lugaric se tourna vers la femme assise près de lui.

— Je me demande si Sloan Marshall va faire une déposition.

— Ce serait mauvais ?

— Pas pour l'accusation. Ça ne changerait probablement rien. M'est avis qu'ils vont se retrouver en taule tous les deux, de toute façon.

24

—N ON ! Vous n'irez témoigner ni l'un ni
l'autre, dit Harper, point final.
— Je ne te demande pas de faire témoigner Anna.

— Je ne peux pas te faire venir sans elle. Cela donnerait l'impression qu'elle a quelque chose à cacher.

Anna se détourna de la fenêtre dans la petite salle
où tous les trois s'étaient retirés. Son regard rencontra
celui de Sloan et ils détournèrent les yeux en même
temps. Elle revint à la fenêtre – tout paraissait si normal dehors, parfaitement, merveilleusement normal.

— Nous en avons déjà parlé, reprit Sloan. Si nous
ne témoignons ni l'un ni l'autre cela voudra dire que
nous avons quelque chose à cacher tous les deux.

— C'est vrai. Nous en avons déjà parlé. Je t'ai déjà
précisé que le juge instruirait le jury de ne pas prendre
votre silence pour un aveu de culpabilité.

— Et je t'ai répondu que le juge peut dire ce qu'il
veut, les jurés n'en penseront pas moins.

— Quand même, cela vaut mieux que leur donner
toi-même la corde pour vous pendre et, crois-moi,
Hennessey n'attend que ça. Il aimerait fort montrer
aux jurés combien Anna est froide, calme et composée, et combien toi tu es émotif.

Froide, calme et composée ? songea Anna.
Personne ne voyait donc qu'à l'intérieur elle n'était
que déchirures ? Des images lui revinrent en tête – une

seringue, un flacon d'insuline, une ceinture de cuir
noir, bien enveloppés dans un foulard. Son foulard.
Elle craignit de tomber en morceaux à l'instant
même ; mais non, il fallait qu'elle soit forte.
Maintenant plus que jamais.

— Je veux faire une déposition, insista Sloan. Je
veux que les jurés m'entendent dire que c'est un
coquillage que j'ai jeté dans la mer, pas ce qu'on a
retrouvé. Je veux qu'ils sachent que la nuit dernière je
suis venu voir si Anna allait bien et que notre liaison
n'est pas une simple passade.

— Ne comprends-tu donc pas que ce serait pourtant
préférable ? Que Hennessey n'attend que cette occasion pour démontrer que tu étais amoureux au point de
faire n'importe quoi pour elle ?

— Allons, Harper, nous savons tous les trois que
nous sommes dans les ennuis jusqu'au cou depuis le
journal de ce matin.

— Les jurés ne l'ont pas vu. Ils ne savent pas ce
que tu as fait la nuit dernière.

— Même si c'est vrai, ils ont senti quelque chose
de négatif. De toute façon, le vrai problème concerne
la trouvaille d'Arty Watteau. Il ne reste ni un homme
ni une femme dans le jury qui ne s'interroge sur notre
culpabilité.

— Non, je ne te laisserai pas faire.

Sloan n'avait plus d'autre choix que jouer sur la
corde raide.

— J'ai le droit de me faire entendre de mon propre
chef, non ?

— Anna aussi a des droits et je dois la protéger.

Elle lui jeta un coup d'œil et dit enfin :

— Il a raison. Nous n'avons plus rien à perdre.

Harper jura.

— Je veux que vous vous souveniez bien de ça :
c'est une très mauvaise idée.

À treize heures précises, le juge Waynon demanda :

— Maître Fleming, avez-vous un autre témoin à citer ?

— Oui, votre Honneur, mais j'aimerais m'entretenir avec vous d'abord.

— Faites.

Sloan observa Hennessey qui se joignait à eux comme le voulait la règle. Le procureur était ouvertement ravi, comme s'il était évident qu'il avait mis la défense en déroute – et Sloan partageait cet avis. Même s'il vivait cent ans, jamais il n'oublierait ce que la mer avait rejeté. Quelles étaient les chances, pourtant, de retrouver quelque chose jeté dans ses vagues ? La tempête était sans doute à blâmer, ou le destin. Il allait devenir fou s'il ne cherchait pas un autre sujet d'attention.

Les avocats regagnèrent leur place et Sloan remarqua de nouveau l'allure impeccable de Hennessey, depuis son costume coûteux jusqu'à ses mocassins lacés. Il se souvint d'avoir vu ces mêmes chaussures poussiéreuses au cours de la semaine – la même poussière que celle qui recouvrait les bottillons de Lugaric. Il n'y pensa plus en entendant son nom. Il espéra que ce n'était pas les trompettes du Jugement dernier.

Le cœur battant, la main sur la Bible, Sloan jura de dire la vérité, toute la vérité, puis s'assit dans le fauteuil des témoins et écouta le juge s'adresser aux jurés.

— L'avocat de la défense m'a informé qu'Anna Ramey ne témoignerait pas durant ce procès. Cela ne doit en aucun cas être pris pour une preuve de culpabilité. Du reste, vous êtes chargés de rendre un verdict fondé sur des preuves présentées, non des preuves absentes. Est-ce bien compris ?

Les jurés l'en assurèrent.

— À vous, maître Fleming.

Le pouls de Sloan ralentit, son calme revint. Quel que soit le dénouement du procès, il aurait la satisfaction d'avoir fait tout son possible. Un regard à Anna – son adorable visage, ses doux yeux bleus – le convainquit qu'il avait pleinement raison. Il trouverait le moyen de faire comprendre aux jurés qu'il n'éprouvait pour elle que des sentiments purs et exceptionnels, sans vulgarité ni souillure.

Plein d'assurance, comme s'il avait depuis toujours décidé de le faire témoigner, Harper commença :

— Monsieur Marshall, veuillez dire à cette cour de quelle façon vous avez connu Anna Ramey.

— Nous étions, nous sommes, voisins.

— Vous louez la maison du phare et la plus proche habitation est celle où Anna Ramey habitait avec son mari, c'est cela ?

— Oui.

— Comment vous êtes-vous rencontrés ?

— Je courais sur la plage tous les matins, et au début du mois de juin j'ai vu une femme qui cherchait des coquillages.

— Et vous lui avez parlé la première fois en voisin ?

— Oui, répondit Sloan en sachant qu'il déformait légèrement la vérité.

Au moment où il lui avait parlé, il était déjà attiré par elle.

— Comment caractériseriez-vous vos relations au cours de l'été ?

— Nous étions amis. Nous avons souvent bavardé. Je l'aidais à trouver des coquillages.

— Un type particulier ?

— Oui. Les bivalves. Pour elle ils symbolisaient la survie.

Il la regarda avant de répondre. Il se souvenait de tous les deux assis sur la plage comme si c'était hier, elle d'abord réticente, puis lui ouvrant son cœur. Il était certain qu'elle s'en souvenait aussi.

— Pourquoi était-ce si important ?

— Parce qu'elle essayait elle-même de surmonter de graves difficultés dans sa vie. La maladie de son mari l'avait éloigné d'elle. Elle en souffrait.

— Est-il juste de dire que cela rejoignait votre propre mal de vivre, après les horreurs que vous aviez subies en tant qu'otage à Beyrouth ?

— Oui, c'est juste, répondit Sloan d'une voix à peine audible.

— Il y a eu un moment où vous vous êtes rendu compte que vous deveniez plus que des amis. Qu'avez-vous fait ?

— Nous avons décidé de ne plus nous voir.

— Pourquoi ?

— Parce que nous étions soucieux de respecter nos principes. Elle était mariée, nous ne le savions que trop bien.

— Ensuite vous avez jugé que la meilleure solution à cette situation délicate était de quitter complètement Cook's Bay ?

— Oui.

— Mais avant, vous êtes devenus amants.

— Oui.

De nouveau, il avait parlé très bas mais le tribunal était si silencieux que tout le monde l'entendit.

— Pourquoi ?

Surpris, Sloan répéta :

— Pourquoi nous sommes devenus amants ?

— Exactement. Vous nous avez dit que vous aviez lutté contre cela, que vous vouliez agir avec moralité, puis soudain, le 21 août, vous y avez renoncé.

Sloan se passa la main dans les cheveux.

— Écoutez, nous ne l'avons pas fait exprès. C'est arrivé comme ça, en nous rencontrant sur la plage.

Nous luttions contre cela depuis longtemps. Anna était épuisée, tant au moral qu'au physique, nous l'étions tous les deux. Le 21 était un vendredi et je partais le lundi suivant. Nous n'avons jamais envisagé l'avenir. Son mariage n'était pas le plus heureux du monde, mais elle y demeurait attachée. Je suppose que nous savions tous les deux que ce serait notre seule et unique chance de nous aimer.

— Qu'avez-vous ressenti ensuite ?

— Je n'ai rien regretté, mais j'ai eu l'impression d'avoir été complice d'Anna en compromettant ses principes.

— Vous êtes-vous senti coupable envers Jack Ramey ?

— Bien sûr. Je l'aimais bien. Je n'approuvais pas sa conduite – il faisait trop souffrir Anna – mais je respectais son combat.

— Pourquoi vous êtes-vous rendu chez les Ramey la nuit où il est mort ?

— Je m'inquiétais pour elle. Comme je l'ai dit, ce n'est pas une femme immorale, et je savais qu'elle s'en voulait pour ce qui venait de se passer. Je devais savoir si elle allait bien.

— Et ?

— Naturellement, elle était bouleversée. Nous l'étions tous les deux.

— Êtes-vous entré dans la maison ?

— Non.

— Une dernière question : qu'avez-vous jeté dans la mer cette nuit-là ?

— Un coquillage. Un bivalve que je voulais lui offrir, mais nous étions bouleversés tous les deux et je l'ai oublié. En rentrant chez moi je l'ai jeté à l'eau. Cela me semblait une conclusion appropriée.

— Pas d'autres questions, dit Harper en retournant s'asseoir.

Pendant un instant, personne ne bougea ; même le soleil d'après-midi semblait collé aux vitres pour voir ce qui allait se passer ensuite. Lentement, par opposition à sa hâte habituelle, Richard Hennessey se leva et se dirigea vers Sloan. Ses chaussures bien astiquées résonnèrent de façon sinistre sur le parquet. On aurait dit un chasseur prêt à débusquer sa proie. Peut-être, songea Sloan, Harper avait-il raison, et témoigner n'était pas une bonne idée.

— Allons droit au but, énonça Hennessey en ajustant ses boutons de manchette l'un après l'autre.

À son intonation, toute proche du sarcasme, Sloan se dit que, décidément, c'était une complète erreur.

— Vous vous rencontriez sur la plage – au fait, de quelle façon ?

— Irrégulièrement. Simplement quand nous nous y trouvions au même moment.

Il jugea préférable de ne pas préciser que c'était devenu de plus en plus régulier, sans parler des messages qu'ils se laissaient quand ils se manquaient.

— Et un beau jour vous vous rendez compte que vous êtes devenus plus que des amis. Qu'est-ce qui vous a amenés à cela ?

Sloan se souvenait trop bien de la main d'Anna dans la sienne, et comment tous deux avaient été saisis par les sensations que leur procurait ce simple geste, mais il n'avait pas la moindre intention d'en parler à Hennessey.

— C'est venu progressivement.

— Ah, c'est cela. Tout comme elle vous a « progressivement » fait part des « difficultés » de sa vie conjugale et de ses malheurs ? Et vous, de même, lui avez « progressivement » raconté votre captivité et votre trahison sous la torture ?

Avec un regard glacial, Sloan rétorqua :

— Quelque chose comme ça.

— Votre Honneur, intervint Harper, ceci n'est pas un contre-interrogatoire.

— Maître Hennessey, vous manifestez un manque de respect envers le témoin et je ne le tolérerai pas au sein de cette cour.

Hennessey parut abasourdi et s'efforça de prendre l'air innocent d'un enfant de chœur.

— Ce n'était pas mon intention, votre Honneur. Je présente toutes mes excuses à la cour et à M. Marshall.

Sloan ne se méprit pas sur la sincérité de ces excuses et observa le chasseur avec circonspection. Le juge Waynon, aussi peu convaincu, dit :

— Reprenez, maître Hennessey.

— Bien, votre Honneur. Monsieur Marshall, Anna Ramey vous a-t-elle dit que son mari lui avait demandé de l'aider à mettre fin à ses jours ?

— Objection, votre Honneur. Cela n'a pas été examiné durant l'interrogatoire de la défense.

Hennessey le contredit.

— La cour est au courant des discussions privées de ces deux-là. Nous avons le droit de savoir ce qu'ils se disaient.

Le juge réfléchit et statua.

— Puisque l'accusation maintient que la demande de Jack Ramey a été à l'origine du meurtre supposé, et puisque M. Marshall a choisi de témoigner, je pense que la cour a le droit de savoir s'il connaissait cette demande.

— Mais, votre Honneur...

— J'ai décidé, maître Fleming.

Ravi, Hennessey répéta sa question. La gorge serrée, Sloan répondit :

— Oui, elle m'en a parlé.

Des murmures parcoururent la salle.

— Qu'a-t-elle dit exactement ?

Sloan gagna du temps en se redressant dans son siège.

— Elle est venue au phare. Cela a été l'unique fois. Elle était bouleversée.

— Vraiment ?

— Évidemment ! Son mari venait juste de lui demander de l'aider à mourir !

— Voyons cela. Le mari d'Anna Ramey lui demande de le tuer, et au lieu de se confier à sa famille, à ses amis, au prêtre, ou au médecin qui aurait pu l'aider, elle court voir son amant.

— Nous n'étions pas amants !

— Votre Honneur, l'accusation harcèle le témoin !

— Je corrige, reprit le procureur. Elle court voir l'homme qu'elle désirait pour amant, mais que ses principes lui interdisaient. Est-ce exact, monsieur Marshall ?

— Maître Hennessey ! répéta le juge.

— Désolé, votre Honneur.

— Elle était bouleversée.

— C'est ce que vous dites, répliqua Hennessey. Et quelle a été votre réaction à cette demande ?

— J'étais aussi abasourdi et choqué qu'Anna.

— Aimez-vous Anna Ramey ?

— Oui.

— Et vous a-t-elle dit qu'elle vous aimait ?

Sloan se tourna vers Anna, se perdit dans son regard, se demandant si elle savait à quel point il aurait voulu répondre par l'affirmative, sans le pouvoir.

— Non.

Il ressentit un léger picotement de plaisir à l'idée d'avoir eu le procureur en ne lui fournissant pas la réponse qu'il attendait. Ce dernier, surpris et déçu, essaya de sauver ce qu'il pouvait.

— Et à quelles extrémités l'amour que vous éprouvez pour elle vous a-t-il conduit ?

— Objection !

— Objection acceptée.

— Je retire ma question, dit Hennessey en se dirigeant vers sa place, indiquant qu'il en avait terminé.

Sloan soupira de soulagement – cela aurait pu être pire – quand le procureur fit une pause spectaculaire et revint sur ses pas. Le sixième sens de Sloan l'avertit d'un danger imminent.

— La nuit où Anna Ramey et vous êtes devenus amants, peut-être pendant que vous la teniez dans vos bras, ou plus tard, quand vous êtes revenu chez elle voir si tout allait bien, l'un de vous a-t-il évoqué la demande de Jack Ramey ?

Un silence de mort rampa dans la salle. Chacun sembla se tendre au bord de son siège. Sloan sentit ses genoux faiblir.

— L'un de vous a-t-il mentionné que la mort de Jack Ramey arrangerait tout ?

C'était un coup bien calculé et qui avait atteint son but avec une parfaite exactitude. Oui, le procureur avait tendu le piège auquel s'attendait Harper. Sloan songea à mentir et l'aurait sans doute fait si son silence, son expression figée n'avaient convaincu Hennessey d'avoir visé juste. Celui-ci ne cacha pas sa satisfaction. Le tribunal était aussi silencieux qu'une tombe.

— Oui ou non, monsieur Marshall ?

— Je ne peux répondre par oui ou non.

— Un simple oui, ou un non, monsieur Marshall.

— Votre ironie ne nous échappe pas, mais...

La voix glacée de Hennessey interrompit Sloan.

— Oui ou non !

— Oui !

La salle explosa en une cacophonie et avec une immense autosatisfaction, le procureur conclut :

— Plus de questions.

Ce ne fut qu'en quittant la barre, les genoux flageolants, que Sloan se rendit compte de toute l'intelligence du procureur. Il n'avait pas posé la question qui aurait permis à Sloan de nier sa, leur culpabilité. Par ailleurs, son propre avocat ne l'avait pas non plus soulevée.

Le matin suivant le jury fut invité à délibérer, mais pas avant que les avocats adverses n'aient exposé leur longue plaidoirie, dénuée de toute passion, s'en tenant à leurs arguments précédents. La déposition de Sloan pesa lourd sur l'esprit des gens présents dans la salle, provoquant des rumeurs que Harper ne put calmer. L'attente commença.

En fin de matinée quatre personnes très silencieuses entrèrent dans le bureau de Harper, qui marcha droit vers le bar pour se verser un verre. Personne d'autre n'en voulait. Sloan jeta son manteau et sa cravate sur le dossier d'une chaise et s'assit, le front dans la main. Marilyn alla préparer des sandwiches qui furent à peine touchés.

— Est-ce bon ou mauvais signe quand le jury rend un verdict rapide ? demanda Sloan après quelques minutes de silence.

Harper, qui contrairement à son habitude faisait les cent pas, soupira.

— Comme je l'ai toujours dit, on ne peut deviner les réactions des jurés, mais plus longtemps cela dure, moins je me sens à l'aise.

La remarque donna le ton pour le long après-midi à venir.

Plus tard, Sloan poussa un grand soupir.

— C'est ma faute. Jamais je n'aurais dû aller à la barre.

— Tu as fait ce que tu jugeais bon.

— Je t'ai donné mon accord, dit Anna. Je suis aussi blâmable que toi.

— J'ai trop insisté, je le sais.

— Allons, ne perdons pas notre énergie en cherchant un responsable, reprit Harper.

Ils la perdirent en une foule d'autres choses : marcher de long en large, regarder par les fenêtres, fixer le téléphone, s'observer les uns les autres. Sloan commença à dénombrer les livres de droit alignés dans la bibliothèque de Harper mais y renonça, incapable de se concentrer. La vérité, c'est qu'il entendait le claquement des barreaux de métal, sentait des odeurs fétides, luttait contre la claustrophobie qui finit par le faire bondir de sa chaise pour marcher jusqu'au bar où il se servit le verre qu'il avait précédemment refusé. À une heure et demie, il dit, comme s'il reprenait le fil d'une conversation récente :

— Tout s'est dégradé après l'épisode Beyrouth. Comment diable Hennessey a-t-il eu accès à ces dossiers ?

— Peu importe maintenant. Il l'a eu et c'est tout.

Anna lui jeta un regard. C'était incroyable mais, malgré la gravité de l'instant, elle n'avait qu'une envie, se jeter dans ses bras, se perdre dans sa force, goûter de nouveau à la douceur de ses lèvres. Elles avaient sans doute goût d'alcool à ce moment-là et c'était aussi bien, car rien qu'à les voir elle se sentait un peu ivre. Mais pas assez pour effacer les images qui refusaient de la quitter – un flacon d'insuline, une seringue, une ceinture et un foulard jaune. Pourquoi n'étaient-ils pas restés ensevelis dans la mer ?

C'est incroyable, songeait Sloan, il était à deux doigts d'une condamnation à vie et il ne pensait qu'à prendre Anna dans ses bras – la serrer, l'embrasser, l'aimer. C'était peut-être justifié si l'on pensait qu'il n'en aurait peut-être plus jamais l'occasion. Leur cause était désespérée. Pourquoi ces preuves n'étaient-elles pas restées au fond de l'eau ?

La sonnerie du téléphone les saisit tous les quatre. Marilyn qui venait de prendre le plateau de sandwiches grignotés, regarda l'appareil, Harper, puis posa les assiettes et se dirigea vers le bureau.

— Bonjour. Ici le bureau de maître Fleming. Un moment, s'il vous plaît.

Elle se tourna vers Harper :

— C'est Mme Douglas.

À la fois soulagée et déçue, Anna avait l'impression de se désagréger. Cela n'allait pas tarder ; elle allait tomber morceau par morceau. Luttant contre sa faiblesse, elle s'obligea à bouger, aussi marcha-t-elle vers la porte tandis que Harper prenait le téléphone.

— Anna ? dit Sloan.

— Dis à Harper que je vais dans la cour.

Elle avait besoin de rester seule et il n'insista pas. Lui aussi devait réfléchir, ce qui lui était impossible en sa présence. Lorsque le téléphone sonnerait de nouveau, ce serait sans nul doute pour leur annoncer la fin des débats. Il lui restait peu de temps, peu de choix.

De la fenêtre il regarda Anna apparaître dans la cour. Elle fit une halte à l'entrée du jardin plein de fleurs, et il se concentra sur cette vision ; quelquefois il avait l'impression d'être toujours prisonnier et de l'imaginer parmi ses fantasmes. Derrière lui, Harper discutait à voix basse avec la femme qu'il aimait et qui se faisait du souci pour sa belle-sœur. Il la réconfortait, lui affirmait que tout irait bien. Vraiment ?

Oui, songea Sloan. Il se débrouillerait pour qu'il en soit ainsi. Il en avait eu l'intention depuis le début, surtout après la découverte des preuves.

Et à quelles extrémités cet amour vous a-t-il conduit ?

Il entendait encore le procureur ; il aurait pu lui répondre que cet amour l'avait déjà conduit très loin. Une part de lui s'effrayait à l'idée d'être de nouveau enfermé, l'autre lui disait qu'il saurait le supporter, puisque à cause de sa faiblesse il avait provoqué la mort d'un être humain et qu'au lieu de l'en punir, on l'avait récompensé par une médaille. Il allait passer le restant de sa vie en prison pour un meurtre qu'il n'avait pas commis, mais du moins il protégerait la femme qu'il aimait. Un calme étrange et merveilleux l'envahit.

Quand Harper raccrocha, Sloan lui dit :

— J'ai quelque chose à te dire.

Au même instant, Anna levait la tête, humant le vent frais d'automne qui soufflait, mutin et libre, autour d'elle. Libre. Sur un appel téléphonique, elle risquait de perdre sa liberté, tout comme Sloan qui avait déjà subi une bien trop pénible captivité. Dans le lointain elle entendit la mer chuchoter la question du procureur :

Et vous a-t-elle dit qu'elle vous aimait ?

Non... non... non...

Un calme étrange et merveilleux descendit sur elle. C'était vrai, elle n'avait pas prononcé ces mots, mais jamais ils n'avaient été plus justes. Elle aimait Sloan. Et à cause de cela, elle ne le laisserait pas souffrir plus qu'il n'avait déjà souffert pour un crime qu'il n'avait pas commis. Jack était mort à cause d'elle, de sa folie. Son sang tachait ses mains à elle, et elle en paierait le prix. Avec lenteur et résolution, elle remonta vers la maison. Sa liberté se réduisait à chaque pas. En entrant dans le bureau, elle regarda longuement Sloan puis annonça à Harper :

— J'ai quelque chose à vous dire.

Son entretien avec Harper ne s'était pas déroulé comme elle l'imaginait. Il avait écouté avec calme et sans émotion son aveu de culpabilité puis avait déclaré :

— Je vois. Nous allons en discuter avec le juge dès que possible.

Elle monta en voiture avec lui pour regagner le tribunal. Marilyn était déjà partie avec Sloan, ce qu'elle trouva curieux. Pourquoi Harper les avait-il envoyés au tribunal avant de l'écouter ? Une idée la traversa :

— Le verdict a été rendu ?

— Pas à ma connaissance, répondit Harper d'un ton neutre.

Pourtant il se passait quelque chose de bizarre, et une autre pensée la troubla. Sloan lui avait affirmé à deux reprises que tout irait bien. Il n'était quand même pas assez fou pour avouer le meurtre de Jack ?

— Sloan vous a parlé ?

— De quoi ?

De quoi ? Des réponses se bousculèrent dans sa tête et finalement elle dit :

— Rien.

Ils atteignirent le tribunal en silence. Elle était de plus en plus convaincue que quelque chose n'allait pas. Les journalistes, qu'on devait d'habitude chasser comme des mouches, ne l'attendaient même pas. Il était exactement dix-huit heures dix quand ils poussèrent les portes du tribunal. Marilyn se précipita vers eux. Sloan n'était nulle part en vue.

— Le jury a rendu son verdict.

Le cœur d'Anna s'arrêta. À présent qu'elle avait décidé d'avouer sa culpabilité, elle ne voulait pas que son sacrifice ait été fait en vain et se sentit plus que jamais résolue.

— Ce n'est pas trop tard, n'est-ce pas ?

Sans ralentir, comme s'il ne l'avait pas entendue, Harper s'exclama :

— Merde !

— Mauvaise synchro, pas vrai ? fit Marilyn.

— Avez-vous contacté le juge Waynon ?

— J'ai essayé, mais il était déjà en route.

— Où est Sloan ?

— Dans la salle du tribunal. Pleine à craquer. Tout le monde est au courant que le verdict a été rendu et la presse en particulier a eu peur de ne pas trouver de place.

— Ce n'est pas trop tard ? répéta Anna.

Lugaric se matérialisa soudain devant eux.

— Que ressentez-vous à quelques instants du verdict ?

— Pas de commentaire, rétorqua Harper en poussant Anna devant lui, leurs pas résonnant comme des mitraillettes sur le plancher.

— Vous avez peur, confiance, ou quoi ? insista le journaliste.

— Poussez-vous de là.

— D'accord, d'accord, admit Lugaric en s'éloignant, non sans entendre le prochain échange entre Harper et Anna.

— Est-il trop tard ?

— Non, répondit Harper avant d'ajouter pour Marilyn : Allez chercher le juge, s'il vous plaît. Je dois le voir avant la reprise d'audience.

Lugaric fronça les sourcils. Richard Hennessey, l'air excessivement sûr de lui, avait déjà pris place au banc de l'accusation. L'huissier commanda à l'assistance de se lever et le juge surgit. Harper l'interpella.

— Votre Honneur, je dois vous parler.

Il attira de ce fait l'attention du juge, mais aussi de toute la salle, surtout de Hennessey et de Lugaric. Son intonation grave et impérative avait allumé un signal rouge.

— Je vous en prie, maître Fleming, approchez.

Harper, Hennessey sur ses talons, se rendit près du juge. Sloan jeta un regard rassurant à Anna. Elle lui sourit en retour, certaine d'avoir pris la bonne décision. Mais elle avait quand même peur, et se répétait que c'était naturel, tout le monde aurait peur en ces circonstances. Quoi qu'il advienne ensuite, elle survivrait. C'est ce qu'elle savait faire le mieux.

Sloan aussi avait conscience d'avoir franchi le Rubicon. Il était arrivé au point de non retour ; ce qu'il faisait était juste, et pourtant il avait peur. Mais c'était naturel, et il survivrait, quoi que l'avenir lui réserve.

Tous deux saisissaient des bribes de l'entretien qui se déroulait auprès du juge, assez pour deviner la surprise de celui-ci – « Hautement irrégulier », remarqua-t-il à deux reprises – et la colère du procureur – « Complot... outrage à la cour... » Ils furent frappés que Hennessey, après avoir passé la totalité du procès à convaincre les jurés de leur culpabilité, semble déçu à présent que la défense l'admette.

— Que se passe-t-il donc ? demanda Monique à Jake Lugaric.

— Je n'en sais rien, mais j'ai l'impression que la coupe déborde.

— Messieurs, reprenez vos places, dit le juge.

— Mais, votre Honneur..., commença le procureur.

— Reprenez votre place, maître Hennessey.

Les avocats s'exécutèrent dans un concert de murmures et de suppositions. Il semblait que chacun eût sa propre idée sur ce qui allait arriver. Le juge abaissa son marteau et se tourna vers Sloan, ce qu'Anna trouva étrange puisqu'elle avait reconnu sa culpabilité.

— Monsieur Marshall, soutenez-vous avoir, seul, assassiné Jack Ramey ?

— Oui !

— Non ! cria Anna.

Elle n'en croyait pas ses oreilles et supplia Sloan du regard.

— Madame Ramey, demanda le juge, soutenez-vous avoir, seule, aidé votre mari à mourir ?

— Oui, dit-elle avec défi, ajoutant : Sloan Marshall n'a rien à voir là-dedans.

Sloan ne parvenait pas à y croire. Il ne la laisserait pas finir ses jours en prison !

— Votre Honneur, elle ment, dit-il.

Hennessey bondit.

— Votre Honneur, il est évident que chacun est coupable et essaie de sauver l'autre. Laissons le jury rendre son verdict. Laissons...

Le juge fit résonner son marteau.

— Silence ! s'écria-t-il, mais en vain.

Personne ne l'écoutait. Les voix s'élevaient comme un chœur désordonné, de plus en plus haut, tandis que des journalistes se ruaient au-dehors. Ceux-là regretteraient leur hâte car, alors que la salle sombrait dans le chaos, une silhouette solitaire remonta l'aile centrale, calme et résignée, sans qu'on la remarque. Elle passa la limite entre les spectateurs et les participants au procès. Une à une, les voix s'apaisèrent et le juge Waynon, qui avait mal au poignet à force de taper du marteau sur son bureau, remarqua tout d'abord le silence revenu, puis la femme qui se tenait près de la défense.

— Ils ne l'ont pas tué, dit-elle. C'est moi.

25

INCRÉDULES, Anna et Sloan contemplaient Carrie tandis que Harper, qui avait bondi comme pour venir à son secours, demeurait stupéfait. Même le juge avait l'air d'avoir été frappé sur la tête. Seul Richard Hennessey, qui voyait tout son travail et sans doute ses rêves de New York réduits en miettes, parut capable de parler.

— Votre Honneur, combien d'autres personnes vont encore revendiquer le meurtre de Jack Ramey ? En aucun cas les preuves ne mènent à Mme Douglas et...

— Asseyez-vous, maître Hennessey.

Le procureur reprit sa place avec réticence et le juge se tourna vers Carrie, à présent face à lui.

— Carrie...

Qu'il emploie son prénom donnait la mesure de sa stupéfaction.

— ... comprenez-vous la gravité de votre affirmation ?

— Oui.

— Avez-vous réellement tué votre frère ?

— Je l'ai aidé à mettre fin à ses jours. C'est la même chose, n'est-ce pas ?

Elle eut un pâle sourire. Harper, qui avait retrouvé en partie sa voix, intervint :

— Votre Honneur, Mme Douglas devrait s'entretenir avec un avocat.

— Maître Fleming a raison. Vous devriez...

— Non, répondit-elle avec douceur et fermeté à Harper. Ça ira. Je veux raconter ce qui s'est passé cette nuit-là. J'ai toujours su que ce moment viendrait. J'en suis heureuse. Je voudrais m'asseoir, cependant.

Le juge indiqua d'un geste à l'huissier d'aider Carrie à prendre place dans le box des témoins comme si elle était une délicate porcelaine. Et c'est bien ce dont elle avait l'air, songea Anna, d'une pièce fragile enveloppée dans du tissu rouge géranium, exténuée comme si toute sa vie elle avait couru devant ce qui l'avait finalement rattrapée. Pourquoi Anna n'avait-elle jamais envisagé qu'elle puisse être la coupable ? Pour une raison bien simple : elle avait toujours cru que c'était Meg.

Le juge déclara :

— Notez dans le compte rendu que, bien que cette déposition soit irrégulière, nous l'entendrons dans l'intérêt de la justice.

Il y eut un silence et il ajouta :

— Dites à la cour de quelle façon est mort votre frère.

Carrie acquiesça et redressa les épaules pour affronter son épreuve.

— Je passais la nuit chez eux. J'avais insisté pour qu'Anna aille au cinéma ; je trouvais important qu'elle sorte. Elle était si fatiguée, épuisée par les soins qu'elle donnait à Jack. J'aimais mon frère, mais il était terriblement exigeant, envers lui-même et les autres. Je pensais qu'Anna était près de flancher. Elle ne voulait pas sortir, mais Jack lui-même l'a encouragée. Après son départ, Meg est arrivée de façon inattendue. Elle s'inquiétait pour son père, comme nous tous. J'ai vu tout de suite que l'absence de sa mère la contrariait. Je n'y ai pas pensé sur le moment, mais en réalité elle craignait que sa mère ne soit avec Sloan.

Elle jeta un coup d'œil à Anna comme pour s'excuser. Anna sourit pour la rassurer.

— Continuez, Carrie, dit le juge.

— Meg a insisté pour attendre sa mère. Je suis allée voir Jack encore une fois puis je me suis couchée. Un peu plus tard j'ai entendu Anna rentrer et j'ai deviné sa dispute avec Meg. Puis Meg s'est précipitée dans sa chambre. Alors tout est devenu fou.

— Que voulez-vous dire ?

— Personne ne trouvait le repos. Meg se déplaçait dans sa chambre, Anna est redescendue une fois. Aucune d'entre nous ne dormait. Meg aussi est descendue, puis remontée. Vers trois heures j'ai décidé d'aller voir si Jack allait bien ou s'il était aussi énervé.

Elle s'interrompit, les yeux dans le vague. Des images pénibles défilaient devant elle. Le juge la pressa de continuer et elle reprit d'une voix lointaine :

— En approchant j'ai vu que sa chambre était éclairée. Il était assis ou plutôt il s'était redressé contre ses oreillers, mais avait glissé de côté. Il a paru surpris de me voir.

Sa voix se brisa.

— En entrant, j'ai compris pourquoi.

Le juge lui laissa quelques instants pour se reprendre et demanda :

— Qu'avez-vous vu ?

— La ceinture que Meg avait reçue pour son anniversaire. Elle était serrée autour du bras droit de Jack. Vous savez, comme un garrot. Puis j'ai vu la seringue que j'avais empruntée au Dr Goodman et le flacon d'insuline, presque vide. La seringue était presque pleine. Je me suis dit que Jack avait eu besoin d'une injection supplémentaire et tentait de la faire lui-même. Mon Dieu, comme j'aurais voulu y croire ! Mais il ne me l'a pas permis.

Une larme s'échappa de ses yeux clos. La salle était

si calme qu'Anna aurait juré l'avoir entendue tomber. Elle aurait bien aimé s'exprimer ainsi, mais au lieu de couler ses pleurs refoulaient vers son cœur en vagues douloureuses. Sans s'occuper de l'opinion des autres, Sloan posa la main sur la sienne et elle le laissa faire. À côté d'eux, Harper souffrait en silence.

— Voulez-vous un verre d'eau ? demanda le juge.

Carrie secoua la tête et l'un de ses peignes faillit glisser.

— Non merci. Ça ira, je vous assure. Jack m'a dit d'une voix hachée mais calme – je ne l'avais jamais vu si calme – qu'il voulait mourir, qu'il était temps, que la mer l'avait aidé à pardonner. Il savait qu'il n'irait jamais mieux, il était las de se battre. Il voulait mourir maintenant, avant de risquer une autre attaque qui le laisserait handicapé au point de ne plus être capable de se suicider. Il a dit aussi qu'Anna, elle, méritait de vivre sa vie. Sa voix était étonnamment forte, et malgré sa mauvaise élocution, je le comprenais très bien.

La main d'Anna se mit à trembler et Sloan resserra son étreinte.

— Je lui ai répondu que c'était idiot, qu'il allait mieux, mais il m'a rétorqué que je voyais les choses comme je voulais les voir et non comme elles étaient. Il avait sûrement raison. Il m'a demandé alors de l'aider à se supprimer. Il avait déjà essayé de se faire la piqûre mais avait manqué la veine. Il avait peur de la manquer de nouveau.

— Qu'avez-vous répondu ?

Carrie secoua la tête.

— Franchement, je l'ignore. Peut-être rien. Je me sentais totalement dissociée de ce qui se passait, comme si je me regardais agir. J'ai dû parler de ma phobie des aiguilles. Jack a dit qu'il pourrait se faire une injection intradermique mais que cela lui prendrait plus de temps pour mourir. Il ne craignait pas la mort, mais la souffrance. Il voulait qu'elle dure le moins longtemps possible. Il avait déjà eu bien plus que sa part.

Elle hésita de nouveau, aussi détachée que durant la nuit qu'elle racontait. Une larme roula de nouveau sur sa joue.

— L'avez-vous aidé, Carrie ?

— Il m'a suppliée. Il m'a tendu la seringue et j'ai pensé : comme c'est étrange, je n'en ai pas peur. Celle qui regardait de loin était effrayée, mais pas celle qui la tenait. Je me souviens m'être dit, oui, c'est ce qu'il faut faire, parce que Jack était réellement perdu. Celle qui tenait la seringue le voyait bien.

Elle remonta son peigne d'un geste absent et continua avec fierté :

– J'ai trouvé la veine du premier coup, mais après, je ne me résolvais pas à appuyer. Jack a mis son pouce sur le mien et a poussé. Je voyais l'insuline disparaître dans son bras. Ensuite j'ai retiré l'aiguille et l'ai laissée sur la table de nuit. Il m'a demandé d'éteindre la lampe, puis j'ai enlevé les oreillers pour qu'il puisse s'allonger et je me suis assise au bord du lit en lui prenant la main. Il a fermé les yeux, puis il a dit : « Entends-tu la mer ? » J'ai répondu oui. Il a ajouté : « Dis à maman que je vais nager un peu ». Je lui ai promis de le lui dire.

Sa voix se brisa et elle se tut. Le juge respecta son chagrin. Enfin elle reprit :

— J'ai su exactement quand il est mort. Sa main est devenue inerte. Pas de convulsions, aucune agonie. Il est juste... mort en paix. J'ai cherché son pouls, il n'y en avait plus, alors j'ai simplement gardé sa main dans la mienne, longtemps. Dix ou quinze minutes, je ne sais pas. J'avais l'impression que tant que je le tiendrais, il serait encore là.

— Et ensuite ?

— Je me suis lentement rendu compte que, même si j'estimais avoir agi avec justesse, aux yeux de la loi je l'avais tué, ou du moins j'avais été complice de sa mort. J'ai eu peur et j'ai tout ramassé, seringue, flacon, ceinture, dans l'écharpe d'Anna qui était restée sur la commode. Je me suis glissée hors de la maison et j'ai couru la jeter dans la mer.

Elle eut un sourire ironique.

— Le plus drôle c'est que si j'avais tout laissé en l'état, on aurait tout de suite compris que Jack s'était suicidé. D'ailleurs c'était l'argument de la défense, n'est-ce pas ? Et c'est bien ce qu'il avait l'intention de faire, s'il y était parvenu seul.

Une pensée soudaine lui traversa l'esprit et elle se tourna vers Anna et Sloan.

— Je ne vous aurais pas laissé aller en prison, je le jure. Je pensais que si le jury vous déclarait non coupables, il n'y aurait pas de mal. Je sais que vous avez souffert durant le procès et j'en suis désolée, mais pour ainsi dire, si vous aviez été acquittés, c'est que les choses s'étaient déroulées comme elles devaient. Le destin, en quelque sorte. Vous comprenez ce que je veux dire ?

— Avez-vous autre chose à déclarer ?

— Seulement que je ne regrette rien. Si c'était à refaire, je le referais. Jack était mon frère, et je l'aimais.

Sa voix comme son regard se perdirent dans un brouillard de larmes. Mais elle sourit :

— Il m'a toujours attiré des ennuis.

Les jours suivants, Sloan eut des nouvelles d'Anna une seule fois et seulement pour convenir de se parler plus tard dans la semaine. Carrie, arrêtée, avait plaidé coupable d'euthanasie. La sentence était prévue pour le vendredi suivant. Décidée à l'assister en ces instants dramatiques, Anna s'était installée auprès d'elle. Maintenant que la vérité avait éclaté, Carrie portait réellement le deuil de son frère. Harper restait optimiste sur l'attitude du juge. Aucun de ceux qui avaient entendu sa confession n'était resté insensible, y compris les rapaces de la presse qui avaient, pour une fois, mis la pédale douce à leurs comptes rendus. Même Jake Lugaric avait fait preuve d'une retenue inhabituelle.

Si Anna était le roc sur lequel Carrie prenait appui, Sloan était devenu pour Harper un rempart. Il n'avait jamais vu son ami si accablé, non de la culpabilité de Carrie, mais pour n'avoir pas su lui porter secours au moment où elle en avait le plus besoin. Il jurait d'être toujours près d'elle, désormais. Sloan savait ce qu'était une promesse d'amour, sans être certain de pouvoir tenir la sienne. Il aimait follement Anna, mais elle n'avait toujours pas exprimé ses sentiments pour lui et il ignorait ce qui allait advenir de leurs relations. Il attendait avec impatience de la voir.

Quand le téléphone sonna il se précipita dessus, mais ce n'était pas elle. Le capitaine Nichols était en ligne.

— Je suppose que vu les circonstances, il n'est pas question de félicitations inconditionnelles, mais je suis tout de même enchanté de vous savoir entièrement disculpé.

— Merci, monsieur.

— Comment vous sentez-vous ?

Sloan partageait les sentiments ambivalents d'Anna et le confia.

— Soulagé, mais attristé de la tournure qu'ont prise les choses.

— Et la belle-sœur ?

— Elle s'en sort plutôt bien. Sa famille et ses amis la soutiennent.

— Tant mieux. Écoutez, il m'est venue une information qui pourrait vous intéresser.

— Comment cela ?

— Après cette catastrophe au tribunal, quand des documents secrets ont été dévoilés, j'ai fait ma petite enquête au Pentagone. Les autorités n'aiment pas du tout qu'on se serve de leurs dossiers sans leur demander la permission.

— Qu'avez-vous découvert ?

— Une poignée d'individus avait accès à ces documents. L'un d'eux, interrogé, un certain Georges Oberle, un de ces mécontents qui estiment avoir été privés d'une promotion, a avoué avoir vendu les informations concernant votre passé. Évidemment, on l'a aussitôt mis à la porte.

— À qui les a-t-il vendues ?

— À un journaliste de Washington, qui, d'ailleurs, cherche aussi du travail ces temps-ci. On a repéré deux communications téléphoniques qu'il a eues avec un motel de Cook's Bay. Celui dans lequel était descendu Jake Lugaric.

Sloan se laissa tomber sur une chaise. Ses pensées tourbillonnaient. Il s'était toujours senti mal à l'aise en présence du journaliste qu'il devinait aussi dénué de scrupules qu'un charlatan. Mais cela n'expliquait pas comment l'accusation s'était trouvée en possession des documents, à moins que...

En écho à ses réflexions, le capitaine Nichols remarqua :

— Il semble qu'il y ait eu collusion entre Lugaric et l'accusation.

— Oui, répondit Sloan qui eut tout à coup des visions de mocassins poussiéreux, encore faut-il le prouver.

Le lendemain, après un mystérieux coup de téléphone, Hennessey conduisit sa Porsche rouge vers un motel de Rockport. Il ignorait ce que Lugaric lui voulait mais se félicitait d'avoir eu le bon sens de lui donner rendez-vous hors de Cook's Bay. Le message transmis par sa secrétaire l'avait surpris car il le croyait parti ; sans doute le journaliste avait-il une autre histoire en train.

Il appuya sur l'accélérateur jusqu'à atteindre plus de cent vingt kilomètres à l'heure. Le vent sifflait autour de lui et il se sentait libre... et plus chanceux que quiconque. La conclusion du procès avait été désastreuse et il avait cru venue la fin de sa carrière. Mais en dépit de cela, un cabinet renommé de Boston l'avait contacté. On avait apprécié la façon dont il avait conduit ses interrogatoires. On l'avait trouvé ingénieux, plein de ressources et de courage. On lui demandait d'envisager une collaboration.

Sûr ! Boston n'était pas New York, mais ça valait cent fois mieux que Cook's Bay. Boston était une ville cosmopolite, cultivée, sophistiquée ; il irait au théâtre et au concert du Philharmonique le soir, et gagnerait beaucoup l'argent le jour. Oui, Boston ferait fort bien l'affaire.

Quelques instants et quelques rêves plus tard, il gara sa Porsche sur le parking du motel. Il ne lui restait plus qu'à se débarrasser de Lugaric une bonne fois pour toutes. Il mit des lunettes noires et frappa à la porte 101 en espérant ne pas y salir ses manchettes. Elle s'ouvrit.

— Alors, Lugaric, qu'est-ce que diable...

Ses mots se perdirent quand il s'aperçut qu'il faisait face au juge Waynon. Derrière lui, il distingua Sloan Marshall et Harper Fleming.

— Bonjour, maître Hennessey, dit le juge. Très heureux que vous ayez pu vous joindre à nous pour discuter des suites à donner à la violation du secret de l'instruction.

Hennessey resta figé sous le choc. Il eut l'impression fort désagréable que l'orchestre philharmonique de Boston donnerait ses prochains concerts sans lui.

Le vendredi après-midi, les mains enfouies dans les poches de son manteau, Anna se rendit au phare. Un brouillard épais enveloppait Cook's Bay d'une atmosphère mélancolique. Des volutes grises obscurcissaient la mer, la forêt, et elle ne voyait qu'à quelques pas devant elle ; elle se fiait au gémissement de la corne de brume qui se mêlait au flux et au reflux des vagues invisibles, au cri d'une mouette isolée.

Sans qu'elle sache se l'expliquer, le temps convenait bien à son état d'esprit. Son chemin était balisé de souvenirs, assombri de sensations qu'elle ne contrôlait pas et d'un sentiment de culpabilité qu'elle devrait apprivoiser. En écoutant le matin même le juge rendre un verdict indulgent pour Carrie, elle s'était dit que, contrairement à sa belle-sœur, elle n'avait pas été condamnée pour son crime d'intention. Plus grave encore, elle devait elle-même tenir le rôle du juge et du jury. Parviendrait-elle à le faire comprendre à Sloan ?

Il fallait essayer.

Enfin la maison du phare apparut entre deux volutes de brume. Elle hésita, puis rassembla son courage pour continuer. Sloan sut tout de suite que c'était elle qui frappait à la porte. Il avait l'impression qu'une éternité s'était écoulée depuis leur dernière rencontre. Ses cheveux humides formaient des vrilles contre ses joues, ses yeux brillaient, plus bleus que mille océans. N'étaient-ils pas un peu tristes ? Il eut soudain peur, puis se reprocha de devenir paranoïaque. Que pouvait-il arriver de mauvais en un jour tel que celui-ci, commencé sous le signe de l'indulgence déployée envers Carrie ? Il fit un grand sourire.

— Bonjour !

— Bonjour, dit Anna.

Elle le trouvait incroyablement beau dans son jean usé et sa vieille chemise ; incroyablement sensuel avec ses cheveux emmêlés. Aurait-elle réellement la force de s'éloigner de lui ? Pourrait-elle effacer, de ses mots cruels, le plus séduisant des sourires qu'elle ait jamais vu ?

— Entre.

Un feu brûlait dans la cheminée et la chaleur l'enveloppa.

– Donne-moi ton manteau.

Elle obéit. Elle portait le même genre de jean et de chemise que lui.

— Tu veux boire quelque chose ? Du café, un soda ?

— Non, merci.

— J'ai parlé avec Harper. Il m'a dit que tout s'était bien passé au tribunal aujourd'hui.

— C'est vrai.

— Carrie est capable de faire une centaine d'heures de travaux d'intérêt public, et d'une seule main s'il le fallait !

Elle ne put s'empêcher de lui rendre son sourire.

— Elle a probablement déjà commencé !

— Tu es sûre que tu ne veux rien boire ?

— Non, rien, merci.

Il eut de nouveau le sentiment que quelque chose n'allait pas, mais refusa d'y penser. Il enfonça les mains dans ses poches arrières.

— Je suppose que tu as entendu dire que Hennessey avait été suspendu.

Anna acquiesça.

— D'après Harper, lui et Lugaric se connaissaient depuis l'université.

— Oui, et c'est lui qui a demandé à Lugaric de faire

du procès un événement médiatique. Sûr d'obtenir notre condamnation, il voulait que le monde entier le regarde. Il pensait gagner ainsi son embauche dans un grand cabinet d'avocats.

— Il y est presque parvenu.

— N'est-ce pas incroyable, après la façon dont le procès s'est achevé ? Mais avec sa suspension, le cabinet de Boston a laissé tomber.

— Je croyais que c'était une mesure temporaire.

— En effet, mais personne de bonne réputation ne l'engagera après ça. Et Lugaric l'accuse d'avoir payé pour obtenir les documents secrets.

— Qu'en pense Harper ?

— Il l'estime coupable. Il avait des doutes depuis le début. Il le soupçonnait d'avoir alerté la presse, ce qui expliquait le fait que nous étions harcelés – c'est ce que voulait Hennessey : nous et lui face aux caméras le plus souvent possible.

— Que va-t-il arriver à Lugaric ?

— Pas grand-chose. Apparemment la fin justifie les moyens quand il s'agit d'un reporter réputé. De plus, il fréquente la fille du principal actionnaire de son journal.

— C'est une honte qu'il ne soit pas plus puni. Il méritait pire.

— Oui.

Après un silence, Sloan demanda des nouvelles de Meg. Anna parut soulagée de retarder encore le but de sa visite.

— Elle est retournée à la faculté.

— Est-ce que ça va mieux entre vous ?

Elle se plaça près de la cheminée ; les flammes bondissaient dans le bois craquant.

— Au moins nous nous parlons de manière civilisée.

— C'est un début.

Elle sourit tristement. Il ajouta :

— Tu croyais qu'elle avait tué son père, n'est-ce pas ?

— Oui, pour toutes sortes de raisons.

— Harper m'a confié qu'elle t'avait dit une chose qui t'inquiétait beaucoup.

Ces rappels étaient douloureux et le resteraient peut-être toujours, mais elle s'obligea à répéter les paroles de sa fille demeurées en elle comme un indélogeable poison.

— Elle m'a dit qu'elle préférerait voir son père mort que le laisser apprendre mon infidélité.

— Et tu croyais qu'elle l'avait tué à cause de cela ?

— Non, ce n'était pas aussi clair. J'ai été très blessée mais je n'ai pas pensé qu'elle mettrait sa menace à exécution. On dit bien des choses quand on est furieux ou dépité. Seulement, après la mort de Jack, j'ai craint qu'elle ne l'ait vraiment fait, sans préméditation. Elle savait à quel point il était affaibli, et peut-être lui avait-il fait la même requête qu'à moi. Je m'estimais quand même coupable de son acte. Sans mon adultère, Meg n'aurait pas eu de motivation suffisante.

— Mais ce n'était pas elle.

— Non, elle protégeait Carrie. Elle la soupçonnait sans certitude. Elle ne m'a jamais demandé si j'avais tué son père, ce que je trouvais logique puisque je pensais que c'était elle. De plus, au tribunal elle a affirmé que je n'étais pas coupable. Je savais qu'elle mentait en disant qu'elle s'était occupée de son père cette nuit-là.

— Pourquoi ?

— Elle ne voulait pas que Carrie sache qu'elle l'avait vue entrer chez Jack. Or, elle l'avait même entendue sortir de la maison, ce qu'elle avait trouvé étrange. Elle a compris ensuite que c'était le moment où Carrie s'était débarrassée des preuves. Mais ce qui l'a réellement convaincue de la culpabilité de sa tante, c'est le peigne qu'elle a découvert sous l'oreiller de Jack. Pourquoi Carrie aurait-elle affirmé ne pas s'être rendue dans la chambre de Jack, si ce n'est parce qu'elle l'avait tué ?

— Tu étais donc décidée à passer le reste de ta vie en prison pour un crime que tu n'avais pas commis ?

Sloan en avait des frissons dans le dos.

— Je me sentais responsable de toute façon. Et je ne pouvais pas te laisser y aller, toi, pour un crime dont je te savais innocent. Je n'arrivais pas à croire que tu avoues le meurtre de Jack ! Je savais que tu pensais sans doute que c'était moi, surtout après la découverte du foulard jaune. Mais je n'arrive toujours pas à croire que tu aies fait cela.

— C'est si difficile à comprendre ? Tu protégeais ta fille parce que tu l'aimes. Je protégeais la femme que j'aime.

Comme toujours, Sloan avait une façon de la désarmer en disant la simple vérité. Elle posa la main contre sa joue.

— Sloan Marshall, tu es le plus incroyable des hommes, des gens, que j'aie rencontrés.

Sa voix était douce comme de la soie quand elle ajouta :

— Je t'aime plus que je n'aurais jamais cru pouvoir aimer.

Il en fut abasourdi ; les mots apaisèrent son âme solitaire.

— J'ai longtemps attendu cela. Quelquefois, je me suis demandé si tu me le dirais un jour.

— Mais tu savais… tu sais… que je t'aime.

Il ne répondit pas et porta la main d'Anna à ses lèvres. Son baiser était tendre et chaud. Lentement, pendant qu'elle en avait encore la force, elle retira sa main et se dirigea vers la fenêtre voilée de brouillard. Sloan sut alors qu'il avait eu raison de craindre le pire.

— Qu'est-ce qu'il y a, Anna ?

Plus vite elle le dirait, mieux cela vaudrait.

— Je pars.

Interdit, il demanda :

— Attends une minute. Tu me dis que tu m'aimes, et dans le même souffle, que tu me quittes ?

Elle se tourna vers lui, le regard suppliant.

— Je t'en prie, écoute-moi.

— Pourquoi ai-je l'impression que cela ne va pas me plaire ?

— C'est vrai, mais laisse-moi t'expliquer. Ce qui est arrivé entre nous a été si brutal...

— Cela se produit quelquefois, mais ne diminue en rien la force des sentiments.

— Je le sais, mais nous n'avons pas eu le temps – moi en tout cas – de réfléchir. Les circonstances ne nous l'auraient pas permis de toute façon. Pendant si longtemps j'ai avancé dans des sables mouvants... D'abord l'état de Jack qui ne cessait d'empirer, puis sa mort, le procès, l'éventualité de finir ma vie en prison pour protéger Meg, son animosité envers moi, l'aveu de Carrie, notre liaison, et l'amour que je ressentais pour toi...

Sa voix mourut sur un soupir tremblé.

— D'accord, tu as besoin d'un peu de temps, mais pourquoi pas ici, à Cook's Bay ? Nous pourrions prendre ce temps ensemble.

Anna s'efforça de trouver les mots justes.

— Je n'arrive pas à réfléchir, si tu es là. Je ne regrette rien de ce qui est arrivé entre nous, et cela fait partie de mon problème.

Il fronça les sourcils.

— Je ne comprends pas.

— Si c'était à refaire, je recommencerais. J'ai partagé avec toi la plus merveilleuse des expériences, mais en même temps j'ai rompu un vœu auquel je tenais beaucoup. Je ne sais pas trop ce que ça dévoile de moi, et je ne suis pas sûre d'aimer la réponse. Je ne sais plus très bien qui je suis.

Sa confusion allait de pair avec celle de Sloan.

— Tu es Anna Ramey, un simple être humain.

— Un jour, un philosophe m'a dit que c'était un état intolérable.

— Eh bien, tu ferais peut-être mieux de virer celui-là et d'en trouver un autre.

— En effet, mais ce philosophe se bat toujours lui-même avec son humanité. Peux-tu affirmer en toute honnêteté que tu t'es pardonné ce qui s'est passé à Beyrouth ?

Comme il ne répondait rien, elle ajouta :

— Tu vois. Si nous avons un avenir ensemble, Sloan, nous devons l'envisager tout entier, et non comme des fractions de ce que nous sommes réellement. Je te l'ai dit, notre rédemption gît dans le pardon que nous nous accorderons à nous-mêmes. Le comprends-tu ?

Il comprenait surtout qu'il était en train de la perdre, même pour un temps, et que rien de ce qu'il pourrait dire n'y changerait quoi que ce soit. Il refusait d'admettre, mais ne pouvait ignorer, qu'elle avait raison. Ils avaient tous deux besoin de temps pour réfléchir, pour guérir. Cela n'adoucit pas sa peine, plantée comme un poignard dans sa poitrine.

— Combien de temps seras-tu partie ?

— Je ne sais pas.

Une peur soudaine le saisit.

— Mais tu reviendras, n'est-ce pas ?

Comme elle ne répondait pas, il explosa :

— Nom de Dieu, Anna, tu ne peux pas nous faire ça !

— Je t'en prie, Sloan, laisse-moi un peu de temps.

Enfin, vaincu, il avoua :

— Je t'attendrai le restant de ma vie, s'il le faut.

Ils se séparèrent sur cette promesse, bien qu'elle n'ait pris aucun engagement. Elle n'avait pas dit qu'elle reviendrait.

26

Toute la semaine, Sloan resta près du téléphone, certain qu'Anna l'appellerait à tout instant pour avouer qu'il lui manquait, qu'elle ne pouvait vivre sans lui. Sûrement l'éloignement – le Connecticut lui semblait aussi loin que les étoiles – l'aiderait à remettre les choses en perspective et elle s'apercevrait que leurs relations, attisées par le feu des événements, s'étaient renforcées. Qu'elle n'avait été coupable de rien, sinon de répondre aux appels du destin, et plus essentiel encore, à l'amour.

Alors pourquoi n'appelait-elle pas ?

Quand il était honnête avec lui-même, il reconnaissait qu'il s'inquiétait pour rien... et ne se trouvait plus d'excuses pour ne pas sortir un peu. Harper l'avait invité plusieurs fois à déjeuner, en vain. Sloan savait que ses prétextes étaient pitoyables et que Harper en connaissait la raison réelle.

— Laisse-lui du temps, lui conseilla-t-il un jour qu'il l'invitait une fois de plus.

Mais il ne pouvait cacher son impatience grandissante.

— Ça fait deux semaines.

— Ce n'est pas si long, rétorqua Harper en choisissant ses mots avec soin. Elle a peut-être raison, tu sais. Vous devez vous retrouver en tant qu'individus intacts, et non en petits morceaux.

Sloan, dans un moment où il lui fallait se confier ou

devenir fou, avait raconté à son ami sa conversation avec Anna. Il soupira et le reconnut, comme il l'avait reconnu avec elle.

— Peut-être.

— Quoi qu'il advienne entre toi et elle, tu dois faire la paix avec toi-même.

Tout en regardant tomber la première neige, Sloan songeait à cet entretien. Les flocons semblables à du coton très doux se dissolvaient dès qu'ils touchaient la mer, mais s'accrochaient aux branches squelettiques des bouleaux de la forêt. Taches blanches. Écorce blanche. Blanc sur blanc, le camouflage le plus efficace. Est-ce ainsi qu'il dissimulait ses sentiments réels sur Beyrouth ?

Perdu dans le passé, il dut s'avouer qu'il ne savait pas ce qu'il ressentait exactement à ce sujet. Les horribles cauchemars avaient presque cessé, mais à chaque fois qu'il pensait à sa trahison, son cœur devenait lourd et lui prouvait qu'il ne s'était pas pardonné, et n'y parviendrait peut-être jamais. En jurant, il alla se coucher, furieux d'avoir à admettre qu'il comprenait le désir de rédemption d'Anna. Cela risquait pourtant de les séparer.

Le lundi suivant, malade d'impatience et ne pouvant refuser une fois de plus l'invitation de Harper, il se rendit au *Chat'N'Chew* pour prendre un café. Il savait qu'Anna appelait régulièrement Carrie et cela n'était pas pour apaiser son humeur sombre. Mercredi, il en était à se dire qu'elle ne l'avait pas aimé, qu'elle n'était venue à lui que par besoin et qu'il avait été un substitut de son mari dont l'affection lui manquait trop. Mais c'était une stupidité et il abandonna ces élucubrations... ou du moins il essaya. Deux jours plus tard, près de devenir fou, il mit ses lunettes de soleil – se cachait-il toujours ? –, quitta sa maison et se mit à courir le long de la plage en évitant, toutefois, les endroits où Anna et lui se rencontraient, riaient et s'aimaient.

Quand il rentra chez lui, le téléphone sonnait. Il monta les marches deux par deux, tourna la clé dans le mauvais sens, jura et se précipita sur le téléphone.

— Allô ?

— Monsieur Marshall ?

Il exprima sa déception avec un juron silencieux, ayant reconnu la voix du directeur du personnel chargé de recruter des plongeurs pour la plate-forme pétrolière en mer du Nord. Il ôta ses lunettes et les jeta sur le canapé.

— Oui, comment allez-vous ?

— Bien, et vous ? Je voulais vous dire que le poste que nous vous avions proposé est toujours disponible. Nous avions embauché quelqu'un comme vous nous l'aviez conseillé, mais ça n'a pas marché, la personne n'ayant pas l'expérience requise. Nous nous demandions si vous étiez encore intéressé.

Il n'avait pas caché l'affaire du procès, il aurait difficilement pu faire autrement. Basé à Houston, l'homme avait sûrement entendu parler du verdict final. Sloan était-il intéressé ? Il n'en savait rien, mais s'entendit répondre :

— Quand vous faut-il une réponse ?

L'autre se mit à rire.

— Hier.

— J'ai quelques affaires en train et je ne peux pas partir tout de suite.

— Je peux vous donner jusqu'au premier du mois prochain, répondit le directeur qui désirait clairement une réponse favorable. Dans une petite semaine. Je vous rappelle à ce moment-là ?

— Très bien. Nous en reparlerons.

Il passa le restant de la journée à éviter d'y penser.

Après un dîner froid, il se coucha et s'agita tant, que son lit eut l'air d'avoir été ravagé par une nuit de passion. Pour la première fois depuis le départ d'Anna, il rêva d'elle – ses lèvres douces, sa voix tendre qui chuchotait son nom, son corps avide de sensualité. Il s'éveilla excité, courbatu, et furieux. Il en avait plus qu'assez.

Le lendemain il l'appela chez elle. Il eut la femme de ménage qui l'informa que Mme Ramey était en visite chez sa fille. Il laissa un message, certain qu'elle le rappellerait.

Le café était encombré et bondé, comme il se doit près d'une université. Anna aurait préféré le restaurant tranquille de l'hôtel voisin, mais Meg avait insisté pour venir là, subtile façon de défier sa mère en se trouvant sur son propre terrain. Anna, qui ne lui avait pas encore parlé à part un bref échange après le procès, avait hâte de la voir pour résoudre leur différend. Elle ne comptait pas vraiment lui faire comprendre son histoire avec Sloan – comment y parviendrait-elle quand elle ne se l'expliquait pas elle-même ? – mais elle espérait du moins lui tendre le rameau d'olivier de la paix.

Au fond du café, les mains tranquillement croisées sur la table, elle attendait sa fille. Autour d'elle, des jeunes riaient et s'interpellaient, un juke-box jouait une musique trop rythmée qui commençait déjà à lui donner mal à la tête. Cependant, elle préférait cela au silence sépulcral de sa maison du Connecticut. Jamais elle n'avait connu un tel silence, celui de l'âme, qui absorbait tous les autres sons, l'accueillait au réveil et l'engloutissait la nuit. Cela lui rappelait à quel point la mer lui manquait.

Et Sloan. Surtout Sloan.

C'était étrange. Ses pensées restaient confuses, comme si elle avait emmené avec elle le brouillard de

Cook's Bay, et en même temps ses sentiments étaient d'une clarté de cristal, comme si la conclusion du procès leur avait permis de renaître. Mais ce n'était pas tout à fait cela non plus. C'était depuis sa nuit d'amour avec Sloan qu'elle revivait. Elle tentait de le dénier, mais c'était trop fort, trop intense, comme ses souvenirs de lui, si puissants que, sans prévenir, ils l'envahissaient et lui donnaient le vertige. Elle désirait alors bien plus que cela, elle désirait ses baisers tendres et passionnés, son intégrité intacte malgré Beyrouth. Elle l'aimait. Impossible de le nier plus longtemps, ce qui ne l'empêchait pas de désapprouver la liaison qu'elle avait eue avec lui. Elle n'était pas prête à se pardonner.

Elle vit Meg dès qu'elle passa le seuil du café et l'observa qui la cherchait. Elle avait l'air très fatigué, plus maigre. Ces dernières semaines avaient-elles été si difficiles pour elle ? Était-elle d'humeur à se réconcilier avec sa mère ? Son espoir s'évanouit quand leurs yeux se rencontrèrent. Meg était tout aussi lointaine. Elle redressa les épaules comme avant la bataille et se dirigea vers sa mère.

Anna décida de dire ce qu'elle avait à dire ; on verrait bien ce qui en résulterait. Meg tira une chaise en disant :

— J'ai cours dans une heure.

Son ton bref ne laissait aucun doute sur son hostilité, mais Anna répondit doucement :

— Tu travailles toujours aussi dur ?

— Tu ne le croirais pas. J'ai un examen lundi qui va être terrible. Les hamburgers ne sont pas mal ici, un peu gras, mais bons. Et on est vite servi.

Anna en commanda deux et dit dans un silence gêné :

— Comment vas-tu ?

Meg haussa les épaules.

— Bien. Et toi ?

— Ça va. Plus ou moins.

Embarrassée par sa franchise, Meg changea de sujet.

— Et tante Carrie ?

— Elle s'en tire très bien.

Avec défi, Meg déclara :

— Je ne lui en veux pas d'avoir aidé papa à mourir.

— Moi non plus. En d'autres circonstances, j'aurais pu faire de même. Tu es toujours en colère après moi ?

— Oui. Tante Carrie a agi pour papa. Toi, tu n'as agi que pour toi.

— Je ne peux guère te contredire, n'est-ce pas ?

De nouveau, son honnêteté désarma Meg. Par bonheur, les hamburgers arrivèrent. Après le départ du serveur, Meg demanda brutalement :

— Pourquoi voulais-tu me voir ?

— Tu es ma fille et je t'aime. Je veux que tu restes dans ma vie. Même si tu ne peux pas me pardonner, je voudrais que tu essaies de me comprendre.

Meg se dispensa de répondre en attaquant son hamburger. Anna en fit autant, soulagée que sa fille n'ait pas répondu par la négative.

— Je ne suis pas sûre de te pardonner un jour. Je ne sais pas si j'en ai envie.

— C'est normal. Au point où j'en suis, ce qui m'importe c'est que tu essaies.

Meg but un verre de limonade et reprit :

— Et lui ?

— Il a un nom. Sloan. Et je l'aime.

Meg releva le menton en un geste semblable à celui d'Anna.

— Tu vas l'épouser ?

— Je n'en sais rien. Il ne me l'a pas demandé. Nous n'avons pas parlé du futur. En réalité, je ne lui ai pas parlé depuis mon départ.

Elle profita de la surprise de Meg et continua :

— Contrairement à ce que tu sembles croire, je n'ai pas fait exprès de tomber amoureuse de Sloan. Je n'ai pas cédé sur un coup de tête. Tu dis que tu ne me pardonneras peut-être jamais... mais je ne me suis pas pardonné non plus, et n'y arriverai peut-être pas.

— Alors pourquoi l'as-tu fait ?

Meg était toujours partagée entre la colère et le chagrin quand elle abordait ce sujet. Anna répondit avec franchise, bien qu'elle doutât que sa fille apprécie :

— Parce que je l'aime.

— Et cela est censé tout excuser ?

— Non.

N'était-ce pas, pourtant, le plus humain des sentiments ?

— C'est papa que tu aurais dû aimer.

— Et je l'ai aimé.

— Foutaises !

Le couple à la table voisine leur jeta un coup d'œil qu'elles ne remarquèrent pas. Anna s'efforça de rester calme.

— J'ai aimé ton père, Megan. Au début, comme un ami et un amant ; ensuite, comme un ami, quelqu'un que je connaissais depuis longtemps, auquel je ne souhaitais que du bien, comme le père de mon enfant que j'aimais tant.

— Que veux-tu à la fin ?

— Être sûre que quoi que l'avenir me réserve, tu en feras partie.

— Je ne peux rien te promettre.

Anna tenta de cacher sa peine.

— Je te demande seulement d'y penser.

Meg haussa les épaules et parut soudain vulnérable, enfantine.

— Quelque chose en moi déteste ce que tu as fait.

Anna aurait donné n'importe quoi pour atténuer le

chagrin de Meg, mais elle n'y pouvait rien. Ce qui était fait était fait.

— Mais il n'y a pas que cela ?

La voix de Meg trembla :

— Tu es ma mère.

Sur la route du retour, Anna disséquait les réponses de sa fille ; elles étaient peut-être ce qu'elle pouvait espérer de mieux, et puis c'était un début. En rentrant chez elle, elle trouva le message aimanté sur son réfrigérateur. Au nom de Sloan, son cœur flancha. Du bout des doigts, elle traça les lettres écrites par la femme de ménage comme si elle avait le pouvoir de le faire apparaître par magie. Sa première impulsion fut de se ruer sur le téléphone pour l'appeler, mais elle réfléchit. Elle ne pouvait pas l'appeler simplement parce qu'elle mourait d'envie d'entendre sa voix. Ce ne serait pas juste envers lui. Elle devait parcourir seule le chemin du pardon.

Cette nuit-là, elle se coucha avec le message serré dans son poing, contre son cœur, et écouta le silence déchirant autour d'elle. Elle imaginait que la voix de Sloan l'appelait, que la pluie sur le toit était des larmes bienveillantes. Elle imaginait le bruit la mer qui chantait de nombreuses chansons, mais pas celle du pardon.

Comme elle ne l'appela pas le soir même, Sloan se dit qu'elle ne le ferait jamais. Deux jours plus tard, il sombrait dans le désespoir. Il se coucha et se mit à rêver. Il y avait longtemps qu'il n'avait pas fait de cauchemar. Comme d'habitude, son taux d'adrénaline augmenta, son pouls s'accéléra. Il s'ordonna en vain de se réveiller. Le cauchemar rampait vers lui.

— *Ah ! commandant, pourquoi ne pas vous épargner la douleur ? Dites-moi juste un nom... un nom...*

Il avait beau lutter, il perdait. Il ne pouvait pas

vaincre les démons du passé. Les clés de sa cellule cliquetaient, son bourreau sortait de l'ombre, il sentait le goût de la terreur sur sa langue. On le mettait debout, on le traînait dans un couloir sombre. Il savait que chaque pas le rapprochait de la torture et de la honte. On le poussait dans une pièce, on lui arrachait sa chemise. On l'attachait au plafond avec une corde, comme un quartier de viande.

— Non, gémit Sloan.

Puis le rêve dévia. Il n'y eut ni coups ni décharges électriques, mais un supplice qu'il n'avait jamais encore subi. Il n'arrivait pas y croire. Cette femme aux cheveux blonds, aux yeux bleus, n'aurait pas dû se trouver là, avec son sourire triste et doux.

— Anna ?

— Je ne reviendrai pas. Comprends-moi, je t'en prie, je t'aime, mais j'ai trahi mes vœux.

— Vous n'étiez que des humains, intervint le bourreau.

— Être humain est intolérable, répondit Anna avec les propres mots de Sloan.

— Non ! cria-t-il, et il s'éveilla en sursaut.

Malgré le froid, il transpirait et avait du mal à respirer. Anna ne reviendrait pas. Cette réalité le frappa, brutale, irrévocable. Il s'habilla en hâte, s'enfuit de la maison avant que les murs ne s'effondrent sur lui. L'air froid de la nuit le gifla et il sentit le gravier sous ses pieds. Il courut vers la plage et ne s'arrêta que lorsqu'il fut hors d'haleine. Ses genoux fléchirent, il tomba dans le sable mouillé. Était-ce lui qui venait de gémir ? Ces larmes qui coulaient sur son visage, étaient-ce les siennes ?

Oui, répondit tristement la mer.

— Elle ne reviendra pas, murmura-t-il.

N'y pense plus. Ne pense à rien.

Il obéit. Tout s'effaça, et il ne perçut plus que le

bruit des vagues, le scintillement des étoiles, le picotement du vent d'hiver.

Le temps passa. La nuit déposa son empreinte sur lui. Il sentait le froid, l'humidité, son pur amour pour Anna. Jamais il n'avait aimé, et jamais il n'aimerait autant. Il en venait à croire qu'elle lui avait été envoyée par magie, pour un seul été dans sa vie.

C'est cela, soupira la mer.

Mais pourquoi ? Tous deux avaient été blessés par leur passé, incapables d'oublier et de pardonner. Était-ce si honteux de s'être montré humain sous la torture ? Il ne savait plus. La lune d'argent brillait dans le ciel. Il ne l'avait jamais vue si lumineuse. Il s'aperçut que la marée l'avait atteint, poussant des vaguelettes jusqu'à ses pieds.

Oui, murmurait la mer. Aussi puissante que je sois, je m'incline sous la lune. Je suis ce que je suis ; tout comme toi, tu es ce que tu es.

Il avait tenté d'être plus qu'humain, mais c'était une erreur. Il avait cédé sous la douleur comme n'importe quel être de chair et de sang mais ne s'était pas déshonoré pour autant. Lentement, un sentiment plein de chaleur l'emplit. Son nom était : amour. En croissant, son amour pour Anna l'avait amené à son propre pardon. Il avait senti dès sa rencontre avec elle qu'elle lui apporterait la rédemption. La mer lui avait envoyé Anna pour le guérir, lui faire retrouver son intégrité.

Il conserverait ce bienfait, mais pas sa donatrice. Elle ne l'avait pas rappelé ; elle ne reviendrait pas à lui, mais il garderait précieusement son souvenir, une place dans son cœur. À l'aube, il rentra chez lui, appela le directeur du personnel puis réserva un vol de bonne heure le lendemain. Il demanda à Harper s'il pourrait l'emmener à l'aéroport.

— Est-ce que tu vas bien ? s'enquit Harper avant de raccrocher.

— Oui.

Et, bizarrement, c'était vrai. Il souffrait, mais il acceptait cette douleur comme faisant partie de son état de simple être humain.

Anna perçut quelque chose de différent en se levant le samedi. D'habitude les matins étaient froids et tristes, résidus de ses nuits sans sommeil. Ce jour-là, cependant, semblait frais et plein de secrets en attente d'être révélés à ceux qui seraient assez fins pour les entendre. C'était sans doute dû à l'averse qui était tombée durant la nuit ; des gouttes de diamants scintillaient encore aux branches des arbres. Mais non, elle sentait une autre qualité, indéfinissable. Elle tenta de se calmer avec un livre mais n'y parvint pas. Des secrets commençaient à chuchoter autour d'elle. Que disaient-ils ? Elle se mit à errer dans la maison, regrettant plus que jamais la mer qui l'aurait apaisée. Elle sortit les coquillages ramassés l'été dernier du coffret où elle les avait déposés comme un trésor. Elle les prit tous, le petit, le grand, le simple, le plus beau, les porta à son oreille en imaginant la sérénade de la mer, comme si elle marchait de nouveau sur la plage.

L'un d'eux avait un reflet rose irisé et elle aurait juré que le bruit des vagues avait augmenté. Un autre, oblong, portait un dessin qui lui rappelait les vagues. Elle entendit murmurer le mot « parfait ».

Parfait ? Oui, chuchotaient les voix. Chacun est parfait en soi. Même ceux que tu as dédaignés, car tous représentaient un abri pour l'animal qui y vivait. Toutes les créatures éprouvent des besoins. Surtout les humains.

C'est vrai, songea Anna en reconnaissant la pure logique de cela. Elle, comme chacun, éprouvait des besoins que son mari avait ignorés tant il était prisonnier de sa maladie. Il lui fallait de l'amour, un compagnon, quelqu'un avec qui partager sa vie. Sloan lui avait offert tout cela et elle avait accepté, guidée par son instinct. On ne pouvait pas se tromper en aimant. Elle était un être humain, rien d'autre.

Elle posa le coquillage contre son oreille et entendit la mer applaudir à sa sagesse nouvelle, lui confier que sa fille la connaîtrait un jour. Lentement, comme si le soleil la baignait tout entière, elle se sentit envahie de chaleur : la chaleur du pardon. Elle sourit et toucha sa joue, humide des larmes longtemps attendues.

Elle était libre. Heureuse.

Humaine.

Il était plutôt triste, songeait Sloan, que toutes les possessions d'un homme tiennent à l'aise dans un sac de toile. Non que les biens matériels comptent beaucoup pour lui, bien plus riche de souvenirs. Il s'était levé tôt afin de parcourir la plage une dernière fois avant de quitter Cook's Bay. Il n'était pas retourné aux endroits qu'il avait partagés avec Anna, où ils étaient tombés amoureux. Car elle l'aimait, il en était sûr. Une femme comme elle ne ment pas. Il espérait seulement qu'un jour viendrait où elle s'autoriserait à devenir simplement une femme et se pardonnerait sa faute très humaine.

Il posa son sac devant la porte et vérifia qu'il avait une heure devant lui avant l'arrivée de Harper. D'un geste automatique, il prit ses lunettes de soleil puis se ravisa. Il n'avait plus besoin de se cacher, ni de lui ni des autres. Il se sentait libéré.

Une aube très fraîche l'accueillit. La nuit avait été glaciale et toute la baie frissonnait dans le vent. Sloan remonta le col de son manteau et enfouit ses mains dans ses poches. Déjà un jour glorieux s'annonçait ; en était-il de même dans le Connecticut ? Et que dirait Anna en apprenant son départ ? Il voulait lui manquer, non l'attrister, car elle avait connu déjà bien trop de tristesse. Il désirait simplement qu'elle se souvienne de l'été avec la même tendresse que lui, et que son cœur batte un peu plus fort chaque fois qu'elle penserait à lui.

Il pénétra dans leur domaine comme sur un sol sacré. Des réminiscences douces-amères l'envahirent et il s'arrêta, lourd de chagrin, avant de s'obliger à repartir, au-delà des rochers aux allures de dauphins, de l'endroit où ils avaient nourri la mouette, de celui, précieux entre tous, où il avait vu pour la première fois la jeune femme qui cherchait des coquillages avec tant de soin. Un sourire adoucit son expression. Même le Graal n'avait pas été poursuivi avec tant d'ardeur.

Son sourire s'effaça. Anna avait eu tort de vouloir un coquillage intact ; ceux qui étaient imparfaits survivaient aussi bien que les autres. Ses yeux tombèrent sur une coquille ébréchée et il la ramassa. Oui, elle était magnifiquement imparfaite ; il la déposerait là où il en avait laissé de plus belles, en guise d'hommage à un été enfui.

Il s'immobilisa à mi-chemin. Le soleil levant lui jouait-il des tours ? Les coffres pleins de trésors échoués sur les plages n'existent que dans les légendes. Et pourtant, celui-là paraissait si réel qu'il devait vérifier s'il avait des hallucinations ou non. Le coffret ne disparut pas, au contraire, il était bel et bien là. Plein de curiosité, il souleva le couvercle et considéra, incrédule, les coquillages qui s'y trouvaient rassemblés. Qui avait placé là cette étrange offrande ? Et pourquoi ? La réponse lui fit battre le cœur, et il refusa d'y croire tout en plongeant les mains dedans. C'était bien ceux d'Anna, les parfaits, les intacts, qu'elle avait collectionnés tout l'été. Il regarda tout autour de lui.

Et il l'aperçut.

Elle avait eu beau s'emmitoufler, le vent jouait dans

ses boucles comme la première fois ; mais il y avait quelque chose de différent en elle, une indulgence nouvelle. Ses épaules ne se raidissaient plus contre l'injustice du sort, son menton ne se relevait plus face au combat. Elle semblait en paix avec elle-même.

L'espoir que Sloan se refusait s'épanouit.

L'espoir qu'Anna se refusait s'épanouit de la même façon.

Elle avait compté contre toute logique le trouver sur la plage et avait conduit aux heures sombres de la nuit pour être là à l'aube. À présent qu'elle s'était reconnue et admise telle qu'elle était, il fallait qu'elle sache si Sloan avait suivi le même parcours, et tout de suite. D'instinct, elle savait que c'était urgent, car même s'il avait promis de l'attendre le restant de ses jours, le temps filait et elle devait le rejoindre maintenant, sans perdre une minute. À le voir dans le vent, grand et séduisant, elle devina qu'il avait changé. Ses yeux sans masque recélaient une douceur, une acceptation de lui-même. Avait-il aussi reçu le don du pardon ?

Va vers lui, ordonna la mer.

De nouveau, elle eut envie de sentir autour d'elle sa force et sa chaleur. Le temps des mots viendrait plus tard, avec les déclarations d'amour. Pour l'instant elle voulait le serrer contre elle.

Sloan observa son approche résolue ; oui, elle avait changé, et les larmes qui brillaient dans ses yeux soulignés de mascara le lui confirmèrent. À travers ses propres pleurs il tenta de conserver son image nette, de conserver cet instant au plus profond de lui. Ils marchèrent lentement l'un vers l'autre.

Tous deux avançaient seuls pour la dernière fois. Cela sembla interminable, mais au moment où ils désespéraient, elle se jeta dans ses bras. Le coquillage brisé tomba à leurs pieds, offrande à leur faiblesse humaine. À l'instant précis où il referma son étreinte autour d'elle, l'aube parut dans le ciel avec une lueur rose qui illumina les nues et vogua haut au-dessus de la mer froide.

Pour eux, le temps du pardon était enfin arrivé.

Cet ouvrage a été réalisé par la
SOCIÉTÉ NOUVELLE FIRMIN-DIDOT
Mesnil-sur-l'Estrée
pour le compte des Éditions UGE/Poche
en février 1996

Imprimé en France
Dépôt légal : mars 1996
N° d'impression : 33737

Sandra Canfield a publié des romans de styles variés dont ses lectrices apprécient l'humour, la sensualité et les intrigues toujours originales. Fidèle admiratrice d'Agatha Christie, elle avoue un goût particulier pour les romans policiers aux énigmes serrées. Elle vit actuellement à Shreveport avec son mari Charles, son plus fidèle supporter.